高校社科文库
University Social Science Series

教育部高等学校
社会科学发展研究中心

汇集高校哲学社会科学优秀原创学术成果
搭建高校哲学社会科学学术著作出版平台
探索高校哲学社会科学专著出版的新模式
扩大高校哲学社会科学科研成果的影响力

赵　彬／著

断裂、转型与深化
——中国九十年代女性诗歌写作研究

Rupture，Transition and Deepening：

Research on the Writing of the
Chinese female poems of the 1990s

光明日报出版社

图书在版编目（CIP）数据

断裂、转型与深化：中国九十年代女性诗歌写作研究 /
赵彬著 . -- 北京：光明日报出版社，2011.11（2024.6 重印）

（高校社科文库）

ISBN 978 - 7 - 5112 - 1731 - 8

Ⅰ.①断… Ⅱ.①赵… Ⅲ.①妇女文学—诗歌研究—
中国—当代 Ⅳ.①I207.22

中国版本图书馆 CIP 数据核字（2011）第 223310 号

断裂、转型与深化：中国九十年代女性诗歌写作研究

DUANLIE、ZHUANXING YU SHENHUA：ZHONGGUO JIUSHI NIANDAI
NUXING SHIGE XIEZUO YANJIU

著　者：赵　彬			
责任编辑：田　苗　曹美娜		责任校对：李　佳　张秀英	
封面设计：小宝工作室		责任印制：曹　净	

出版发行：光明日报出版社

地　　址：北京市西城区永安路 106 号，100050

电　　话：010-63169890（咨询），010-63131930（邮购）

传　　真：010-63131930

网　　址：http：//book. gmw. cn

E - mail：gmrbcbs@ gmw. cn

法律顾问：北京市兰台律师事务所龚柳方律师

印　　刷：三河市华东印刷有限公司

装　　订：三河市华东印刷有限公司

本书如有破损、缺页、装订错误，请与本社联系调换，电话：010-63131930

开　　本：165mm×230mm

字　　数：200 千字　　　　　　印　　张：11

版　　次：2011 年 12 月第 1 版　　印　　次：2024 年 6 月第 2 次印刷

书　　号：ISBN 978 - 7 - 5112 - 1731 - 8 - 01

定　　价：55.00 元

CONTENTS 目 录

前言

现代性与九十年代女性诗歌转型

一、现代性与女性：现代性—国家性、民族性、阶级性—消费性—个人性—女性

中国自鸦片战争开始就遭遇了现代性的问题，从此现代性与中国国家/民族的现代化问题相伴始终。它使中国作为一个国家/民族在迈向现代化的进程中充满了不断的激进性质的断裂与变革。这种现代性作为政治意识形态的核心思想，它最初作用于文学的直接结果就是，使文学呈现出一种"国家/民族"的宏大叙事话语。这尤其体现在启蒙文学与革命文学的叙事话语中，它直接表现为民族救亡、国家解放、阶级革命的宏观叙事话语，因此这种现代性就直接演绎并体现为国家性、民族性、阶级性。

随着国家民族革命解放事业的完成，随着现代化的进一步深入发展，中国开始进入以经济发展为中心的经济建设时期。在八十年代中期以后，特别是在九十年代，市场经济高速发展，使中国提前进入了一个以商品消费性为主的大众化消费文化时代，同时加之西方后现代文化思潮在彼时的大量介入，又在客观上加速了这一进程。于是消费性取代国家性、民族性、阶级性而成为现代性在商品消费时期的主流经典代表话语。政治意识形态话语开始发生转型，从一种宏观政治话语时期进入微观政治话语时期。与之相应的是文学中国家/民族的宏大叙事话语开始瓦解松动，而代之以个人性话语。这种个人性话语的最早、最鲜明的文学表征是在八十年代中后期崛起的以女性躯体写作为鲜明特征的女性先锋诗歌写作。这种以躯体写作为特征的女性先锋诗歌写作标志着女性开始浮出历史地表，标志着女性话语的诞生。因此女性话语正是属于这样一种意识形态转型期的微观政治话语，它的直接产生标志就是八十年代中后期女性诗歌的诞生。这也说明为什么在女性诗歌创作中会充斥着大量的反本质主义的个人性话语。这种个人性话语标志着女性自我性别意识开始觉醒，同时也将预示着一个个人化、女性化时代即将到来。

由此我们可以看出：正是现代性使中国作为一个民族/国家在实现现代化的过程中出现的八九十年代由政治重心向经济重心的转移和西方文化思潮的大量介入所造成的特殊社会政治文化历史情境，才为女性浮出历史地表，重新审视自己、审视自我与他者与世界的关系，提供了最佳的社会物质文化语境。女性只有在现代性提供的这种特殊社会历史文化情境中，才能走出男性话语的遮蔽，摆脱国家民族的宏大叙事话语，开始浮出历史地表，进而"从黑夜走向白昼"（翟永明）。而在革命战争年代，女性意识只能演绎为民族意识、国家意识、阶级意识，淹没在"民族/国家"的宏大叙事中。女性在当时即是民族性、国家性、阶级性，女性解放即表达为人民解放、国家解放、民族的独立、革命的胜利，女性话语也被理解为上述的革命话语。女性意识的表达被压抑在当时的革命形势下，遭到了淡化处理。解放以后的五十到七十年代由于特殊的社会历史政治形势，女性几乎进入了一个无性化的时期，女性解放意识仍无法得到彰显。

因此，虽然女性在二十世纪初的五四时期就已遭遇现代性的问题，但现代性真正与女性自身发生交锋，促使女性自身性别意识的觉醒，使女性能够对性别话语建构中的自我进行认识，却是始于八十年代中后期，并成熟于九十年代。这种女性意识的大范围觉醒作为九十年代的一种突起的时代现象，使八十年代中后期，尤其是九十年代以来的时代几乎成为一个女性化的时代。这可以从女性诗歌的出现与兴盛、女性刊物的创立、女性会议的召开、女性专业机构的设立、女性诗人作家队伍的壮大、女性创作质量的提升等方面看出。而女性诗歌则成为女性化时代的先锋话语，成为女性自我性别意识觉醒的标志。因此现代性在女性问题方面投射的结果就是通过女性诗歌的先锋话语造就了一个女性化的时代，开启了女性自我性别意识的觉醒。在这个意义上，现代性就可以理解为女性。由此可见，现代性在塑造现代中国民族国家和现代化个人方面的话语演绎逻辑就是现代性—国家性、民族性、阶级性—消费性—个人性—女性。

二、现代性与女性诗歌：诞生与转型

从上述女性和现代性之间的关系，我们可以看出，女性诗歌是现代性与女性相遇的结果和产物，正是现代性在八十年代与女性的直接相遇才催生了八十年代中后期女性诗歌的诞生与崛起。但是女性诗歌写作在九十年代却呈现出与八十年代不同的美学色彩，尤其在九十年代呈现出一种深刻的断裂与转型，呈现出一种综合性、多元化的美学写作态势。如果说八十年代中后期崛起的以女性躯体写作为鲜明特征的女性先锋诗歌写作带有鲜明的性别对抗政治色彩，那么在九十年代随着现代化的深入发展，即市场商品经济进一步的完善与成熟和西方后现代文化理论思潮的深入人心所导致的大众消费文化时代的正式来临，随着女性对自身现代性和诗歌本身现代性的双重思考，女性诗歌写作在九十年代已经削弱了八十年代中后期那种激烈的性别对抗色彩，发生了一种深刻的断裂，实现了一种全面的现代性转型。这就是：九十年代的女性诗歌已告别了八十年代中后期高昂、单调的性别对抗而进入了一个激情和词语磨合的时期，并在激情和词语的磨合过程中，转入对日常生活的散文化抒写和个体内在生命的沉思；从一种面向性别的写作，转向面向词语的写作；从过去的集体对抗转向个人化的抒写。从而使九十年代的女性诗歌写作呈现出一种表面沉寂而实际上是现代主义与后现代主义共存的综合性、多元化美学写作态势。九十年代女性诗歌在诗歌写作理念最具断裂性先锋特征的是：叙事开始取代抒情而成为诗歌的主要表达手段。

由此可见，现代性与女性的直接相遇产生了女性诗歌，而现代性的进一步发展，即由现代性理念所直接导致的以后现代主义为核心的大众消费文化时代的来临则又使得女性诗歌写作在九十年代呈现出以深刻的现代性断裂与转型，使九十年代女性诗歌在美学上呈现出一种追求有别、倾向不同、尺度不一、斑驳错杂、差异丛生的以后现代主义为主，而兼有现代主义与后现代主义倾向的综合性、多元化写作态势。所以现代性与女性相遇的结果不仅诞生了美丽奇异的女性诗歌，而且在根本上促使了女性诗歌写作在九十年代的进一步发展、深化与转型。现代性是使女性诗歌诞生和转型的根本因素，而由现代性导致的九十年代以后现代主义为核心的大众消费文化时代的到来，则是女性诗歌在九十年代转型的直接因素。

三、大众消费文化时代来临与九十年代女性诗歌转型

正是在九十年代这种现代性导致的以后现代主义为核心的大众消费文化时代来临所造成的一个消费化、个人化、女性化的时代语境里，我们才会深刻地理解女性诗歌写作在九十年代所发生的现代性断裂与转型，我们才会理解为何

叙事会取代抒情而成为九十年代现代性的先锋诗歌理念；个人化何以会成为九十年代女性诗歌乃至九十年代诗歌的主导写作倾向；日常生活为何会成为消费时代的美学观念而得以审美的呈现。也正是在九十年代这种特殊的时代转型语境里，我们才会理解作为诗人的个体，翟永明为什么从面向性别的写作转向面向词语的写作，宣布只将作品献给无限的少数人；王小妮为什么要重新做一个诗人，宣布只为自己的心情，做一个诗人；尹丽川为什么会以学院的出身而写出极端个人化而惊世骇俗的《为什么不再舒服一些》；以及安琪为什么会宣称"完美的人已经厌倦/在文明中文明已显得多余"（安琪《关于错误的一句话》）。

归根结底，这些九十年代女性诗歌所呈现的以后现代主义为主，兼有现代主义和后现代主义的多元美学特征，是现代性所隐含的相对主义时间观念，即线型的历史性世俗化非永恒的时间观念所造成的严重焦虑而产生焦虑、虚无和颓废精神心理的表现，它是身处这个物质鼎盛的大众消费文化时代的当代人们复杂矛盾精神生活的投影和表征，是由现代性的自身矛盾即社会物质存在与其精神文化心理之间存在的不可调和的分裂性矛盾冲突所构成。因为，作为一个社会学概念，现代性必然导致一个现代化的过程，即工业化、城市化、科层化、世俗化、市民社会、民族主义、民族国家等历史进程。在某种意义上，现代性又总是标志着这样一种一体化的进程：政治、经济、社会和文化过程之间存在着复杂的互动关系。也即世俗政治权力的确立和合法化，现代民族国家的建立，市场经济的形成和工业化过程，传统社会秩序的衰落和社会的分化与分工，以及宗教的衰微与世俗文化的兴起。因此，这就必然导致社会物质存在与精神文化心理之间存在着尖锐的冲突与矛盾，使作为文化或美学的现代性与作为社会范畴的现代性处于对立之中。

正是在这种对立与冲突的现代性意义上，九十年代在大众消费文化来临时，女性诗歌写作所呈现出的后现代主义转型以及现代主义的深思、虚无与后现代主义的驳杂相间、多元共存的写作态势，也就获得了美学上的合理性解释。因为这是物质社会范畴的现代性与精神文化美学上的现代性之间的存在的必然断裂性的冲突体现，也即九十年代以市场商品消费为主的大众消费时代的到来，必然导致九十年代女性诗歌的断裂、转型与分化，导致九十年代女性诗歌乃至九十年代诗歌和整个九十年代文学的后现代主义向度转型。因为无论任何时代，艺术尤其是诗歌，总是一个时代人们文化心理和精神生活的表征。如加布里埃尔、拉韦尔在《艺术的使命与艺术家的角色》中所言："艺术是社会的表现,当它遨游于至高境界时,它传达出最先进的社会趋向;它是前驱者和启示者。"① 因此透过诗歌这个窗口,人们必可以窥视到时代精神生活的心理动态和征象。而在历次文学变革中,诗歌又总是充当变革话语的先锋。并且在拉韦尔看来,艺术家就是社会变革的先锋。正是在这种现代性的先锋意义上,我们可以理解了处在转型期的九十年代大众消费文化时代里的女性诗歌写作,必然呈现出后现代主义媚俗艺术所特有的颓废特征:即游戏词语、抛却深度、丢弃意义而注重当下肉体感官瞬时享乐的波普美学倾向,而与传统诗歌美学相断裂,实现了一种全面转型与分化。同时又带有现代主义的玄思与空灵、迷惘与超脱,因而使九十年代女性诗歌写作在总体上,必然呈现出深思与游戏、虚无与颓废、厌倦深度追求而注重瞬时感官享乐的现代主义与后现代主义多元共存的综合性美学倾向。

如果从现代性所隐含的相对主义的时间观念来看,九十年代女性诗歌中所出现的后现代主义的媚俗倾向的颓废写作,是一种由相对的时间历史意识导致的断裂性、非连续性的文化哲学美学观念的体现。这种非连续性的文化哲学美学观念,导致了一种形而下的后现代主义书写,它使得一切艺术,包括诗歌,在后现代主义盛行的大众消费文化时代里,都要遵守大众文化的流行书写准则。即遵守市场消费文化流通的原则:注重快感和瞬时美的展示,寻找相关性,使之具有消费意义上的生产性乃至再生产性,充当意义和快感流通的媒介,在互文性的语境关系中展示它潜在丰富的含义,成为大众快餐文化里生产者式的文本。因为这种由相对时间历史意识导致的断裂性、非连续性的文化哲学美学观念将意味着:事物不再以同以往一样的方式被感知、描述、表达、刻画、分类和认知了。因此,正是进入大众消化文化的美学抒写语境里,尹丽川的《为什么不再舒服一些》才展示了它作为一个大众文化文本的丰富又贫乏的意义而不再惊世骇俗;我们也才理解了安琪何以要越过《奔跑的栅栏》而《任性》的《像杜拉斯一样生活》;身体写作何以在九十年代会发生变异,从一种性别对抗的先锋话语转变为追求快感的青春写作。

九十年代,西方后现代文化思潮大量译介到中国,更是直接为女性诗歌创

---

① 转引自［美］马泰·卡林内斯库:《现代性的五幅面孔》,顾爱彬译,商务印书馆2002年版,第115页

作者提供了思想理论话语资源。主要是德里达的解构主义，福柯的关于身体政治、权力话语的学说理论，德勒兹、加塔利的身体生产欲望理论，以及女权主义的"女人不是天生的而是社会文化造成的（波伏瓦《第二性》、凯特、米勒特《性政治》）反对菲勒斯文化、抒写身体（埃莱娜、西苏"阴性书写"），建构女性话语（露西、伊瑞格瑞"女人话"《非单一的性》），并认为话语就是权力，个人的就是政治的"等学说观点，同德里达的反传统、反中心、反形而上、解构一切二元对立，福柯的关于身体政治、权力话语等后现代主义理论结合在一起，形成了以后现代主义为特征的后现代主义的女权主义理论。这些理论都直接为九十年代女性诗歌中消解一切意义和价值，而呈现媚俗化身体快感写作，提供了思想话语理论资源。

但是随着九十年代女性诗歌中身体写作的泛滥，这种形而下的媚俗写作，虽然在快感的瞬时展示中呈现一种令人眩晕的惊颤美，但却在眩晕过后使人感到生命中无法承受之轻。于是一部分九十年代女性，很快从这种注重快感展示的媚俗写作中超拔出来，开始了对时间和生命本身的思考，从而使九十年代女性诗歌写作在呈现一种形而下的断裂性的后现代主义媚俗倾向写作的同时，又呈现出一种注重生命追寻的形而上的现代主义精神特色，呈现出一种现代主义的回归趋向，从而使九十年代女性诗歌写作在美学上呈现出一种现代主义与后现代主义共存的综合性趋向。九十年代女性诗歌写作这种现代主义的回归趋向，主要体现在一部分九十年代女性诗歌逃离了后现代主义的词语游戏而趋向现代主义生命艺术的超越，从性别的超越转向自然心灵的回归，女诗人蓝蓝的诗作是这种回归的典型代表。随着二十世纪语言学的转向，九十年代女性诗人在思想和实践中对语言认知世界的可能性、语言自身的本质进行了深入探寻，使九十年代女性诗歌在整体上，迅速从八十年代的面向性别的写作转向面向词语的写作，从过去的集体对抗转入对个体内在生命和时间本质的沉思，并在日常生活散文化的抒写中，展示生活的虚空、命运的无常与时间的碎片性。这在翟永明的《咖啡馆之歌》、《盲人按摩师》以及王小妮的《活着》、《晴朗》、《西瓜的悲哀》等诗作中都有体现。

由现代性所引发的九十年代以后现代主义为核心的大众消费文化时代的来临和文化美学观念以及诗歌写作观念的转型，必然导致诗歌批评观念的转型。因此诗歌批评将从传统的审美鉴赏型时代转入到综合分析阐释型的时代，九十年代女性诗歌的批评也以现代性的综合分析阐释话语代替传统的单一审美鉴赏话语。批评必须在多维的对话与差异中阐释分析作品丰富而又复杂的内在意义，文本多维的含义是在对话和阐释中不断生成，永无终结，并且处在一种流动的期待状态。批评者必须摆脱传统的阅读思维习惯，从一种消极被动的阅读批评状态进入一种积极主动的阅读批评状态，才会在文本构成的多重对话中，分析阐释文本潜在的丰富含义。这无论是针对九十年代女性诗歌中存在的作者式的文本，还是生产者式的文本，都同样奏效。

四、多维视角观照下的九十年代女性诗歌写作

当我们脱离了对九十年代女性诗歌的单一分析，将其放到整个九十年代诗歌写作中的视野中时，我们会发现九十年代的女性诗歌写作是九十年代诗歌写作的一面镜子，从中可以透视到九十年代诗歌的精神面貌和所发生的断裂性变化，九十年代的女性诗歌写作的特征在一定程度上即是九十年代诗歌写作的特征。在一定意义上，九十年代诗歌的先锋性特征是以九十年代女性诗歌的意义来命名的。九十年代女性诗歌是九十年代诗歌的一面旗帜，它的先锋性写作直接推动了九十年代诗歌写作朝高度个人化的倾向发展，加速了九十年代诗歌写作走向边缘化，并且增大了边缘化的程度。可以说，正是九十年代女性诗歌的先锋性写作使九十年代的诗歌迅速从中心走向边缘。九十年代的女性诗歌由于其性别视角，使其在写作起步之初面临的是男性话语的压抑和挑战，因此这是一种面向男性的写作。随着女性主义话语的确立，女性诗歌写作迅速从面向男性的写作转变为面向词语的写作、面向诗歌本身的写作。相对于九十年代诗歌而言，九十年代女性诗歌又是一场从边缘到中心的运动，所以九十年代的女性诗歌和九十年代诗歌之间又存在着一种互动的关系。九十年代女性通过诗歌写作来反抗性别压抑和社会生存的压抑，而当性别压抑解除后，女性和男性一样仍然面临着共同的社会生存压抑和对存在本身的迷惘与困惑，这种同一性的压抑与困惑必将使九十年代女性诗歌最终消融于九十年代诗歌中，而使它从反男性中心的意识形态性质的女性主义写作走向解构一切二元对立的反本质主义写作，因此九十年代女性诗歌和九十年代诗歌之间又是一种既对立又统一的关系。

而当我们将九十年代女性诗歌放在整个五四新文学传统中观照时，我们更会发现九十年代女性诗歌写作，无论是就它所标举的女权意识，还是就艺术表现上高度个人化、散文化的现代性先锋写作特征，都并非凭空而起，而是五四

新文学革命传统在当代的回声，是当代诗歌对五四新文学革命传统的一次遥远回应，也是五四新文学传统在当代断裂性的延续与变异。

发端于二十世纪初的五四新文学革命，限于当时特定的历史条件，革命者们提出的一些重要革命内容：女性解放、个性自由、诗体解放等，在当时并没有得到充分的实现。女性解放和诗体解放的主题很快淹没在民族救亡、阶级革命、国家解放的巨大历史洪流中。女性在当时即是国家性、民族性、阶级性。只有在九十年代我国经济文化发生转型和后现代文化思潮大量涌入的条件下，女性才得以摆脱政治经济文化的重负，开始反思自我、解放自我、重塑自我、实现自我，实现世纪初的解放梦想，并以一种高度口语化、散文化的先锋诗体表达这种解放意识。因此无论是九十年代女性诗歌在思想内容上所表达的女权意识，还是在文体形式方面的高度个人化先锋写作倾向，都是对五四新文学革命传统、新诗革命传统的跨代回应。只是与二十世纪初女性解放侧重于婚姻、教育、就业、恋爱上的平等，侧重于争取文化思想和人格方面的独立不同，世纪末的女性解放意识表现在对女性群体话语权力的争夺，从对社会政治思想层面的认同，发展到文化心理意识层面的认同，从对"民族/国家"的宏大叙事转变为对躯体感官欲望的抒写。因此九十年代女性诗歌又是在对五四新文学传统延续的基础上，产生的当代变异。如果从时代为女性提供的背景关系意义而言，从五四时代到九十年代，女性实际经历了一个从"化女性"到"女性化"的时代经历，而且正是在九十年代，这个充分"女性化"了的时代里，女性诗歌才能从最初崛起的叛逆激进状态，发展到成熟、深入并走向转型，并且呈现一种兼容并包的综合性、多元化美学写作态势。

诚然，国内已有研究者揭示九十年代女性诗歌的转型趋势，并指出其身体感官写作的媚俗倾向。但将九十年代女性诗歌作为一个整体现象对其进行全面系统的综合性考察研究，尚有待补足和深化，并且九十年代女性诗歌的转型研究尚处在结论性阶段，而没有进入深入阐释阶段。即对九十年代女性诗歌转型趋势的现代性渊源以及身体感官媚俗写作出现的深层原因缺少进一步的学理阐释，尤其是相对于九十年代诗歌创作的转型，批评话语严重滞后，使关于文本隐含的丰富意义的讨论无法展开，从而造成了创作与批评的错位脱节现象。针对这种研究状况，本书力图采用现代性的理论视角与批评话语，试图将九十年代女性诗歌写作作为一个整体现象放在现代性的视野中来对其进行全面系统的考察研究分析阐释，在现代性、女性、时代性三者构成的逻辑关系中，对女性诗歌在九十年代的发展、演化、断裂、转型展开综合论述。既突出女性诗歌在九十年代转型的外在时代性因素：大众消费文化时代的来临；又突出转型的内在因素：女性自身的现代性冲突，并指出现代性是其转型背后的根本因素。同时又将其放在九十年代诗歌、五四新文学传统、新诗传统的大历史框架中，在传统与现代与当代构成的历史对话中，对其进行现代性的历史回溯。指出它与五四新文学传统、新诗传统以及九十年代诗歌之间的断裂与重合、延续与变异以及从先锋到边缘的关系。从而力图对九十年代女性诗歌写作进行全面系统性的宏观学理考察、分析与阐释，以填补此方面研究的空缺与不足。由于时间仓促，学养不足，水平有限，故一定存在纰漏，敬请专家指正。

第一章

大历史的语境：大众消费文化时代的来临

第一节　对女性写作的再界定：女人写作、女权主义　写作、女性写作

一、大众消费文化时代来临与九十年代女性诗歌写作转型

二十世纪对人类来说是个惊心动魄的世纪，在许多领域都发生了重要的变化。而二十世纪九十年代对中国而言，更有着不同寻常意义。正是在这个时期，中国的经济文化开始发生急剧转型，历史进入以后现代主义为特征的大众消费文化时代。急剧的历史转型导致了许多社会领域的变迁，迅速到来的大众消费文化引起了人们在社会心理、思想价值观念、行为方式等方面的变化。二十世纪九十年代诗歌领域所发生的转型性质的断裂性先锋写作，正是这种巨大社会历史变化的一个投影，而九十年代女性诗歌写作的转型，正是这种断裂性先锋写作的一个表征。因此从九十年代女性诗歌写作的窗口，不仅可以窥视到历史转型期人们在社会心理、价值观念、思想意识等方面发生的变化，亦可以透视到整个九十年代诗歌所发生的变化。

在这个意义上，探索九十年代女性诗歌写作的转型，探讨女性诗歌写作在九十年代转型的社会政治经济文化心理原因，探讨九十年代女性诗歌写作的题材内容思想转型倾向、艺术技巧特点、规律、趋势，以及九十年代女性诗歌与五四新文学传统与九十年代诗歌之间互相影响、断裂与重合、从先锋到边缘的关系，并对九十年代女性诗歌做出及时的反思、评价与总结，就显得尤为必要。而进行这项工作的前提，需要首先对女性写作这个重要的概念进行必要的界定，因为九十年代女性诗歌写作在大的范围是归属于女性写作这个范畴。由

于女性写作和妇女运动密切相关，因此，我们有必要对妇女运动作一下简要的概括性回溯，并在这种回溯中来厘清和梳理女性写作和妇女运动的关系，理解女性写作的不同含义及其鲜明的政治色彩。

二、女性写作与妇女（女性主义）运动

女性写作实际是妇女运动或说女性主义运动的产物。它是伴随着世界范围内妇女运动，伴随女性主义浪潮的高涨、女性权力的崛起而出现的，尤其和第二次女性主义浪潮运动相关。关于女性主义运动主要有"两次浪潮说"和克里斯蒂娃的"两代说"。按照"两次浪潮说"，第一次女性主义浪潮产生于19世纪后半叶，主要发生在欧美，以要求妇女政治上的平等，争取妇女选举权为主要内容，关注焦点是妇女集体的政治、社会权益。第二次女性主义浪潮发生于二十世纪60年代，这一次运动规模宏大涉及欧美各个发达国家，尤其以法国和美国为代表。它的主要主张是消除两性差别，要求公共领域对妇女全面开放，改变女性的附属地位，其关注焦点集中在女性个体生理、心理的体验上，提出的一个重要的口号就是"个人的就是政治的"。这一次女性主义浪潮直接促进了当代女性主义理论的诞生。如被奉为女性圣经的西蒙·德·波伏瓦的《第二性》，强调女人不是天生的，而是社会造成的；被视为文化女性主义开山之作的凯特·米勒特的《性政治》，强调性行为在文化含义上的政治属性。

而法国女性主义者，朱丽亚·克里斯蒂娃的"两代说"，主要体现在她在《妇女的时间》中相关阐述。她在《妇女的时间》中认为，第一代女性主义运动植根于国家的社会政治生活中；20世纪60年代末出现的新一代女性主义不再局限于社会、政治层面的认同，而将注意力转移到主体内在的文化、心理层面。由此可见，无论是"两次浪潮说"还是"两代说"，都表明女性主义运动具有鲜明的政治特征和社会实践性。因此，这种以倡导女性主义为核心的妇女运动必将最终导致文学领域里的女性写作实践活动，并且来源于女性主义运动的女性写作这一概念必然含有鲜明的政治性。两次妇女运动浪潮中所积累的实践经验和思想理论正为女性文学批评和女性写作提供了坚实的历史基础和必要的话语理论资源，女性写作的兴起与发展正是妇女运动在文学领域里的表现。

同时，在两次女性主义运动中，按照不同的地域、政治理论主张或方法论等，还产生了不同女性主义流派的划分。如常见的重视社会实践的英美女性主义、重视文化地位的法国女性主义。按照埃莲娜·萧瓦特所说："英国女性主

义批评基本上是马克思主义的，它着重在压迫；法国女性主义批评基本上是精神分析的，它着重在压抑；而美国女性主义批评是文本分析的，它着重再现。"① 还有一种比较常见的分法是将女性主义分为：自由女性主义、社会主义女性主义、激进女性主义、后现代女性主义以及其他女性主义等。其中自由女性主义致力于两性间的平等和公正，倡导理性，质疑传统，主要研究框架是女性的理性与情感问题；社会主义女性主义主要致力于在公众领域和私人领域解决、克服私有制经济结构所造成的对妇女的异化和阶级压迫问题；激进女性主义强调两性之间的生理差异、宣扬女性生理特质的优越性，是一种基于女性生理差异的而建立起来的女性本质主义，主要侧重在自然、文化层面来关注解决女性问题；后现代女性主义则以后现代主义去政治、反主体的解构理论为核心，反对一切差异，它不仅解构了男性的主体理论，而且也解构了女性自身的主体理论，因此是一种反本质主义的女性主义，后现代女性主义还强调身体、感官、直觉，特别注重话语理论的建构，认为话语就是权力，力图用一套新的话语取代一套性别话语。这些不同的女性主义流派话语为女性写作提供了相关的思想指导和话语理论资源，形成了女性写作不同阶段的写作风貌，并直接促使了女性写作在不同阶段的转型。

三、对女性写作的界定

有必要首先说明的是，"女性写作"的观点是由法国女性主义者埃莱娜·西苏在《美杜莎的笑声》（1975）中首次提出来的。她说妇女"必须写妇女，促使妇女开始写作。暴力把妇女从写作那里驱赶开来，如同把妇女从自己的躯体驱赶开来一样——出于同一原因，依据同样的法规，由于同样致命的目的。妇女必须把自己写进文本——就像通过自己的奋斗嵌入世界和历史一样"②。西苏认为写作是一个载体，女性也是个载体——生产和再生产生命。在这个意义上写作是女性的。西苏强调：写作，这一行为不但将实现妇女解除对其性特征和女性存在的抑制关系，从而使她得以接近其原本力量；这行为还将归还好的能力与资格、她的欢乐、她的喉舌，以及她那一直被封锁着的巨大的身体领

---

① Elaine Showalter, *The New Feminist Criticism*: *Essay on Women*, *Literature and Theory*, New York: Pantheon, 1985, p. 248.

② 张京媛：《当代女性主义文学批评》，北京大学出版社 1992 年版，第 188 页

域；写作将使她挣脱超自我结构，在其中她一直占据一席留给罪人的位置。因此她提倡一种可以使妇女摆脱菲勒斯中心语言的女性写作。从中我们可以看出，女性写作不仅带有鲜明的政治色彩，而且女性写作的实践必然与女性躯体和欲望相联系。

而关于女性写作这一概念的界定是在与其相关的概念的比较区别中来进行的。关于女性写作，经常有这样三个概念与其相密切相关并相混淆。这就是女人写作、女权主义写作、女性主义写作。首先女人写作，是指抛开写作内容，而单就写作主体的性别而言的写作，在这种写作中往往是缺少鲜明的性别意识，主要是模仿男性传统的主导价值观念、艺术标准。事实上，国内与女性写作最相关的两个词就是：女权主义写作和女性主义写作。十分明显的是，这是强调性别与权力的写作。而实际上女权主义与女性主义并不是我们本国的词汇，而是外来词，它们同源于英文词"feminism"。如果按照"feminism"一词的直译，无疑它应该译为女性主义。但是人们根据"feminism"一词主要张扬的政治主张和倾向，在本世纪初就已将其意译为女权主义。由此可见，女权主义应该与女性主义等同，它们都强调由性别差异而带来的政治性。无论是女权主义写作，还是女性主义写作，它们都强调写作的政治性。在这个意义上"女性主义"一词的"性"字应该包括"权"字，女权主义也就是女性主义。

但是根据妇女解放运动不同时期的阶段性情况和女性写作不同时期的阶段性特点，女权主义和女性主义以及相应的女权（女性）主义写作和女性写作，又在实践中存在着具体的差别。实际上针对妇女解放运动而言，女权主义和女性主义代表了妇女解放运动的两个不同时期。女权主义代表了妇女早期为争取政治经济文化物质利益待遇方面与男性的平等而斗争的时期，而当强调"女性主义"一词的时候则代表了进入后结构主义所强调的性别话语理论建构时期。因此早期的女权主义代表了妇女运动的政治行为斗争阶段，而女性主义则代表了妇女运动的性别话语理论建构时期。而关于女权（女性）主义写作和女性写作的微妙差异，则见于美国女性主义文学批评家伊莱恩、肖瓦尔特根据女性亚文化的共性，对妇女创作三个阶段的划分。肖瓦尔特在《她们自己的文学：从勃朗特到莱辛的英国妇女小说家》中提出女性亚文化的观点。她认为女性写作是出于一种共同的心理和生理体验：青春期、性心理的萌动、怀孕、分娩和更年期等女性特有的生理过程体验及作为女儿、妻子和母亲的社会角色的独特心理体验等。这种不同于男性的共同体验使她们紧紧地结合在一起，形成一种非自觉的文化上的联系，自然形成一种女性亚文化。她根据这种文学亚文化的共性，将妇女作家的创作分成三个阶段：一、"女人气"阶段（Feminine）：这是一个较长期的摹仿主导传统的阶段，这也是一个将主导传统的艺术标准及关于社会作用的观点内在化（internalization）的阶段；二、"女权主义"阶段（Feminist）这是一个反对（protest）主导标准和价值，倡导（advocacy）少数派的权利、价值和自主权的时期；三、"女性"阶段（Female）：这是一自我发现（selfdiscovery），一个摆脱了对对立面的依赖而把目光投向内心，寻找同一性的过程。①

由此可见，女权（女性）主义写作实际上侧重于强调写作行为的政治性，倡导一种反男权主流价值观念，而宣扬女性作为一个特殊的性别群体，从身体生理到精神意识同样优越的一种对抗性、批判性的反意识形态写作；而女性写作则是抛弃了与男性的对抗，而将目光投向所有差异存在的领域，并在写作中对造成诸种本质差异的社会文化政治心理因素进行反思与纠正，从而必然形成追求同一性的一种反本质主义写作。根据我国妇女解放运动情况和女性诗歌创作特点，可以认为，肖瓦尔特对妇女创作的划分同样适合我国女性诗歌创作情况，也就是说我国女性诗歌创作同样存在"女人气"阶段（即女人写作阶段）、女权（女性）主义阶段、女性写作阶段，而且女性诗歌写作在实际中又存在着广义和狭义之分。

针对九十年代而言，女性诗歌创作既然在九十年代已经实现了一种断裂性的转型，这种断裂性的转型实际上就是一种去性化的转型，因此九十年代女性诗歌在主体上自然已越过了女人写作阶段和女权（女性）主义写作阶段，而进入了肖尔瓦特所说的"女性"写作阶段。但是当我们提起女性诗歌写作的时候，因为习惯势力的原因，我们在更多的时候，指的是一种女权（女性）主义写作，这似乎是约定俗成力量的结果。因为相对于女权（女性）主义写作而言，"女性"写作是它的高级阶段。因此作为"女权（女性）主义"意义上的女性诗歌写作，它主要侧重强调的是一种性别经验和性别意识的写作，并且它侧重的是一种女性话语理论意识的建构；而当强调"女性"意义上的诗歌写作的时候，它主要侧重的是一种有意消除差异，而寻求同一性的反本质

---

① Elaine Showalter, *A Literature of Their Own*: *British Women Novelists from Bronte Lessing*, Princeton: Princeton University Press, 1977, pp. 11 ~ 12.

主义写作。这实际上是对女性诗歌写作所做的一种狭义上的分法，而广义上的女性诗歌写作通常既包括女权（女性）主义写作，又包括狭义上的"女性"写作，并且以女权（女性）主义写作为主。这也就是我们为什么会在更多的时候，将女性写作理解为女性（女权）主义写作，说女性写作带有很强的政治性的原因，这正是在广义上使用女性写作这一概念。有必要说明的是，本书也正是在女性写作的广义范畴上来使用女性诗歌写作这一概念，并用它来观照女性诗歌写作在九十年代所发生的变化。正是站在女性写作的广义范畴立场上，我们才发现了女性诗歌写作在九十年代所发生的断裂性的转型，即从女权（女性）主义写作走向女性写作，实现了从女性——诗歌的本体转型。

第二节　经济文化转型与九十年代女性诗歌写作转型

一、转型原因概说

女性诗歌写作在九十年代的转型，首先是时代的因素。即大众消费文化时代的来临，造成了九十年代经济文化的转型，九十年代经济文化的转型，直接创造了一个个人化、女性化的时代，进而导致女性诗歌转型。而从根本上说，则是现代性因素导致九十年代女性诗歌转型。这是因为女性诗歌从诞生到转型是在现代性、时代性、女性三者所构成的逻辑关系中展开的，因此，现代性、消费性、个人性、女性与女性诗歌之间存在着一种内在的互动关系。在一定的时代意义上，现代性就是消费性，就是个人性，就是女性，而女性诗歌则是现代性与女性直接相遇的产物，现代性的进一步的发展则导致了它的转型。其次，西方后现代文化理论的介入也在外在条件上促使了九十年代女性诗歌写作的转型，它直接为九十年代女性诗歌写作提供思想话语理论资源，并促使其发生转型。因此，现代性与女性的相遇不但诞生了女性诗歌，而且直接促使其转型。

二、九十年代经济文化转型：消费化、个人化、女性化时代来临

九十年代中国经济高速发展，中国经济文化开始转型，历史进入以后现代主义为特征的大众消费文化时代。这种以后现代主义为特征的大众消费文化，创造了一个真正个人化、女性化的时代，为女性提供了特殊的历史机遇。

中国八十年代发生的"第三次技术革命"与"第四次技术革命"使我国的电力工业、汽车工业、化学工业、农业，尤其是电子通讯技术、生物技术以及海洋航天技术得到飞速发展，从而导致了生产力水平的极大提高，使中国迅速实现了工业、农业、商业、科技等方面的现代化，进入了现代化国家行列。同时，随着工业化、城市化、科技化步伐的加大，市场化、商业化的进展，直接刺激了消费的大幅度增长，客观上推动了商品经济的发展，使中国提前进入了现代化的商品消费社会。与之相应的是，我们进入了一个大众消费文化为主的时代。

追根溯源，九十年代这种商品经济高度发达的个人化性质的大众消费文化正是现代性理念所追求的现代化的表现，正是现代化理念在经济方面投射的结果，它正是我们长期以来所追求的现代化目标在经济方面的实现。这种经济方面的现代化即体现在由工业化、城市化、市场化、科技化所导致的个人化、消费化方面。这种由一系列经济方面的高度现代化所导致的个人化的大众消费文化时代，必将导致一个女性化时代的到来。在某种意义上，女性化正是个人化的一种表现。

九十年代，经济高速发展导致了生产力水平的极大提高，使相当一部分人可以从劳动中解脱出来，这样客观上造成了劳动力的解放，尤其是女性可以从家庭生育的重负中解脱出来走向社会，进入各个行业领域，其中也包括文学创作领域。这使由性别差别带来的社会职业歧视、压抑现象大大降低，从而在客观上也增添了九十年代的女性化色彩，使女性依靠体制进行职业写作成为可能。另一方面，这种由经济高速发展造成的劳动力的解放，不仅几乎消灭了在社会职业领域的性别差别及其所造成的压抑，也催生了市民社会有闲阶层的诞生，九十年代的一部分女性诗歌写作者就属于这种体制外市民社会中的有闲阶层。正是这种经济与时间的双重宽余与有闲，同时由这种经济与时间的双重宽余与有闲所形成的一种休闲心态，为九十年代的女性进行创作，尤其是诗歌创作提供了在时间、物质和心态上的最基本的可能性条件，使九十年代的女性开始对工作、家庭以及人生、世界中存在的诸多问题进行反思和写作。同时商业利益的驱动，现代出版印刷业的发达与机制的宽松，也为女性的写作与传播提供了便利的条件。

正是在九十年代中国经济文化发生转型的特殊历史机遇下，才使九十年代的女性对个体自我作为一个以性别为特征的弱势阶级以及周遭的一切进行深入的反思，并率先在诗歌中尝试后现代主义的先锋创作，开个人化诗歌先锋写作之先河，从而促使九十年代女性诗歌写作的进一步深化发展和转型。因此，正是在九十年代特殊的政治经济文化情境中，女性才从八十年代中后期的压抑呐喊状态，走向九十年代真正个性化的自我发展时期。可以说，相对二十世纪及以前历史上的女性而言，再也没有哪个历史时代上的女性，比生活在九十年代的女性更为幸运和风光。正是在这个意义上说，九十年代又是一个女性化的时代。

当然，由于经济文化转型造成的特殊的后现代政治经济文化情境，使九十年代呈现出强烈女性化色彩，这只是九十年代成为女性化时代的重要原因之一。此外，九十年代的女性化色彩还与女性在九十年代自身现代性思想意识的觉醒、深化有着直接的关系。九十年代女性自身的独立自主意识加强、自我性别意识高涨，在各个领域都加强了自身作为独立性别群体的合作，注重在各方面提高自身作为一个性别群体的整体综合素质。它表现在各种女性刊物的创立、女性专业机构的设立、女性会议的召开、女性诗人作家队伍的壮大、女性创作质量的提升以及女性在各个领域的突出表现和取得的卓越成绩等方面。同时九十年代的女性化色彩还与西方后现代主义文化理论，尤其是后现代女权主义理论的介入与兴盛所带来的影响有着密切、直接的关系，关于这一点，我们将在后面详细论述。这样，由于九十年代经济文化转型造成的后现代复杂政治经济文化情境和女性自身在九十年代的思想意识的觉醒深化以及西方后现代文化理论，尤其是后现代女权主义理论影响的综合作用，就使女性意识的大范围觉醒、深化作为九十年代的一种凸显的时代现象，而使九十年代几乎成为一个女性化的时代。

三、消费化、个人化、女性化时代来临与九十年代女性诗歌转型

九十年代的这种个人化、女性化的后现代大众消费文化的时代背景，在大的历史社会时代语境上，为女性在九十年代的充分发展，为九十年代女性深入诗歌创作，提供了一个最佳的外在时代氛围。九十年代女性诗人也正是在这种最佳的、个人化的、女性化的社会时代语境里，抛却了形而下的性别问题的思考而走向了对个体内在生命和时间等形而上问题的沉思，并在这种沉思中，使九十年代女性诗歌写作在思想内容和艺术层面上完成现代性的转型，使自我和诗歌写作艺术同时走向成熟。

虽然女性诗歌是产生于八十年代中后期的一种现象，但它并不代表那个时期是个女性化的时期，更不代表女性力量在那个时期崛起。相反，它正表明那个时期是个非女性化的时期。换句话说，女性诗歌在八十年代中后期的性别对抗性，正在相对的意义上说明，女性在八十年代中后期仍然存在着严重的来自于性别的压力，女性权力、女性解放在社会上并没有得到充分的实现。因为有压抑，才有呐喊；有不平，才有抗争。诗歌正是不平和抗争的表现，话语正是对立和差别的产物。这正是索绪尔语言学的重大揭示之一。因此女性诗歌在八十年代中后期的出现，只是女性力量即将崛起的一种先锋话语，它所要呼唤和昭示的正是一个即将到来的女性化时代——九十年代。在更进一步的意义上说，崛起于八十年代中后期的女性诗歌正是在为即将到来的女性化时代——九十年代鸣锣开道。因此它在崛起时的八十年代中后期，首先进行的是一种揭示和铲除性别领域里存在的一切压抑的写作，而只有在真正女性化时代——性别压抑基本消除了的九十年代来临之后才能进行真正诗歌本体意义上的写作。这也就是为什么女性诗歌在真正女性化时代——九十年代来临后，淡化了它的性别色彩，而实现了一种从女性到诗歌的本体转型。

　　在某种意义上，九十年代女性诗歌这种由性别倾向淡化消解而构成的转型，似乎使女性诗歌对自身所具有的性别政治含义构成了一种反讽、颠覆和解构，因此这种转型实际上是一种去性化过程。但是在另一方面，这种去性化使九十年代女性诗歌写作从差异走向认同，回归到真正诗歌本体的写作，而最终消融于九十年代诗歌写作。因此，女性诗歌写作在九十年代的这种去性化转型，在诗歌本体的意义上，是它走向成熟的标志。这种去性化的转型，实际上实现的就是从女性——诗歌的转型。由于诗歌是语言的艺术，因此这种去性化导致的转型之一必然是朝向诗歌词语修辞的转型，这即体现为九十年代女性诗歌从一种性别意识的觉醒过渡到诗歌语言意识的觉醒。这也就是以翟永明为代表的九十年代的女性诗歌写作为什么是一种面向词语的写作、面向诗歌本身的写作，以及女性为什么在九十年代要宣称："我是女性，但不主义。"①

　　另外，去性化造成的另一种重要转型是女性身体写作在九十年代发生了变异。这种变异体现在，身体写作从一种单一标举性别差异的政治写作转变为含义多维的身体写作。即：追求快感的青春写作、女性意义上的诗性身体写作、

　　①　崔卫平：《我是女性，但不主义》，《文艺争鸣》1998 年第 6 期

对抗技术主义异化意义上的先锋写作。当然，九十年代女性诗歌这种去性化不仅导致词语修辞学倾向的转型和女性身体写作的变异，还导致其他方面书写的变异转型。综合起来说，九十年代女性诗歌的转型主要表现在：九十年代的女性诗歌已告别了八十年代中后期高昂、单调的性别对抗而进入到了一个激情和词语磨合的时期，并在激情和词语的磨合过程中，转入对日常生活的散文化抒写和个体内在生命的沉思；从一种面向性别的写作，转向面向词语的写作；从过去的集体对抗转向个人化的抒写，身体写作从过去的单一化走向多元化。这使九十年代的女性诗歌写作呈现出一种表面沉寂而实际上却是现代主义与后现代主义共存的多元化写作态势，并在这种多元化的写作态势中走向成熟，成为一种现代性的时代先锋写作。这样，九十年代女性在九十年代——这个千载难逢的大的社会历史时代语境下，充分利用九十年代这种个人化、女性化的后现代大众消费文化的时代背景，通过对人生和艺术的深刻思考与卓绝努力，使九十年代女性诗歌在思想内容和艺术创作的双重层面上实现了一种现代性的转型。

由上述分析，我们可以看出，由于九十年代经济文化的转型，导致了大众消费文化时代和大众消费文化时代的来临，又导致了一个个人化、女性化时代的来临，进而导致了九十年代女性诗歌的转型。这表明：在某种意义上，文化时代的消费性、女性与女性诗歌之间存在着一种内在的互动性关系。九十年代经济文化转型从根本上说，是现代性理念追求导致的结果。因此导致这种文化时代的消费性、个人性、女性与女性诗歌之间内在互动关系的，就是现代性。现代性、消费性、个人性、女性之间存在着一种内在的必然性逻辑关系，同时，这也是现代性所追求的历史化的一种表现。在这样的意义上：现代性就是消费性，就是个人性，就是女性。因此现代性必然导致一个个人化、女性化的大众消费文化时代的到来。这种由现代性导致的必然性逻辑关系也暗示着女性诗歌的必将出现与转型。因为诗歌总是某种意识形态的先锋话语，而现代性、消费性、个人性、女性之间的逻辑关系正是在以追求现代性为核心，建立现代中国民族工/国家的过程中层层展开的。当然九十年代女性诗歌转型还与女性自身在九十年代思想意识的现代性觉醒深化以及西方后现代文化理论，尤其是后现代女权主义理论影响的综合作用有着密不可分的直接关系。这一点，我们将在后面展开详细论述。

四、现代性视野中的消费性、个人性、女性、女性诗歌之间的互动关系

八十年代中后期以躯体写作为特征的女性先锋诗歌写作标志着女性即将开始浮出历史地表，标志着女性话语的诞生，标志着女性作为一种群体力量，在微观的意义上，即将开始登上历史舞台，同时也标志着一个个人化、女性化时代的即将到来。这也就是为什么在八九十年代的女性诗歌创作中会充斥着大量的反本质主义的个人性话语，它意味着微观政治将取代宏观政治，个人性话语将取代宏大话语，历史将在九十年代进入一个个人化、女性化时代。这种变化是现代性导致文化时代的消费性使然。在这样的意义上，现代性就是消费性、就是个人性、就是女性，由现代性导致的现代化，就是消费化、个人化、女性化。正是由现代性导致的现代化，才出现了时代文化的消费化、个人化、女性化，它们都是现代化的不同侧面表现而已。在某种更深刻的意义上，消费化、个人化、女性化，它们都暗示着现代性所必然导致的某种非历史化倾向，暗示着历史的终结与主体的解构，暗示着人和社会将陷入历史解构的巨大虚空与混乱迷惘之中。

由此我们可以看出：现代性使中国作为一个民族/国家，在实现现代化过程中出现的八九十年代由政治重心向经济重心转移和西方文化思潮大量介入所造成的特殊社会历史文化情境，才为女性浮出历史地表、重新审视自己、审视自我与他者与世界的关系，提供了最佳的社会物质文化语境。只有在九十年代这种特殊的社会政治文化历史情境，女性才能走出男性话语的遮蔽，摆脱国家/民族的宏大叙事话语，浮出历史地表，进入一个真正女性化、个人化的自我发展时代，并最终"从黑夜走向白昼"（翟永明），从对抗走向成熟，进而导致女性诗歌写作从八十年代中后期诞生发展到九十年代走向转型成熟。

虽然女性在世纪初的五四时期就已遭遇现代性的问题，但现代性真正与女性自身发生交锋，促使女性自身性别意识的觉醒，使女性能够对性别话语建构中的自我进行认识，却是始于八十年代中后期，并成熟于九十年代。由于九十年代女性自我意识的成熟，直接导致了九十年代女性诗歌写作的转型。因此现代性在女性问题方面的投射结果就是通过女性诗歌的先锋话语造就了一个女性化的时代，开启了女性自我性别意识的觉醒与成熟。在这个意义上，现代性可以理解为女性。由此可见，现代性在塑造现代中国民族国家和现代化个人方面的话语演绎逻辑就是现代性——国家性、民族性、阶级性——消费性——个人

性——女性。

这样，在现代性的意义上看，女性诗歌在八十年代中后期的异军突起，是一种必然现象，它是社会即将变革、转型象征的先锋话语。而女性诗歌在九十年代进一步的发展、成熟与转型，也同样是一种必然的现象，是时代的变迁导致了诗歌的转型。所以，在现代性的意义上，我们可以看出，女性诗歌的诞生与转型，从根本上说，是现代性在特定的时代与女性相遇的结果与产物。现代性与消费性、个人性、女性、女性诗歌之间存在一种内在的互动性关系。现代性导致的大众消费文化时代的萌芽与出现，也即一个个人化、女性化时代的萌芽与出现，才使女性自我性别意识的复苏从八十年代中后期的觉醒，走向九十年代的充分自觉与成熟，进而导致女性诗歌在八十年代中后期崛起，而在九十年代走向成熟与转型。因此现代性是女性诗歌诞生和转型的根本因素，而由现代性导致的九十年代以后现代主义为核心的大众消费文化时代的到来，则是女性诗歌在九十年代转型的直接因素。现代性与女性相遇的结果不仅在八十年代中后期诞生了美丽奇异的女性诗歌，而且在根本上促使女性诗歌写作在九十年代进一步的断裂性发展、深化与转型，并在这种断裂性的发展、深化与转型中走向成熟。

第三节　西方后现代文化理论介入与九十年代
女性诗歌转型

一、女性诗歌：历史转型和后时代的话语标志

西方后现代文化理论（包括后现代女权主义）在中国介入主要是始于八十年代中后期，兴盛于九十年代。它是西方自二十世纪六十年代以来兴起，至八十年代中期达到其鼎盛的一个哲学文化思潮，广泛涉及哲学、文学、艺术和大众文化。它的总体理论特征是：（1）反对整体和解构中心的多元论世界观；（2）消解历史与人的人文观；（3）用文本话语论替代世界（生存）本体论；（4）反（精英）文化及其走向通俗（大众化或平民化）的价值立场；（5）玩弄拼贴游戏和追求写作（本文）快乐的艺术态度；（6）一味追求反讽，黑色幽默的美学效果；（7）在艺术手法上追求拼合法，不连续性，随意性，滥用比喻，混同事实与虚构，（8）抒写身体等。

这股后现代文化思潮自九十年代以来在中国迅速蔓延，在中国当代文化生活的各个领域都产生了重要的影响，它来势之猛，使我们仿佛在一夜之间，仓促地跌入了一个眼花缭乱、前所未有的被称为"后"的多元化时代。如果说，这个被称为"后"的文化时代，在文学上有什么重大影响意义和标志的话，就是它直接促使了当代文学的重大转型（这种转型始于1985年）和女性诗歌的诞生。因此，女性诗歌是后现代主义文化思潮的产物，后现代主义文化理论思潮对女性诗歌的兴起、发展产生了重要影响，起到了推波助澜的作用。在这个意义上，女性诗歌也是历史转型、我们即将进入一个新的"后"时代的话语标志，它的出现和兴盛表明：后时代将是个个人化、女性化的时代。所以，套用吉登斯的话说，虽然"我们还没有生活在后现代的社会氛围之中"，但是，透过女性诗歌，"我们已经能够瞥见那不同于现代制度所孕育出来的生活方式和社会组织形式的缕缕微光"①。因此，在这个意义上，后现代主义，也可以说就是个人主义、女性主义。后现代主义就是这样和女性、女性主义、女性诗歌之间结下了不解之缘。它和女权主义，一方面让女性在八十年代中后期浮出历史地表，即女性诗歌在八十年代中后期兴起；一方面让女性在九十年代走向成熟，即女性诗歌在九十年代走向转型。这就是后现代主义和女性、女性诗歌之间的关系。

二、西方后现代主义文化理论和女性诗歌及其转型

后现代主义文化理论庞大芜杂，而对于女性诗歌产生意义的主要是以德里达的解构主义、福柯的关于身体政治和权力话语的理论等为代表的后现代女权主义理论。德里达主要通过颠覆传统语言文字秩序来揭示、批判现实中一切二元对立等级制的虚伪性。他指出先验的存在是不可能的，并不存在先验的本源和意义，并不存在一个高高在上的等级，存在的只是幻想中话语差异的无限迂回游戏。因此真理是不能抵达的，普遍主义是虚幻的，本质和绝对是不存在的。真实的，只是差异间的一种相对运动，一种虚妄游戏的过程，是一种话语的无限否定性异延活动。现实的世界只能是话语游戏的无限分解运动，也即禅宗所说的名言戏论。用德里达的话说，"意义的意义是能指对所指的无限的暗示和不确定的指定……它的力量在于一种纯粹的、无限的不确定性，这种不确

---

① 安东尼·吉登斯：《现代性的后果》，田禾译，译林出版社2000年版，第446页

定性，一刻不停的赋予所指以意义……它总是一次又一次地进行着指定和区分"①。这也就是德里达称之为"撒播"的生成过程，抗拒一切外在强加的结构束缚，而具有一种反中心的、不确定的动态性。这样，就通过对中心的解构，对在场的扬弃，颠覆了包括男女在内的，一切强调优势对立的传统二元对立等级制度，从而解构批判了西方传统的形而上学主义，而强调一种多元性、差异性、他者性、边缘性、异质性的存在，为消解男女间二元对立导致的性别压抑提供了思想理论基础。因为在所有的二元对立中，无论是东西方，男女间的等级对立也许都是最为严重的。

按照西方传统形而上学的隐喻和策略，男女之间的二元对立建构出了两组置男性于优先地位而置女性于劣等地位的对立品格。这一图式包括理性与情感、果敢与被动、强壮与柔弱或公共与私人等一系列二元区分。这些都是策略性的对立，将男子置于等级制中的优等位置，而置妇女于卑贱位置，并视女性为从属性别。这种意识形态话语最早可以追溯到柏拉图和亚里士多德那里，它为男子对妇女的统治提供了借口，把妇女们捆绑于家务劳役之中，排除于公共生活和理性与客观性声音之外。正因为有这些意识形态机制，因而以攻击普遍主义、本质主义、基础主义以及二分法思维模式为目标的解构主义、后结构主义或后现代理论，就与女性主义话语理论产生了共鸣。它对多元性、差异性、他者性、边缘性以及异质性的强调，深深吸引了被边缘化、被排斥到理性、真理和客观性声音之外的女性们。它从理论上说明了这种性别偏差存在的不合理性，使人看到这种对立的思想意识包含着的是一种先验的错觉。因此，以德里达为代表的后现代理论为女性对现代性和现代话语的一种批判，提供了最为有力的哲学思想批判武器。

德里达的这种解构思想在介入我国后，不但促进了标举性别意识的女性诗歌在八十年代中后期的诞生（如女诗人伊蕾最为典型，她创作出了一系列欲突破男女二元对立界限的诗作，这些诗作代表性的有《被缚的苦恼》、《我是谁》、《我的意义不确定》、《巴拿马封锁线》、《主体性》等，从这些诗作名字和其中抒写的内容上看，它们简直就是对德里达解构理论的诗学演绎），而且直接使女性诗歌中的性别批判写作在九十年代产生变异转型并走向深化和成熟。使九十年代女性诗歌由一种性别意识的觉醒走向性别意识的消解，由一种

---

① ［美］道格拉斯·凯尔纳等：《后现代理论》，张志斌译，中央编译出版社2004年版，第27页

激烈的宣扬女性性别优势的性别对抗写作转变为淡化性别差异，试图消解性别倾向的无性别写作。如女诗人张烨在其九十年代的《无性别写作》中写道："白昼和黑夜不过是一种秩序/形状不同，之间没有玻璃/世间的万事万物是一个整体/创造的轮子是没有性别的，只有无穷无尽的生命痕辙。"并且这种无性别写作在九十年代又进一步演化、发展到走向性别差异的认同与回归：如匡文留在《男人的光芒》中写道："既然仅有女人构不成世界/我便构不成自己/男人啊/以你生命的神髓完成我的一半/以你的博大精深创造着天宇/我发育健长的过程/就是你荫护热爱滋润的过程/就是你与日月同辉的过程/我完美的成熟/是你的杰作。"这样，就使女性诗歌在这种对性别差异的认同与回归中走向深化和成熟。

而福柯的后现代理论主要是通过对现代理性、知识形式、社会制度、权力形式以及主体性的质疑、反思展开批判。他指出这些东西表面上看起来似乎是天经地义、自然而然的，实际上却是权力与统治的偶然的社会历史建构的产物，权力已经象毛细血管一样渗透到社会生活的文化、心理、意识思想等各个层面，它无处不在，因此，这是一种微分的谱系学权力系统。福柯强调现代理性通过社会制度、话语和实践等方式对个人的统治，即通过建构系统的知识体系和话语对各种经验形式进行分类和整理来实施，这种系统的知识体系和话语就是与社会实践参差交织着的语言话语系统。正是在社会话语实践中，通过话语的述行力量，即在推论中反复强调，不断建构，形成制度，建立各种知识体系，使人们接受并遵从，从而使权力的实施变得合法化，使客体对象的个人变得易于管理和控制。如人们说"你是一个女人"，这句话实际意味的不仅仅是性别属性的判断，更是意味着指向一种行为力量的实践行动。因此"你是一个女人"的话语述行力量意味着"你"将履行女人所应该践行的一切，诸如生孩子、顺从丈夫、遵守妇道等。由此可见，知识是权力话语的产物，话语具有着巨大的隐蔽力量。在福柯那里，话语具有了本体论的内涵。话语是构成知识的方式，各种话语不仅是思考、产生意义的方式，更是构成它们试图控制的那些主体的身体的本质，无意识与意识的心智活动以及情感生活的要素，无论身体思想或是情感，它们只有在话语的实现中才有意义。人类的一切知识都是通过话语而获得的，我们与世界的关系只是一种"话语"关系。"话语"也不是通常理解的一种"中介"，而在本质上福柯界定为人类一种重要的活动，即话语的实践。而话语的这种最大力量就在于，它在反复实践而形成的话语制度中，建构了一个虚妄的、易于管理的、规训的主体。这正是福柯理论的另一个重大贡献。

因此，透过福柯的理论，我们看到：我们拥有的这个现代理性意义上的社会性主体，是话语制度建构的产物，它是一种虚妄的社会性话语产物。不是我们真实生理和灵魂意义上的自己，它已打上了太多的社会化的暴力印迹，也正是在这个意义上说，拉康认为语言是一种暴力行为。而我们从一出生，就已经进入了语言这个暴力系统，遭到了它的异化，也即社会化，而进入一种社会性的、主体性的建构过程。没有人能逃脱，因为语言是我们这个社会化世界的通行证，人类的所有行为都成为了现代话语"帝国主义"和权力/知识体制的控制对象。并且由这种话语制度，又通过学校、医院、社会公共教育等一系列公共机构体制，形成发展出了规训性的政治技术，从而强化了话语权力的政治效果，并将之扩充到整个社会领域，最终渗透到日常生活空间中。话语就是这样，通过一种无处不在的力量，强暴地将个体塑造成规训的社会化主体。它使权力弥散在整个社会场域中，构筑着个人的主体性和他们的知识与快感，对躯体进行殖民统治，即占用它的力量，同时又诱使它臣服和顺从。它不仅规训了个体的认同、欲望、躯体，也规训了个体的"灵魂"。因为"规戒"的最终目标和结果是"规范化"，通过对精神和肉体的改造来消除所有社会的和心理的非规则性，生产出有用且驯服的主体。

因此这个被规训的主体，在很大程度上（尤其是在福柯70年代以后的著述中），就是指承载着我们肉体、灵魂精神以及欲望的身体，尤其是重要欲望。这种对身体的规训也就主要体现在对重要欲望进行文化性的文雅压抑。福柯认为西方文化的连续性即体现在它始终把欲望视为一种需要用道德去加以规范的强大力量，而非连续性则体现在这种规范的手段方式上的不同。因此，权力也就正是通过各种形态的话语来严格地雕琢着躯体，它以躯体为目标来生产知识和主体性。躯体的生产过程就是使躯体在一个规范化的网络里接受雕铸的过程，这个权力网络限定并控制着整个知识——快感体系。但权力不是通过压抑来起作用，而是通过对性和"具体性本质"的主体的推论性生产来起作用。"对性的利用本身要求……以一种越来越精微的方式繁衍、改造、吞并、创造和穿透躯体，并以越来越广泛的形式控制大众。"[1] 为此，福柯呼吁要通过微

---

① ［美］道格拉斯·凯尔纳等：《后现代理论》，张志斌译，中央编译出版社2004年版，第62页

观政治解构这个被社会化了的、尘封着的主体，要解除文明在我们身上的锁链和重压。进一步说，也就是，他呼吁要通过微观的话语政治和生物性政治实现这种解构，建构新的主体形式和新价值的形式。他的话语政治主要是通过反话语的规则来实施对传统话语的颠覆。它主要通过颠覆原则、非连续性原则、特殊性原则和外在性原则来进行，这些原则可被概括为四个概念："事件"、"系列"、"规则性"和"存在的可能条件"，它们分别同传统的"创造"、"统一"、"本源性"和"意识"相对立。这样就对传统话语构成了解构和颠覆，拆除了形而上学的深度模式。而生物性政治主要是通过创造新的欲望形式和快感形式来重塑躯体，这样通过培养新的躯体和快感，就有可能颠覆规范化的主体认同和意识形式。

这样，由于福柯的话语权力和身体政治理论对传统社会的颠覆性，就直接为处于边缘和弱势地位的女性进行写作，尤其是身体写作提供了反叛的思想理论话语依据。它不仅使女性诗歌在八十年代充满了大量的批判、反思性的对抗话语、倒置话语，如唐亚平的："我们修房子，然后进进出出/我们造船开路，然后来来回回/我们垒砌，然后上上下下　我在家里出生入死　就该我绕着锅边转"（唐亚平《主妇》）中，对女性身份的反思与抱怨，以及在《一个名字的葬礼》中对女性身份的彻底话语解构，和伊蕾《给我的读者》中的"朋友，我要告诉你/你的一切渴望都是天经地义的"）中，对女性欲望的正义话语伸张；而且也使九十年代女性诗歌中的身体写作消解了意识形态性质的政治对抗，而转变为一种追求青春快感、弘扬生命本能的身体写作，并且在这种写作中充满了对主体社会化身份的话语解构。如伊蕾的《三月的永生》、尹丽川的《为什么不再舒服一些》。这正是福柯的微观政治中的话语政治和生物政治理论的诗学演绎。而九十年代女性诗歌话语政治最激进的产物就是中国第一份女性诗歌刊物《翼》的创立。如周瓒在《翼》的创刊号（1998）的前言中，这样对创刊的宗旨进行表述："女性写作，首先是写作行为的确认，是写作力量的汇聚和增强的意识，是把为女性传达她内在的、深切的生命经验与精神向往视为旨归的努力。女性写作，以一种"策略化的本质"（斯皮瓦克语）立场，关注不仅仅由于生理，而且更是由于社会历史和文化所塑就的性别差异及其对女性心理和创造历程的影响，继而达到对包括性别差异在内的文化反思与批判之目的。"由此，我们不难从其中看出，女性诗歌写作蕴含的鲜明话语政治意味色彩。

由福柯的这种权力话语理论、身体政治理论、主体身份建构理论，尤其是微观话语政治、生物性政治理论，我们就会理性的理解认识女性诗歌何以会在八十年代中后期出现、在九十年代转型，以及身体写作何以会成为女性诗歌写作的逻辑起点，并在九十年代产生变异，且在变异之后，产生去性化倾向（即去除身体写作中的政治化倾向）。这样福柯就在理论上阐明了女性诗歌中，标举性倾向的身体写作出现并存在的合理性，以及去性化出现的同样合理性。福柯本人对此问题也亲自做过阐述。他在一次访谈中这样说：

　　　　妇女解放运动的真正力量并不在于她们的性的特殊性，以及要求与此相关的权利，而在于从性的机器内部运作的话语中分离出来。这些运动确实是作为对性别的特殊性的要求从 19 世纪产生的。结果怎样呢？最终会形成一场真正的去性化运动，把性从中心转移出来，呼唤文化的新的形态、话语、语言等，它们不再与她们性别僵硬地附着和粘连在一起。在最初的阶段，她迫于政治需要不得不进行这种领队，这样她们的声音才能被人们听到。妇女运动中具有创造性和活力的因素正在于此。①

　　这里福柯从反面指出了这种身体写作存在的合理性和其积极的政治意义，它是性别政治斗争在特定历史阶段的产物。但是基于女性主义正由边缘位置向中心过渡的现实情况，福柯又策略地提出了"去性化"的建议。九十年代女性诗歌身体写作的发展变异转型又确实在实践中印证了福柯去性化理论的先见性和正确性。

　　在后现代主义理论中，与女性主义理论相关的还有德勒兹和加塔利。他们二位共同倡导微观欲望政治，批判现代话语与制度对欲望的殖民。提倡通过躯体与欲望的解放来促成社会的彻底变革与解放，指出欲望在本质上是革命性的，是积极的，富有生产性的。欲望是一部机器：它生产万物（"联盟关系"及现实本身），它以一种非连续性流动和"间断性流动"（break-flow）而运行，总是在制造与（局部）客体以及别的欲望机器的连接。欲望是一种非表意符号系统，透过它，无意识之流在社会领域中得以产生，欲望是由无意识以各种类型的综合而引发的情感与力比多能量的持续生产。作为一种自由的生理

　　① Foucault：*Power/Knowledge：Selected：Interviews and Other Writings，1972~1977*，ed. C. Gordon. Brighton：Harvest，1980. pp. 219~220.

能量，欲望追求包容性的而非排外性的关系，同物质流及局部客体建立随机的、片断性的、多样化的联系。不存在任何欲望的表达主体，也没有任何确定的欲望对象，"欲望的唯一客观性就是流动"。并且他们在《反俄狄甫斯》中指出不同社会体制尤其是资本主义社会都通过对欲望的"辖域化"（即通过驯服和限制欲望的生产性能量来压抑欲望的过程）来加强其统治，而"解辖域化"或"解码"（即将物质生产和欲望从社会限制力量这枷锁下解放出来的过程）则将会使欲望摆脱限制性的心理与空间界限，而使主体获得解放，产生无限的能量。因此，德勒兹和加塔利呼吁解域化的躯体，并将其称之为"无组织躯体"。无组织躯体即是指一个摆脱了它的社会关联、它的受规戒的、符号化的以及主体化的状态（如同一个"有机体"），从而成为与社会不关联的、解域化了的躯体，因此它能够以新的方式进行重构而放射出新的生命能量。

德勒兹和加塔利还有一个重要的观点：即倡导在日常生活中实现一种微观欲望政治。他们认为传统理性主义宏观政治对欲望、文化以及日常生活领域熟视无睹，岂不知这些领域恰恰是主体被生产和被控制的地方，也是法西斯运动的发源地。因此他们呼吁在日常生活中用一种微观欲望政治来取代阶级斗争政治，并进而指出在真正的阶级斗争到来之前，必须具备一个重要的先决条件——创造出革命的欲望形式。因为人的主体性的产生过程既然是一种政治行为，那么，反过来，改变人们的日常生活和欲望形式就成了具有潜在激进后果的政治行为，这样就解构了政治与日常生活、主体与客体之间的传统对立，使政治和革命得以在日常生活和躯体欲望等微观层面展开。这种对日常生活微观欲望政治的倡导、对躯体欲望的热情肯定，就对日常生活的审美呈现、对女性的身体抒写提供了一种激进的话语理论和哲学基础。它使九十年代女性诗歌的身体抒写从八十年代的意识形态写作转变为追求快感的青春写作，并使九十年代女性诗歌从最初对个人内心情感和性别政治的狭隘关注走向广阔的日常生活，并在日常生活的抒写中出现了一种注重微观意识呈现的个人化写作倾向，从而开九十年代个人化诗歌写作之先河。这样就在理论上客观地造成了九十年代女性诗歌写作的转型。关于身体写作的变异可以以尹丽川的《为什么不再舒服一些》，唐丹鸿的《看不见的玫瑰的袖子拭拂着玻璃窗》，贾薇的《掰开苞米》、《老处女》等诗为代表；而关于日常生活审美呈现的转向除了上述身体快感写作以外，更主要的代表是以翟永明、王小妮、安琪、路也、穆青、赵丽华等人诗作为代表。而关于九十年代女性诗歌的个人化倾向转型，九十年代女性诗歌的现代主义与后现代主义共存的多元化美学写作态势即是其明证。关于这一点，我们将在第三章专门论述。

当然，德里达、福柯、德勒兹和加塔利，他们的后现代学说思想本身存在着许多共同点，这些共同点综合概括起来的总体理论特征即是：反对整体和解构中心的多元论世界观；消解历史与人的人文观；用文本话语论替代世界（生存）本体论；反（精英）文化及其走向通俗（大众化或平民化）的价值立场；玩弄拼贴游戏和追求写作（本文）快乐的艺术态度；一味追求反讽、黑色幽默的美学效果；在艺术手法上追求拼合法、不连续性、随意性，滥用比喻，混同事实与虚构，抒写身体等。这样，由于他们的理论在总体上具有着共性的相似特征，所以他们的后现代思想文化理论共同推进了九十年代女性诗歌的发展与转型。但由于他们在不同问题上的侧重点、角度方法和深度层次不同，如德里达注重文本话语政治、福柯注重权力话语政治和身体（主体）话语政治、德勒兹和加塔利强调微观欲望（身体）政治，因而女性诗歌对其吸收利用也就有所不同和侧重。这里虽然福柯、德勒兹和加塔利都强调身体政治，但福柯的身体是一个被社会化了的被动性的"主体"，而德勒兹和加塔利的身体却是一个充满了主动性、生产性、创造性的"无组织躯体"。这样就使他们在相同中又有所殊异，因而女性诗歌的写作对其理论的吸收自然有所偏颇和侧重，从而导致女性诗歌呈现出八九十年代的不同写作分期，使女性诗歌写作从发生、发展走向断裂性的变异、转型，并在变异转型中走向深化和成熟。

三、女权主义理论和女性诗歌转型：从被书写的身体到书写的身体

女权主义理论与后现代主义理论在内容上有着亲缘的关系，女权主义由于深受后现代主义理论影响而发展成一个新的流派——后现代女权主义。而对女性诗歌发生影响的也主要是后现代女权主义理论，它主要是在妇女运动的第二次运动浪潮中形成的。后现代女权主义理论的主要代表人物是埃莱娜·西苏、露西·伊瑞格瑞、凯特·米勒特、朱丽亚·克里斯蒂娃以及斯皮瓦克等。如果说在八十年代中后期，女性诗歌写作主要表现了一种以身体写作为标志的性别意识的觉醒，那么九十年代的女性诗歌写作则从这种性别意识的觉醒过渡到语言意识的觉醒，突出了女性写作的女性化语言意识特点。而造成九十年代女性诗歌写作这种重大转型，直接为其转型提供思想理论话语资源的就是以埃莱

娜·西苏、露西·伊瑞格瑞等为代表的法国后现代主义的女权理论。在这些后现代主义女权理论中直接体现了对语言意识的关注和重视，她们普遍认为造成父权制压抑的根源在于语言，因此攻击父权制就应该首先摧毁父权制的语言，建构女性自己的语言话语体系。她们认为传统的象征父权秩序的理性语言是一种二元对立性质，充满排它性、同一性、片面性的语言。因此她们呼唤建立一种包容差异性的双性同体的女性特有的诗意语言。这种语言拒斥理性、反对逻辑，充满差异、流动、想象和变幻。这就是埃莱娜·西苏的"阴性书写"和伊瑞格瑞的"女人话"。

埃莱娜·西苏"阴性书写"的思想观点主要出自她的《美杜莎的笑声》。在这部著作中她认为：女人要摆脱加在她身上既定的秩序，就得为自己注入新意义。而写作是一种根本性的改变主体的颠覆性力量，她认为社会变革必然是主体的变革，而语言则是控制着文化和思维方式的力量，要推翻父权制控制，就要从语言的批判开始。"一切事情都是转向字词，并且只能是字词……我们必须以字词来看待文化……没有一个政治反思可以不去反思语言。因为我们一出世就生活在语言中，语言对我们说话，执行它的法则。只有在诗意的写作中，通过对语法的颠覆，在语言内部寻求相对于性别规则的自由，生命的奥秘和连续感才会出现。"因此，西苏认为，要抵抗二元对立的书写方式，只有发展被压抑的一元的原型——阴性。她追求一种新的"阴性的形式"，它不似"阳性的形式"那样，依赖征服与控制，它可以接受"混沌"（chaos），尊崇、颂扬差异。这种"阴性形式"的书写就是西苏提出的新女性写作的方式："阴性书写"。阴性书写遵循的"逻辑"与传统逻格斯之义不同，男性的语言与身体之间是割裂的、分离的；而女性的语言是同她的身体密不可分。因此在这种"阴性书写"中，她采用身体抒写的方式，用语言飞翔，也让语言飞翔。因为飞翔是妇女的姿势。正如西苏所说：她不是在"讲话"，她将自己颤抖的身体抛向前去；……她在飞翔；它是在用自己的身体支持她言说中的"逻辑"。她的身体在讲真话，她在表白自己的内心。事实上，她通过身体将自己的想法物质化；她用自己的身体表达自己的思想。……她将自己的经历写进历史。由此可见，阴性写作是一种自由的写作，它与身体的自由相连，是一种充满诗意的身体写作。西苏以富有诗意的语言来描述女性的这种阴性写作状态，"女人是性感的，她是性感的混合体：空中的游泳者。在飞翔中，她不固守自我。她可以消散，巨大而惊人，充满欲望。她有能力成为其他人，成为与她不同的其他女人，成为他，成为你。"① 因此这种阴性书写的语言，不是囊括，而是运载；不是克制，而是实现。它无拘无束，充满了变革的活力。

西苏将"阴性书写"的动力归结于女性力比多，并在二者之间找到了相同的节奏，那就是多元、富于变化和充满律动感。西苏直言："冲动都是我们的力量，正如写作的冲动：一种在体内活出自我的欲望，对膨胀的身体的欲望，对语言、对血的欲望。"西苏还将母女之间的联系，作为她们写作的来源，"女儿从未真正远离过母亲……在她的内心总是至少保留了一些母亲的乳汁，她是用白色的墨水写作的"。这里西苏使我们看到这种阴性书写的身体语言，实际上，是在女人、语言与身体之间建立了一种动态性的诗意关系。在这种充满动态性的诗意阴性身体书写语言中，没有主体对客体征服、排斥与压制的关系，它与阳性写作"非此即彼"的二元对立法则不同，阴性写作是一种包容性的、互相吸引性的施予性写作。这种写作就使西苏对德里达的学说做出了创造性的发挥。当德里达等男性解构主义学者在文字和文本的延异游戏中，看到的是意义的"不可能性"，西苏却用她的阴性书写，在差异和矛盾的运动中，创造一种意义的"可能性"。并且西苏认为，女性写作能够保持不断前进的飞翔姿态，但它既不排斥什么，也不压抑什么，只是在语言中飞翔，也让语言飞翔。即"她的声音并不接收，包括任何东西，只管夹带而已；而且它不压抑可能，而是创造可能"。正是这种巨大的包容性创造出新的女性写作实践，它使男女二元对立的消解成为"可能"，它使意义无限丰富、流动、变幻而不再单一、对立、僵化、静止。

伊瑞格瑞的"女人话"理论主张，主要来自于她的《非单一的性》。在《非单一的性》中她认为要打破菲勒斯中心的同一逻辑，只有让被压抑的女性重新寻找一个主体的位置，寻找她们自己的语言。因为"我们如果不发明一种语言，如果我们不寻找我们身体的语言，那么为我们故事伴奏的手势将会太少了。我们将厌倦那总是重复的几套，而没有让我们的欲望表达出来，没有实现"②。由此可见这种属于新的语言的"女人话"是与女性的身体、独特的性征相连，因而也属于一种女性化的身体语言。而且这种"女人话"的语言特

---

① 张京媛：《当代女性主义文学批评》，北京大学出版社 1992 年版，第 206 页

② Luce, Irigaray: *This Sex Which Is Not One*, trans, *Catherine & Porter Carolyn Burke, Ithaca*, Cornell University Press, 1985. p. 24

征，是散漫的、流动的、多元的，她将触觉的多元性和液体般的流动性作为"女人话"的风格。她写道：

> 在"她"的自身内隐藏着另一个他者。正因为这样，人们说她神经质、不可捉摸、心浮气躁、变幻莫测——更别提"她"的语言恣意发挥，杂乱无章，让"他"摸不着头绪。对理性逻辑而言，那些矛盾的话语似乎是疯话，带着先入为主观念的人是听不进这种语言的。她在陈述时——至少在她敢于开口前——女人不断地修正自己。她刚说到的闲事、感慨、半个秘密，刚起个话头，一转身，就又从另一个话头开始说苦道乐了。人们必须以不同的方式来聆听，才能听出"弦外之音"：这个意义在过程中总是迂回曲折，不断地拥抱字词，同时又抛开它们，以免被固定、僵化。……如果出现了较大的偏离，她会停下来，从"零"——她的身体——身体感官重新开始。①

因此，这种女人话永远不能定义为任何东西，它的最大特征是意义不定、无中心、跳跃、隐秘、模糊，而在是与不是之间，充满了不确定性。这种非理性的"女人话"言说方式永远在滚动、变化之中。正是这种"女人话"的不确定性特征使之具有一种包容性，像女性语系的包容双性的母亲一样，伊瑞格瑞这样描述这种女人话："在我们唇间，你的和我的，许多种声音，无数种制造不尽的回声的方法在前后摇荡。一个人永远不能从另一个人中分开来。我/你：我们总是复合在一起。这怎么会出现一个统治另一个、压迫另一个的声音、语调、意义的情况呢？一个人不能从别一个中分开，但这也并不意味着它们没有区别。"② 正因为这种"女人话"具有包容对立双方于一体的功能，就消解了父权制坚持的男女二元对立，否定了父权制对女性的统治和压迫。

由上述埃莱娜·西苏"阴性书写"和伊瑞格瑞的"女人话"理论，我们可以看出，它们体现了一种强烈的语言意识：即要建立一种不同于父权制二元对立式理性语言的女性语言话语系统。这种女性语言属于一种诗意的身体语言，它主要在女性、身体、语言之间建立一种充满动态性、和谐性的诗意关系。因此这种语言，它充满了诗意性、包容性、差异性、流动性、情感性和变

---

① Luce, Irigaray: *This Sex Which Is Not One*, trans, *Catherine & Porter Carolyn Burke*, *Ithaca*, Cornell University Press, 1985. pp. 28～29

② 转引自朱立元：《当代西方文艺理论》，华东师范大学出版社 1997 年版，第 355 页

幻性。简单说，它是一种非理性的语言，它具有反理性逻辑思维的特征，是一种真正诗性的语言。它通过身体抒写的方式将女性、诗歌、语言真正和谐的统一在一起。这是一种充满动感节奏、富有韵律的语言，并且它充满了声音和表情，是一种最高写作境界的语言，是一种真正意义上的女性写作。在这种写作中，性别的差异必定被忘却和忽略，而进入一种双性同体的状态。即西苏所说的创作最佳境：愈来愈无我，而且渐有你。这样西苏这种"阴性书写"和伊瑞格瑞的"女人话"理论，就直接导致了我国九十年代女性诗歌词语修辞学的转向，使我国九十年代的女性诗歌从一种性别意识的觉醒过渡到一种语言意识的觉醒，从面向性别的写作转向为面向词语的写作，并试图建立一种真正的女性诗歌语言。

我国绝大多数女性诗人都在九十年代表现出了对诗歌词语关注和热情。如王小妮强调语言对激情的节制；翟永明倡导词语与激情共舞，说"我对词语本身的兴趣超过了以往任何时期"①，"汉语所提供给我的词汇和符号都使我感觉到汉语空间的无穷魅力"②；唐亚平说"语言已成为人类文明的自然。诗是语言的自然。诗人成全了诗，诗成全了语言，语言成全了诗人……我希望我的诗能把语言组织起来，我的语言能把事物组织起来——创造一个世界"③；海南说"词已经成为我的护身符"。而直接倡导在女性、身体、诗歌和语言之间建立起和谐关系的则是翟永明和唐亚平。如翟永明强调女性身体的敏感度能够穿透时间和空间、理性和感性直达事物本质，并诉诸语词直接表现出来（见翟永明《完成之后又怎样》）。关于这一点，我们将在下一章的翟永明专节中展开论述。而这方面典型的例子还可以以女诗人唐亚平为代表，唐亚平曾明确将她的女性身体诗学表述为一种"怀腹诗学"，并认为"整个女性的方式天生是诗意地拥有世界的方式"④。她在关于语言的表述中，明确的表述了关于身体、诗歌、语言和女性之间的关系。她说："一切从身体出发，……把身体作为语言的根据用诗召唤世界，……女性本来是一种归宿，女诗人在组织语言的过程中也安排了语言的归宿，从而唤起诗的归宿，存在的归宿感——一种怀腹入睡式浑沌暧昧的归宿感。……我的身体能触类旁通，我的诗能把语言组织起

①　翟永明：《面对词语本身》，《作家》1998 年第 5 期

②　翟永明：《纸上建筑·完成之后又怎样》，东方出版中心 1997 年版，第 243 页

③　唐亚平：《黑色沙漠》，春风文艺出版社 1997 年版，第 224 ~ 225 页

④　同上，第 221 ~ 222 页

来，我的语言能把事物组织起来造成世界。"①

　　也许正是在这种女性身体诗学的指引下，唐亚平在二十世纪九十年代创作了大量的关于女性身体诗学感悟的诗句。如她的《孤独的风景》中"温暖的季节来到心中/使我四肢发芽/浑身是柔韧的静"，在《情绪日记》中有"从丝绸上溜走的女人/悄然无影/过去的日子款款而来/听植物的心脏跳动如莲"，在《形而上的风景》之一和之三中分别有"一条河从身上经过/源远流长　在风中领受缘分"，"浑身上下一气贯通/乐而不淫哀而不伤"，在《镜子与笔》中"我的四肢与笔画溶为一体/在某个瞬间完成一生的使命/让每一个字光芒四射/那些笔画禾苗般生长/露珠滴翠"，在《镜子之二》中"我每天喂养镜子/养植一脸花草"等等典型的女性身体诗意话语。其实，唐亚平这种通过女性身体的直觉抒写来完成对宇宙自然人生的诗性感悟，从而在诗歌、语言和女性、身体之间建立起内在统一性的诗学倾向，早在二十世纪八十年代末期就已露端倪。如她在1988年创作的《身上的天气》中有"我身上气象万千/摸不准阴晴/一场细雨湿不透心　手上的天气晴朗/戒指之光普照手相"。可以说，正是这种诗性语言意识的觉醒，这种在女性、身体和诗歌、语言之间统一和谐意识的强调，不仅使女性在性别意识上获得了一种诗性的彻悟和回归，使女性最终放弃了与男权抗争的对抗话语和倒置话语，彻悟了"世界啊！我因为爱你而成为女人"（唐亚平语）。而且大大提高了二十世纪九十年代女性诗歌写作的艺术品质，将女性和女性诗歌在二十世纪九十年代推向成熟的境地，从而实现了一种真正意义上的女性诗歌写作。而朱丽亚·克里斯蒂瓦在《妇女的时间》中表述的：妇女的时间是一种不同于男性线性的时间观念，则直接对翟永明的时间观念产生影响，使其在九十年代创作出非线性时间观念的《咖啡馆之歌》这样的后现代性诗作。当然王小妮对于诗歌词语敏锐的直觉也使她的诗歌语言富有非逻辑化的特征，这一点，我们将在王小妮的专节中论述。但王小妮的这种非逻辑化的直觉诗歌语言特点，似乎更多来自个人诗歌的悟性，而非西方后现代女权主义女性语言理论影响。

---

　　①　同上，第 224～225 页

第二章

内在的冲突：从"身体"转向"词语"

第一节 翟永明："面向词语的写作"

一、翟永明和女性诗歌

作为一个诗人，尤其是女性诗人，翟永明好像注定是为一个特定时代而生，为一个特定时代的女性诗歌而生。在她的身上承载着巨大的历史使命，时代使命和女性命运转折的重托，个人的、民族的、历史的、时代的、家国的、女性的，这种种解放、转折的重任和使命统统汇聚在她一个人身上，压抑着她那个"软得像水的白色羽毛体"的女性身体，使她迫不及待地寻找着诗歌的喉咙去歌唱，去呐喊，去向同样作为《女人》的《母亲》、《独白》那《生命》的《预感》，这就是作为史诗性质的组诗《女人》的精神由来。恰如《预感》中所说："穿黑衣的女人翼夜而来/她秘密的一瞥使我精疲力竭……我看到了忘记开花的时辰/给黄昏施加压力"，又如《生命》中："你要尽量保持平静，窗户落下一阵呕吐似的情节……身体波澜般起伏/仿佛抵抗整个世界的侵入……一切正在消失，一切正在透明"，而最为狂放、大胆、直接的示意还是组诗中的《独白》：

独白

我，一个狂想，充满深渊的魅力
偶然被你诞生。泥土和天空。
三者合一，你把我叫做女人
并强化了我的身体

> 我是软得像白色羽毛体
> 你把我捧在手上，我就容纳这个世界
> 穿着肉体凡胎，在阳光下
> 我是如此炫目，使你难以置信
>
> 我是最温柔最懂事的女人
> 看穿一切却愿分担一切
> 渴望一个冬天，一个巨大的黑夜
> 以心为界，我想握住你的手
> 但在你的面前我的姿态就是一种惨败

从此，预示着女性即将浮出历史地表，而进入一个新的女性化的时代。这就是翟永明组诗《女人》及其后序言《黑夜的意识》所蕴含的巨大历史象征意义。1984 年女诗人翟永明发表组诗《女人》及其序言《黑夜的意识》，标志着女性诗歌诞生和女性自我意识的觉醒与确立。翟永明在序言中说：

> 作为人类的一半，女性从诞生起就面对着一个完全不同的世界，她对这世界最初的一瞥必然带着自己的情绪知觉，甚至某种私下反抗的心理。她是否竭尽全力地投射生命去创造一个黑夜？并在各种危机中把世界变形为一颗巨大的灵魂？事实上，每个女人都面对自己的深渊——不断泯灭和不断认可的私心痛楚与经验——远非每一个人都能抗拒这均衡的磨难直到毁灭，这是最初的黑夜，它升起时带领我们进入全新的一个有着特殊布局和角度的，只属于女性的世界。这不是拯救的过程，而是彻悟的过程。……女性的真正力量就在于既对抗自身命运的暴戾，又服从于内心召唤的真实，并在充满矛盾的二者之间建立起黑夜的意识。①

这篇序言在女性诗歌写作史上具有划时代的意义，被认为是女性主义的宣言书。从此女性诗歌和翟永明的名字紧紧联系在一起，而翟永明则成为女性诗歌的领头羊和重镇。女性诗歌正是在她的手中开启、诞生、发展、转型并走向成熟。因此，翟永明的出现，无论是对于女性，还是女性诗歌都有着重要的意义。在某种意义上，正是她用诗歌为我们开创了一片女性的天空，使我们进入

---

① 张清华：《中国新时期女性文学研究资料·黑夜的意识》，山东文艺出版社 2006 年版，第 70 页

了一个后现代的女性化时代，翟永明和她诗歌的出现标志着我们进入了一个新的划时代的历史时期。而最先意识到翟永明这种对于诗歌史和时代历史的重大意义的是敏感的诗评家唐晓渡。诗评家唐晓渡在《女性诗歌：从黑夜到白昼》中认为组诗《女人》的问世，标志着女性主体意识的确立，也标志着女性诗歌的诞生。他在该文中首次使用了"女性诗歌"这个概念，并对女性诗歌做出了阐释：

> 真正的"女性诗歌"正是在反抗和应对这种命运的过程中形成的。追求个性解放以打破传统的女性道德规范，摒弃社会所长期分派的某种既定的角色，只是其初步的意识形态；回到女性自身，基于独特的生命体验所获具的人性深度而建立起全面的自主自立意识，才是其充分的表现。真正的"女性诗歌"不仅意味着对被男性成见所长期遮蔽的另一世界的揭示，而且意味着已成的世界秩序被重新阐释和重新创造的可能。①

在该文中，唐晓渡还预言：女性诗歌将通过翟永明而进一步从黑夜走向白昼。作为一个男性的诗歌评论家，却首先从翟永明的诗歌中发现了其诗歌中蕴含的重大性别意义，这本身就是一种有意味的现象。在某种意义上，它似乎是对唐晓渡自身的性别角色构成了颠覆和反讽，这种现象本身就含有一种悖论的意味。从此唐晓渡开始对翟永明展开长达十年之久的关注。如果站在翟永明诗歌所具有的性别政治意义、时代转型意义和诗歌本身的艺术性意义的角度，那么，唐晓渡的这种关注，与其说是对翟永明的关注，不如说是对其自身性别政治意义变化的关注，对其所处时代变化的关注，对诗歌艺术本身的关注。因此，当他关注翟永明所创作的具有性别政治象征意义的女性诗歌的时候，他实际上表明了一个男性，对于时代即将转型，对于我们即将进入的一个以性别政治取代阶级政治的后政治时代、一个女性化时代的敏感、惊异与莫名的骚动。如他在同是该文中所说"翟永明的这个组诗出现于'文革'后又经历动荡而终于稳步走向开放的 1984～1985 年间，正透露出某种深远的消息。"这种"某种深远的消息"无疑就是时代即将转型进入一个异于男性性别的女性化时代、一个个人化的大众消费文化时代的消息。可见，唐晓渡作为一个诗人和评论家是何等敏感。同时，站在诗评家的角度，他的这种关注与敏感又表明他对

① 唐晓渡：《女性诗歌：从黑夜到白昼》，《诗刊》1987 年第 2 期

女性诗歌艺术起点的由衷惊喜与嘉许。

但是唐晓渡对翟永明诗歌的这种侧重于性别意识的关注与肯定，随着时间的推移，随着翟永明诗歌写作技艺的不断提高，很快就被证明他在揭示其性别意识价值意义的同时又遮蔽了其作为诗歌本身的价值。如果说，他当时的评价带有着特定时代的意识形态性，并且组诗《女人》也确实具有着强烈的意识形态性，因此它在八十年代尚可被接受；那么在九十年代，这种评价由于已不能恰当概括翟永明的诗歌创作艺术价值而显得不合适宜。这主要是因为伴随着时代的转型，女性自身也经历一场内在的冲突和现代性的反思，正是在这种剧烈的自身的内心冲突和现代性的反思中，使以翟永明为代表的女性诗歌写作在九十年代实现了一种去性化的转型。即从一种面向性别的写作转向为一种面向词语的写作，并且通过这种去性化，使女性诗歌实现了一种诗歌本体意义的转型，即从"女性"到"诗歌"的转型。因此，正是女性自身的内心冲突和现代性的反思，造成了以翟永明为代表的女性诗歌写作在九十年代发生了转型。而这种内在冲突和现代性的反思主要体现在对女性诗歌中高昂的性别意识的反叛上，因而它的转型是通过冲突—反思—去性化的过程来实现的。

二、冲突—反思—去性化—转型

翟永明的"黑夜意识"在八十年代末很快刮起了女性意识的黑色旋风，伴随着时代的过渡与转型的加剧，一大批女诗人开始通过身体写作来宣泄她们性别的压抑之情，结果造成了女性诗歌中身体写作的媚俗化倾向和性意识的泛滥，进而造成诗歌写作艺术上的粗制滥造和模式化倾向，使女性诗歌的发展陷入困境和危机而面临严峻的艺术考验。对此，翟永明首先进行了自身的反思与艺术纠偏。她在八十年代末就已警觉到女性自身写作的局限性给女性诗歌带来的灾难性后果及艺术上的戕害。她在 1989 年的《"女性诗歌"与诗歌中的女性意识》一文中说：

> 女性自身的局限也给"女性诗歌"带来灾难性的后果。…没有经过审美处理的意识，没有用艺术的眼光观察与现实接触的本质，更没有有节制地运用精确的诗歌语言和富于创造与诗意的形式，因而丧失了作为艺术品的最重要的因素。"女性诗歌"正在形成新的模式。固定重复的题材、歇斯底里的直白语言、生硬粗糙的词语组合，毫无道理、不讲究内在联系的意象堆砌，毫无美感、做作外在的"性意识"倡导等，已越来越形成

"女性诗歌"的媚俗化倾向。不知何时起，更形成了一股黑旋风。……如果说我开了个很不妙的头，那么这种群起而攻之的"黑"现象仍使我担心和怀疑，它使"女性诗歌"流于肤浅表面且虚假无聊。①

于是出于对情感过度宣泄、性别写作媚俗化倾向的警觉，翟永明进一步表达了对女性诗歌中女权主义的厌离而倡导去性化，呼唤一种纯粹意义上的诗歌文本创作，并将这种去性化的写作直接导向朝向诗歌文本自身的写作。翟永明在 1995 年的《再谈"黑夜意识"与"女性诗歌"》一文中说：

我不是女权主义者，因此才谈到一种可能的"女性"的文学。然而女性文学的尴尬地位在于事实上存在着性别区分的等级观点。"女性诗歌"的批评仍然难逃政治意义上的同一指认。……尽管在组诗《女人》和《黑夜的意识》中全面地关注女性自身命运，但我却已倦于被批评家塑造成反抗男权统治争取女性解放的斗争形象，仿佛除了《女人》之外我的其余大部分作品都失去了意义。事实上"过于关注内心"的女性文学一直被限定在文学的边缘地带，这也是"女性诗歌"冲破自身束缚而陷入新的束缚。……必须承认当代"女性诗歌"，尚未完全进入成熟阶段，1986 年至 1988 年"女性诗歌"有过短暂的绚丽阶段，同时也充斥了喧嚣与混乱。近几年"女性诗歌"归于沉寂，究其原因，除了在命运及生活的重压下导致的部分女诗人退出写作，更重要的也在于女诗人正在沉默中进行新的自身审视，亦即思考一种新的写作形式，一种超越自身局限，超越原有的理想主义，不以男女性别为参照但又呈现独立风格的声音。女诗人将从一种概念的写作进入更加技术性的写作。②

正是这种对女性自身局限的觉悟和诗歌艺术品质的倾心追求，使翟永明在九十年代迅速从一种概念化的写作进入一种更加技术化的写作，从女权主义的面向性别的写作转向"面向词语"的写作、"面向心灵"③ 的写作，使她在完成"写什么"以后进一步思索"怎样写"和"写得怎样"④，从而使诗歌摆脱了过去那种单一意识形态性质的对抗性的性别写作而进入了一个激情与语言和

---

① 翟永明：《纸上建筑·完成之后又怎样》，东方出版中心 1997 年版，第 232 页

② 同上，第 235～236 页

③ 同上，第 196 页

④ 同上，第 233 页

技术相磨合的时期。可以说，翟永明的诗歌写作注定要在九十年代这一阶段走向成熟。如果说，八十年代中后期，充斥在她诗歌中的是身体的修辞学，那么盛行在她九十年代诗歌中的则是回归到艺术自身的诗歌词语的修辞学。因此在她九十年代的诗歌与诗论中突出了对诗歌词语修辞的关注。如我们在前一节提到的：她倡导词语与激情共舞并说"我对词语本身的兴趣超过了以往任何时期"①，"汉语所提供给我的词汇和符号都使我感觉到汉语空间的无穷魅力"②。而她九十年代诗歌中的诗歌词语修辞学主要体现在以下几方面。

一是对诗歌语言的节制、分寸感的把握。这种对语言的节制、分寸感的追求，使翟永明在九十年代的诗歌创作从一种激情隐秘又狂放的宣泄过渡到一种艺术的缩减、内敛与节制。如她在《篋中短语》中曾这样说："人人都在谈论技巧，事实上，它关系到诗人处理文字的能力和方式，对语言的裁剪和安排。我更相信诗人对文字的控制能力和分寸感，在诗中，那'差之一毫，失之千里'的就是一个诗人的分寸把握之所在。如果没有这种把握分寸的直觉，诗人本身就不存在了。"③而她的这种对诗歌语言的节制、分寸感的把握与追求，体现之一是她九十年代女性诗歌中短诗的大量盛行，在九十年代翟永明迅速从组诗和长诗的创作进入到短诗的创作；体现之二是干净利落、亲切练达的口语在其九十年代诗歌中大量出现，这方面的例子比比皆是，兹不例举；体现之三是白话口语、成语与古语杂揉入诗，效果亦庄亦谐、优美自如，诗歌语言运用进入化境。如翟永明在九十年代诗中大量运用成语、引用或化用古诗古句，如《脸谱生涯》中的"穿云裂帛的一声长啸——做尽喜怒哀乐"，"穿云裂帛"和"喜怒哀乐"放在此语境里贴切至极；《编织行为之歌》中反复运用并贯穿"唧唧复唧唧，木兰当户织"，既在复沓的节奏中散发着古典诗词的雅趣，又在古典雅趣的诗意氛围中蕴藏着一种现代诗歌的优美纯净和回味的绵长悠远。这使她九十年代的诗歌创作在语言实践中取得了独树一帜的卓绝成就。

二是诗歌语言叙事化倾向的出现。叙事化倾向，即用叙事取代过去的自白语调，是翟永明九十年代诗歌写作一个重大关键性的转变。由于叙事化策略的采用，使翟永明可以同时将小说、戏剧和散文化的手段综合性的揉合在一起，

---

① 翟永明：《面对词语本身》，《作家》，1998年版第5期
② 翟永明：《纸上建筑·完成之后又怎样》，东方出版中心1997年版，第243页
③ 同上，第190页

这样就扩大了其诗歌的表现领域和功能，增强了诗歌的艺术含量和可读性，使翟永明在诗歌创作上真正步入一种现代派诗歌的专业化写作状态，标志着她在诗歌技艺上已走向成熟。翟永明曾表述由于戏剧性因素的引入、小说般客观陈述方式的采用使她在处理九十年代的新题材如《咖啡馆之歌》时，获得了成功的语言风格转换和前所未有的自由与信心。它带走了她过去写作中受普拉斯影响的自白语调，而带来一种新的细微而平淡的叙说风格。① 她在《咖啡馆之歌》中，最为显著地运用了叙事化这一策略。在诗中她用叙事创造了一种戏剧性的冲突，在这种戏剧性冲突中，诗歌各种成分之间互相错位，整个诗歌无法构成一个完整的一致的思想情境，相反不断消解其整体性，从而表现了现代人彼此之间互不相干和互相隔绝而无法达成一致的生活情态。在作品中，其"一致性"仅仅维系于抽象的地点（域外某一咖啡馆）、时间（从下午到凌晨）和事件（阔别多年的朋友聚会）；而本应为此提供主要保证、从一开始就由一支歌曲暗示出来的怀旧主题，却因聚会者始终找不到相关的新鲜话题和恰当的交流方式，以及由此产生的、横亘在"我"和交谈者之间无可逾越的心理距离而变得支离破碎、软弱无质、涣散无形。可以说，翟永明正是采用这种叙事化的策略，并且也只有这种叙事化的策略带来的戏剧化效果才能表现现代人的这种本真的支离破碎的生活状态。这种状态正如约翰·多恩所言：一切皆支离破碎，所有的一致性均已不复存在。② 翟永明这种叙事化风格在《重逢》、《莉莉和琼》、《祖母的时光》以及《乡村茶馆》、《小酒馆的现场主题》等作品中也都不同程度的体现。它标志着翟永明在现代诗歌创作上已走向成熟。

三是对女性写作、诗歌写作的词语本质有了更深的体悟。这种体悟体现在她在诗歌、语言、身体、女性之间体悟到了一种和谐、统一的内在联系。这种内在联系是男性功利的语言所不具备的，也是后现代女权主义欲以颠覆父权制而力图建构的具有包容性的非逻辑性的女性话语。如果说在八十年代，翟永明诗歌中的身体写作在其自身的主观意图中，更多的是想作为一种身体修辞学而存在；那么九十年代，随着时代转型的完成，翟永明已从八十年代那种作为手段和策略的意识形态话语意图转化为建构一种真正女性意义上的身体语言的诗性话语意图。如上一节翟永明关于"女性身体直觉敏感度"的论述。她甚至

① 翟永明：《纸上建筑·完成之后又怎样》，东方出版中心1997年版，第243页

② ［美］道格拉斯·凯尔纳等：《后现代理论》，张志斌译，中央编译出版社2004年版，第7页

将女性意识直接理解为一种女性身体化了的，也即直觉化了的诗性的词语写作意识。她在与臧棣、王艾对话而成的《完成之后又怎样》一文中曾明确表述说："我认为女诗人作品中的'女性意识'是与生俱来的，是从我们体内引入我们的诗句中，无论这声音是温柔的，或是尖厉的，或是沉重的，或是疯狂的，它都是出自女性之喉，我们站在女性的角度感受世间的种种事物，并藉词语表达出来，这就是我们作品中的'女性意识'。"① 而最能说明她这种对女性写作、诗歌写作的词语本质体悟的则是她题名为《一个词》的一首诗，全诗如下：

一个词

　　一个男孩教给我一个词
　　他把它分为：床上用语
　　生活用语　书面用语
　　那个男孩不知道
　　当我使用它　我关掉了它的属性
　　就像我喷出眼泪
　　却关掉它的液囊

　　世界上有这不为我知的词
　　它却在我的身体里发出尖叫
　　我知道这尖叫有多高　知道
　　它快于风的速度
　　却不知道　它重于空气的发作
　　要将我带到什么地方

　　我使用它　就像机器使用它的性能
　　太多的男孩呵，教给我这个词
　　而我　教给他们这个词的变化

　　由此可见，这正是一种富于直觉性质的女性特有的身体诗性语言，是一种

---

① 翟永明：《纸上建筑·完成之后又怎样》，东方出版中心 1997 年版，第 240 页

不同于男性充满功利性、排它性的二元对立性质的语言，是一种非逻辑化的女性诗意语言。在这种语言里，它包容一切差异，摧毁一切界限，充满了魔力无穷的变幻，能发出声音，能变幻方向，能携带着情感，能在刹那里见到永恒，能在手掌里看到大千世界无限，而将时空打成一片。它既是埃莱娜·西苏的"阴性书写"，也是伊瑞格瑞的"女人话"。这样，翟永明就使诗歌、语言、身体在真正"女性"的意义上建立起和谐、统一的内在联系，使诗歌在真正的女性身体语言中找到归宿，实现一种真正意义上的诗性回归，并在这种回归中完成了一种诗歌本体意义的转型，即由"女性"到"诗歌"的转型。但是，这里有必要说明的同样是两个加引号的女性，但二者内在含义截然不同。前一"女性"是一种神性意义上、诗性意义上的女性；而后一"女性"则是指政治意识形态意义上的"女性"。而在《词》一诗中，翟永明要为词语去蔽的还不仅仅是语词的政治意识形态性，还有词语的逻辑性、理性以及由其导致的功利性、狭隘性等一切尘障。她要通过这种女性化、直觉化、诗意化的去蔽，让语言彻底回复到它最初诗意的、女性化的，象身体融通无碍性一样的、无分无别的状态。当然，这是一种最高境界的语言，是一种禅宗境界的语言，它已挣脱了所有的束缚，在这种境界里，语言因恢复了它禅意的诗性生命而游走无碍，尽显女性诗意的神通。

当然最敏感的意识到翟永明在语词上这种诗歌本体意义转变的，或者更确切说意识到翟永明这种诗性意义的、女性诗人属性转变的，还是诗评家唐晓渡，这就是唐晓渡的那篇《谁是翟永明》。这似乎是个很有意思的现象，同时也再次证明唐晓渡的敏感性。因为翟永明第一次是从性别意义的角度被唐晓渡认识，而第二次则才是在诗性意义而不是在性别主义的意义上来认识评价作为女性诗人的翟永明。虽然两次都同样是女性诗人的翟永明，但在内在含义上却已发生了微妙的质的变化。在这种微妙的质的变化中暗含的正是翟永明诗歌同时也是九十年代女性诗歌写作的转型，即由一种政治意识形态性质的写作转变为一种诗歌本体意义的写作，即面向诗歌本身的写作，面向词语的写作。也许正是缘于翟永明在九十年代诗歌写作的这种转型，同时也是出于诗人和评论家的真诚和惭愧之情，唐晓渡在继《女性诗歌：从黑夜到白昼》十年之后的九十年代才再度撰文《谁是翟永明》，对自己十年前对翟永明的不当评论进行了纠偏，并对翟永明诗歌，尤其是九十年代以来的诗歌所具有的艺术价值给予了高度肯定，同时在肯定中更带着诗评家兼同行的赞赏与偏爱。如他在该文中所说：

> 一九八六年我写了《女性诗歌：从黑夜到白昼》一文。据我所知，这篇首先评论《女人》的文章也最早涉及了"女性诗歌"的话题。这么说倒不是要标榜自己有"为风气先"之功，而是意在将它当做一个案例，以揭示有关"女性诗歌"的讨论从一开始就存在的问题。……整整十年后，在"女性诗歌"似乎早已成为一个不争的事实，而"女性诗歌"的队伍也早已蔚为大观的背景下重读这篇文章，我发现我犯了和那位朋友相似的错误：……这个错误由于在试图给出关于"女性诗歌"的定义时缺少更有效、更充分的诗学考虑，并且仅仅以"男性成见"为惟一参照而显得格外不可原谅。……有一点翟永明当时或许没有意识到，或许比谁都清楚，那就是：尽管她可以写出更成熟、更优秀的作品，但像《女人》这样充满神性的诗将难以复得。①

并且在接下来的后文中，唐晓渡对翟永明九十年代以来诗歌艺术的进展，给予了细致的分析论述和高度的评价。这样，由唐晓渡的两次评论和翟永明诗歌转变的自身具体实证，我们可以看出：翟永明正是通过内在的冲突和自身的反思，使她在九十年代诗歌创作实践中自觉进行了诗歌词语艺术方面的努力和实践，并在创作实践中，产生了迅速的转变，从一种面向性别的写作转向一种面向词语的写作，并取得了一系列重要的实绩。如她在经过短暂的艺术沉潜之后，迅速完成从组诗《女人》到《咖啡馆之歌》的转换，创作出《咖啡馆之歌》《我站在横街竖街的交叉点上》《盲人按摩师》等与此前截然不同的断裂性的现代先锋诗作，以简约精致的语言直达事物本质的核心，从一种情绪的铺张过渡到一种艺术的节制。将九十年代女性诗歌的写作真正在实践中推向了超越性别的高度而成为时代的先锋写作，为女性诗歌美学大厦的建造打下了坚实的地基。这正如翟永明在《献给无数的少数人》中所言："我希望我的诗歌之锹在写作时能刨开意象和词汇的浮土，不断挖下去，就接触到事物的核心，它们像砂架卵石一样，坚实，有力，滤干了多余的水分，因此成为美学大厦的最可靠的地基。"②

---

① 诗歌民刊《诗歌与人：2002 中国女性诗歌大扫描》，第 23～26 页
② 翟永明：《纸上建筑·完成之后又怎样》，东方出版中心 1997 年版，第 194 页

第二节　王小妮："重新做一个诗人"

一、王小妮和她九十年代以来的诗：个人化

在中国当代诗人中，尤其是女诗人中，也许没有哪一个人比王小妮更为独特，更为个人化。如果说翟永明因为禀受着时代的使命，身上有着太多的时代光影和印痕，而使她和她的诗无法不属于一个特定的时代；那么王小妮则由于过分内顷的个人化写作，而更属于她自己。属于她自己，因而也就更属于诗。她因为属于自己而成全了诗，因为更属于诗而成全了一个诗人的真正的自己。这个诗人的自己，就是她个人化的写作风格。九十年代，有那么多诗人的写作诉诸个人化，为了寻求到真正的自己；可是却也有那么多的诗人在寻求自我的个人化中沉迷于过程本身，而"忘记了生命的来路"，成为一个个"迷途的女人"（翟永明），仅在热烈地讴歌着感官和躯体。道德和名誉的海上，不仅有鲜花，也有欲望的篮子。然而选择鲜花的注定要在美的讴歌中得到升华和超拔；提起欲望篮子的，终会因沉重而坠落和下滑。在九十年代的中国诗坛上，太多的诗歌写作者、文学写作者都在个人化的迷途中，因过分沉醉个人化而丧失自我并坠落和下滑，只有少数的幸运者能够在欲海中撩开迷雾而得以超拔，瞥见"哈尔盖上空那点点的星光"（西川《在哈尔盖仰望星空》），而在道德的海上采摘到真正诗歌的鲜花。

在这个意义上，王小妮九十年代孤军奋战的个人化写作，显然属于得到超拔的少数幸运者，因而她的个人化写作是一种真正意义上的个人化，一种没有迷失于路途而抵达了终点的个人化，一种最终被实现了的个人化。这种个人化使她既置身于时代中又逃逸于时代外；使她既在红尘闹市里平凡的生活，又在日常生活的琐碎细节里安静的写作和思索，思索："只为自己的心情，去重新做一个诗人"。这思索，意味着她和不成熟的过去做一个诀别——写作方式和个人生活方式的诀别。从此她将《紧闭家门》、《在白纸的内部》、《通过写字告别世界》而彻彻底底地进入个人化的写作和生活的境界，而不再在乎什么。而只在《最软的季节》里《活着》去静静地欣赏在《晴朗》中成长并盛开着的《十枝水莲》，体悟"怎样沉得住气　学习植物简单地活着"，在《我爱看香烟的排列形状》里"伸出柔弱的手　托举那沉重不支的痛苦"，从而成为一

个"在一个世纪末尾，意义只发生在家里"的《不工作的人》，"久坐不动成为全身平静的寺院"的《不反驳的人》。这就是王小妮和她九十年代以来个人化风格的诗。

二、冲突、转型与剧变

八十年代的王小妮还不能算一个十分出色的诗人，如果用徐敬亚的话来说："如果王小妮停留在八十年代初——她，甚至还不是诗人，不够诗人"（徐敬亚《一个人怎样飞起来》）。但是八十年代的《印象》、《风在响》等诗已经预示了一个诗人"最初的真诚与清新"（徐敬亚语）而使她"奔走在阳光里"。这"最初的真诚与清新"，当高度个人化、女性化的大众消费文化的九十年代来临的时候，王小妮个人内在的诗性天赋就与这个千载难逢的女性化时代相遇合，而在诗歌写作上发生了一种断裂性的现代转型，使其始而产生"忽然的阴影与迷乱"，继而表现了"超然的放逐与游离"（徐敬亚语），而最终成就了她九十年代以来独树一帜的个人化诗歌风格。这"忽然的阴影与迷乱"无疑就是她处于特定历史时代转型期，内心的自我反思与冲突；"超然的放逐与游离"则是冲突与时代转型的结果造成了其诗歌的个人化转型。这样正是时代的转型造成个人内心的冲突，而当个人天赋的才情与个人化、女性化时代的偶然相逢时，就注定了诗人个人化诗歌风格的必然转型，这就是王小妮和她九十年代以来诗歌转型的原因。

八十年代中后期，是女性主义高飙独举、标新立异、高举旗帜而自我张扬的时刻。时代扬起的女性主义波澜，迅速地波及到了每一个女性内心的琴弦，它让女性真正思索自我和性别的关系与含义。它自然也不可避免地触及到了王小妮那时刻在沉思着的心灵，这种沉思泛起她内心的波澜与冲突，于是有了《应该做一个制作者》中的这样一些诗句："我写世界/世界才低着头出来/我写你/你才摘下眼镜看我/我写一个我/看见头发阴郁该剪了/能制作的人/才是真正的了不起"（王小妮《应该做一个制作者》）。在这些诗句里，微微地透露出了王小妮的女性主义意识。然而这种女性意识只是表现为她内心中理智的清醒、自觉与独立，并未演变成女权主义的行为艺术的身体写作。相反，这种女性主义的思想在她那里，好像只是偶尔划过她心灵天空的一道闪电，她既不需要策略性张扬性别意识的身体写作，因而也就无需再经历女性主义写作必经的阶段——去性化写作。作为一个女性诗人，她无需付诸性别写作的行动，就轻轻地在思想上超越了那个性别政治含义上的女性化的自己，女性主义差异与认同的过程在她思想里是以闪电的速度完成的。她并不关心那个作为性别含义上的小我的自己，而真正关心的是去掉所有性别政治属性与含义的大我的自己。这样就使她轻轻地化解了女性主义撞击带来的内心冲突，而只剩下时代巨变造成的内心波澜。

面对九十年代市场经济高速发展的商品化造成的感性化社会，王小妮敏锐地感觉到了时代已不再适应群体歌唱的集体写作，而进入到了一个微观、多元的个人化发展阶段，以往那种宏大写作已不能表现当下泥沙俱下的复杂社会现实，时代已经进入了一个非诗化的时代，诗歌正面临着一场重要的变革。在这个时代里，诗与非诗、伪诗良莠不齐地混杂在诗坛上，诗坛现状正如舒婷的诗所言："伟大题材伶仃着脚/在庸常生活的浅滩上/濒临绝境。"（舒婷《伟大题材》）于是要适应时代，而又不被这个高度物化而疯狂的时代所同化，就只有改变和突破以往的诗歌观念和写作方式套路的束缚而采取个人化的经验表述方式。这正如她对徐敬亚所说的：我感到了一种套路，按照这样写下去，我可以写很多，但我一首也不想再写了。于是，她决定不再采取那种面向时代的那种集体歌唱性质的宏大诗歌写作，而是采用个人化的写作方式，让诗歌回到广阔的日常生活世界里，在诗与思的双向沟通拷问中，在形而下的时代里，展开个人与生活、与时代，与人生、与世界的一场形而上的对话。这就是时代转型导致的王小妮等诗人的个人化诗歌风格转型。转型似乎是一条更为艰难的路，但是，她已下定决心：只为自己的心情，重新做一个诗人。

三、个人化：语言对激情的节制

诗人的天性是注定充满激情而为时代歌唱的，因为她是为美而生的。但是由于九十年代现代性转型过渡仓促、急速所造成的暧昧、晦涩、迷离的复杂多元化时代情境，已经对美、对诗自身构成了一种嘲弄和解构，使诗的歌唱因没有对象而无的放矢。于是时代既已不再适合歌唱，没有为歌唱提供必要的美学前提，一个诗人最明智的选择，也是最无可奈何的选择便是：更新既有的诗歌观念，以达到语言对激情节制的目的。正是这种内在诗歌观念的变革形成了王小妮九十年代个人化写作的风格。当然更新既有诗歌观念的变革以达到语言对激情的节制，也是所有九十年代现代派诗人所共同追求的一项诗歌写作原则，也是构成九十年代诗歌个人化的一个重要内容。在更大的意义和范围上说，它

47

还是现代派诗歌的一个重要美学纲要、观念。这个问题我们将在后面的章节中论述。王小妮的语言对激情节制的个人化写作风格既是她个人的，也是整个时代的；既是九十年代整个中国诗歌现代性转型的断裂性表征，也是现代主义诗歌观念的一个核心内容。王小妮以语言对激情进行理性节制的个人化写作风格主要体现在如下方面：

（一）更新既有诗歌观念，用叙事取代抒情。事实上，反抒情也是九十年代诗歌的一个共同特征。叙事化的语言是王小妮九十年代诗歌的一个重要特征。正是叙事化使王小妮九十年代的诗歌有效地抵制了激情的宣泄，而使其诗歌具有一种陌生化的冷静性的陈述性特征。这种陌生化的冷静性的陈述性特征就客观上在诗歌和读者之间造成了一种新的现代意义上的陌生化审美距离，从而使诗歌形成一种现代诗歌特有的张力美。这种张力体现在：由于这种现代性陌生化审美距离的存在，让读者智性的思索走入诗中，使读者和诗人的作者，透过诗意的智性思索，在诗与思之间展开一场意义多维度的对话。同时诗歌也就是在这种多维度的对话、释义中，将时代以及个人复杂、多元、暧昧、迷离的情境和心态巧妙含蓄而又婉转地揭示出来。如王小妮在九十年代以后创作的《从北京一直沉默到广州》即是典型例子。

《从北京一直沉默到广州》通篇采用叙事的语调，叙述了从北京到广州的路上，诗人的所见所闻、所思所想。诗中的北京和广州一北一南的两个城市，既是地理位置上的实际城市，又是人生旅途起点和终点的象征，因而它们在诗中既是实指又是虚指。整个诗歌表面叙述的是从北京到广州一路上的旅途际遇以及在旅途过程中的沉思，而实际上是暗示的是人一生的奔波和际遇，暗示着人生的短暂、仓促。在这样短暂的犹如从北京到广州一样瞬间就可走完生死的人生旅途里，人活在不同的存在维度层面上。这不同层面的存在方式是通过在相同和不同的时间里，而将不同和相同空间生活情态的对比性展现而揭示出来的。如在相同的时间里，有的人过着花园般的形而上的富足优雅的智者生活，而绝大多数人却为世俗生计所累，无暇顾及生死等形而上问题的思索（诗中"这么远的路程/足够穿越五个小国/惊醒五座花园里发呆的总督/但是中国的火车像个闷着头钻进玉米地的农民"）。但是如果把时间从当下的时代中抽离出来，而将其推回古代，这样以在不同的时代里来看人的生活存在的情态，其对比性就更为鲜明。如在物质文明远不如现在发达的古代，人们却在艰苦的条件下苦读深思而以苦为乐，以悟道为乐，过着超越的精神生活。相反在物质富足的当下时代里，人们却为金钱利禄所累，不再对生命进行形而上的追思，而迷失于作为路途的过程里，忘却了生命的来路和目的，实在令人哀叹（诗中"这么远的路程/书生骑在驴背上/读破多少卷凄凉的诗书/火车顶着金黄的铜铁/停一站叹一声"）。这样就通过古今中外不同时空的生活情态的对比揭示出当下中国人普遍的麻木、不觉悟，迷失于过程和当下，缺少形而上的终极思考的心态情状。正是这种心态使得有人麻木、寂寞的死去（诗中"有人沿着铁路白花花出殡　空荡的荷塘坐收纸钱"），而更多的人则快乐的、盲目的的追逐着（诗中"更多的人快乐地追逐着汽笛进城"），只有极少数的人在保持智者的追问和沉思（诗中"总要有一个人保持清醒/总要有人了解/火车怎样才肯从北京跑到广州"）。从而暗示出了短暂的人生里有人清醒、有人麻木不觉悟，有人贫穷、有人富足，有人郁闷、痛苦，有人快乐地追逐各种生活情态和复杂多元的心境。而关于人生短暂、仓促则是通过下列诗句来暗示的：

在中国的火车上
我什么也不说
人到了北京西就听见广州的芭蕉
扑扑落叶。
车近广州东
信号灯已经裹着丧衣沉入海底

这里的"扑扑落叶"与"信号灯"一听觉意象与一视觉意象，一动一静相对照，就惟妙惟肖地暗示出生死不是两茫茫，而是近在咫尺，甚至我们的起点就是我们的终点。生命的短暂、仓促和无常性，就可由此窥见一斑。然而在如此短暂、仓促无常的世间，人却是如此的麻木、不觉悟，执著于当下和现世的物质欲望追求，两相对照，反讽意味何等鲜明。而"在中国的火车上/我什么也不说"则与标题的"从北京一直沉默到广州"相对应。尤其是其中"不说"与"沉默"相对。在某种意义上说，它也是全诗的主要基调。这种由"不说"构成的"沉默"实际上也并非含义单一，而是意味深长。它实际是与当今的话语权力喧嚣所造成的浮躁相对。众所周知，当今是个话语帝国争夺的时代，因为话语象征着权力。但是这种对话语权力争夺所造成的话语喧嚣，并没有给人带来深刻的反省和智慧，相反带来的只是浮躁和迷惘。而从北京到广州的一路沉默却让诗人在不经意的瞬间体悟到如此厚重、深刻、多重的道理。

于是诗人在这里让我们看到了话语和沉默的较量：只有当语言沉默时，心灵的智慧才会涌现，而日常的话语喧嚣则遮蔽了存在的意义。当日常的语言沉默时，心灵的智慧便会发声；当心灵沉默时，爱就会化作滚滚的力量穿越千山万水、穿越大江南北、穿过时间、穿过空间，到达每一个需要它的地方。这就是诗中"我乘坐着另外的滚滚力量／一年一年南北穿越／火车不可能靠火焰推进"的含义。于是在这里就透过诗与思，让我们在形而下的时代里和诗人展开一场关于形而上问题的对话。因此通过上述分析和阐释，让我们看到：这种现代性叙事诗歌观念造成的结果是它敞开了一种多维度的阅读空间，在这种多维度的阅读空间里，诗人与读者通过诗与思的过程形成了一种有效的对话。这样传统诗歌阅读中读者被动的阅读状态就面临着挑战和改变。这种改变就是：从一种消极被动性的阅读走向积极主动性的阅读，从而形成了新的诗歌阅读格局。这正是传统诗歌所不具备的。这是一种典型的作者式文本。在这里，这种作为现代性诗歌观念的叙述，与日常单一性的表意性叙述不同，它不指向叙事的可能性，相反它指向的是叙事的不可能性。正是在这种不可能性中，它打破了意义的单一性，造成意义的歧义与含混多元性，形成一种多维阅读与阐释的空间，使诗歌意义处在一种永远的流动生成性的过程中，期待着读者随时的走进、阅读，并在深入性的阅读中与作者展开一场多维度的心灵对话。在这种对话中诗歌的意义不断得到生产和增值，这样就使诗歌的意义处在永无完竭的生产过程中。这就是诗歌观念更新化的直接结果。它所产生的正是一种现代性的综合性的、多维度的诗意效果。

（二）诗歌语言的口语化风格。在王小妮九十年代以来的诗中，触目可见的是大量简洁、亲切的日常口语。这种口语化修辞的采用一方面拉近了诗歌和读者的距离，另一方面形成了一种亲切、含蓄的诗歌风格。这是因为王小妮的口语并不是没有经过提炼的口语，而是经过特殊的艺术加工，经过诗人诗思提纯、过滤后的口语。因此她诗歌中的口语并不等同于一般意义上完全生活化的口语，而是既带着个人的直觉，又渗透着艺术性的浸润，常常让人觉得既是来自读者的意中，又出自读者的意外，却又不落俗套。她诗中口语的运用总是有一种诗思的天然巧趣，仿佛信手拈来，却又恰如其分，非它不可。如在《一个少年遮蔽了整个京城》中"吃半碟土豆已经饱了／送走一个儿子／人已经老了"，再如《他们把目的给喝忘了》中"老远跑我家来的朋友／把目的给喝忘了"，以及上面《从北京一直到广州》中的"扑扑落叶"等等。这些口语运用得别有生趣，而又亲切自如，不落俗套。当然，这样的例子在王小妮九十年代以来的诗中比比皆是。这表明她口语化的运用已达到游刃有余、得心应手的地步，在口语化写作方面已达到成熟境地。王小妮的这种口语化风格在九十年代的诗人中是独具特色的，她在口语化方面所达到的境地，也非一般诗人所能企及，因为她在语言方面体现了一种天赋的直觉和悟性。

（三）诗歌语言富于直觉的非逻辑性特征。王小妮是一个专心于诗歌写作的人，用她自己的话说，她是一个"写字的人"。但是她又是一个在诗歌语言方面有着良好直觉和悟性的人。阅读她九十年代以来的诗歌，我们会发现，在她的诗中，常常有一些句子，让你觉得是神来之笔。它不是来自于理性的格式化思维，而是来自于非逻辑性的下意识的直觉思维。这就让王小妮的写作，在众多九十年代女性诗人中乃至九十年代诗人中显得技高一筹，具有无法替代的独特优势。如她形容春天的短暂和仓促："春天跟指甲那么短"；如她在《晴朗》中写晴朗是如此的短暂，也就是削两只土豆的时间，并且对晴朗的直感是"晴朗　正站在我的头顶/蓝得将近失明"；再如上文《从北京一直到广州》中的"人到了北京西就听见广州的芭蕉扑扑落叶"等等。这种诗性的直感使她的诗歌语言有一种象"水晶薄片一样精粹透明"（王小妮《那不是我的雪》）的透射力，往往在当下的瞬间就能锋利地直视和抵达事物的核心要害。王小妮在《我的纸里包着我的火》中说："写诗，就是在意识云海那最锋利的边缘上行走，在云那片最薄的皮肤上，飘然如同神子。"并在接受木朵采访时说："诗意只发生在瞬间"，"诗的忽隐忽现和某种潜在暗中连通，不经意间就启动"，"我们只能感觉诗，却难以说清它。常常有一个句子突然冒进来，今天感觉它可以含得诗，明天它就苍白如水了。诗正是以这种飘忽不定吸引人"。这正是对诗歌创作中直觉活动和运用的最好说明。当然这种直觉活动只有在象王小妮那样一个善于保持静默、拥有一颗平常心的诗人那里，才能频频发生。因为这种直觉是一种最高境界的思维活动，它来源于心灵的智慧。而这种智慧只有当日常的语言沉默时，它才会象灵感一样迸发和涌现。普通日常语言的理性思维则遮蔽了它的存在。正是在这个意义上，黎巴嫩诗人纪伯伦才会认为：诗是迷醉心怀的智慧，智慧是涌现在心里的诗。

（四）个人化还体现在她超然于性别之争，放逐于世俗之外，不受任何时尚流行的理论影响，而只回到个人最真实的内心世界。在个人内心世界里，对世界和自我，个人与生活展开深刻的对话与思考。在这样的意义上，王小妮不是活在现实话语的世界里，她是活在一个用诗歌文字进行思索的世界里，她是以诗之思的方式存在着。因此在她那里看不到时代激烈的话语喧嚣，看不到女性的性别话语之争和歌咏不完的爱情，也看不到时代盛行的感官写作，而只看到的是"一个意义只发生在家里"，一个"像清风一样活着，像村前静静的流水那样，只把水围绕着自己的家园"（徐敬亚语）的王小妮。也许正因此，才造就了王小妮那平常人的平常心态，才成就了一个真正的诗人，使她能在瞬间让诗的灵感化成飘飞的文字，在诗与思的天空里载歌载舞，而成为九十年代以来，诗坛上，一个最具个人化的女性诗人。

四、回到日常生活

回到日常生活，在日常生活中展开个体化的思考，进行个人化写作，是王小妮诗歌在九十年代的一个重要转向。同时也正是在日常生活的转向中，王小妮不仅完成了她诗歌写作的个人化转型，也完成了她对人生、世界、生活等形而上问题的思考。九十年代剧烈的时代转型，使许多诗人放弃了以往对时代宏大政治意识形态的写作，放弃了讴歌式的集体抒情，而将思考和写作放在日常生活的微观层面，用客观的叙事语言将激情节制在个人化日常生活经验的表述上。这也正是王小妮在九十年代诗歌转向日常生活层面的原因。但正是在向日常生活经验转化的这一过程中，却使诗歌呈现了不同的写作境界，显示了个人不同的诗歌旨趣与追求，个人化的差异也正是在日常生活这一微观层面上展开。同是日常生活的个人化经验表述，有人沉醉于肉体感官的形而下抒写；有人沉迷于后现代的词语消费性游戏；有人彻底放弃了对诗歌的严肃思考，而致力于一种娱乐性的、无目的性的意义解构和深度的削平。而王小妮诗歌的日常生活转向则不同凡俗，有着自己鲜明的个性化。她的日常生活转向主要体现在如下一些方面：

王小妮九十年代诗歌的日常生活转向之一体现在她平民化的取材上。九十年代随着国家政治中心建设向经济中心建设的转移，宏大社会政治主题的伟大题材已让位于普通日常化的个人经验表述，平民化取材正是这种个人化表述的最真切的来源。王小妮在九十年代个人化经验表述几乎都是在平民化取材中展开的。如她在九十年代创作的《西瓜的悲哀》，它题材的来源——买一只西瓜回家，只不过是日常生活中一个最普通、最平常的生活细节。然而就在这个日常生活中普通得人人皆知的生活细节里，诗人却让思索走入其中，从中透视、感悟到人生的命运也正像此刻西瓜的悲哀一样，被一种莫名的力量牵引着，变幻无常、丝毫不能做主。再如《一个少年遮蔽了整个京城》，取材于送儿子去京城上学这个最为普通的一件小事。然而却在这个普通的小事里，将母亲对儿子那份真挚的亲情挥洒得淋漓尽致。将一份普通的亲情放大到遮蔽了整个京城，以致于"吃半碟土豆已经饱了/送走一个儿子/人已经老了"的地步，这既是艺术的夸张，也是亲情真实的再现。当然这样的例子在王小妮九十年代以来的诗歌中随处可见。如《看望朋友》、《回家》、《活着》、《坐在下午的台阶上》、《火车经过我的后窗》、《他们把目的给喝忘了》等等。由王小妮这些日常平民化取材的小诗，我们可以看出，诗人在日常生活中，无时无刻不在思索，她正是通过这种诗思的方式在日常生活中完成她对人生、世界、生活以及命运的形而上思考。这些小诗也正是她思索的智性结晶。同时也是在这种思索中，她体悟到了个体存在和人生世界的关系，从而真正回到了个体意义上"素色里"的自己，这种深刻的感悟可见于她后期的《月光白得很》。可以说，以思索的深刻透彻而让普通的日常生活焕发出诗意的光彩，使王小妮在九十年代同是日常生活的抒写中，显得高标独拔。这种思索的深刻境界无人可与之相提并论，在这一点上，作为一个女诗人，她显得尤为独特。

王小妮九十年代诗歌的日常生活转向之二体现在她平民化视角处理感情的方式上。这并不是说王小妮是一个感情淡漠的人，相反，王小妮是一个感情细腻而深厚的人。她是一个善于把激情克制在内心里、克制在文字中的人，用她的话说就是"我的纸里包着我的火"。当然，这也是九十年代女性诗歌写作转型，致力于用语言节制激情的诗歌美学原则的体现。王小妮这种平民化视角处理感情的方式，最典型地体现在她的《和爸爸说话》一诗中。在这样一个生离死别的重大题材里，诗人冷静地抑制住了哀痛之情的正常宣泄，她将深刻的悲伤转移到诗歌叙事性的文字里，在平淡的诗歌叙事中让其得到有效的克制和缓解，让不能在现世里永恒的亲情在文字创造的另一度空间里通过她的叙说而无限绵延，从而将生死无常带来的悲痛与伤悼因这份平静的叙事而被轻轻击碎和瓦解。王小妮这种平民化视角处理感情的方式在另一种更深刻的意义上说，来源于她对人生生死无常的透彻和明达，也许正是这份透彻和了悟，使她始终拥有一种平常人的平凡心态，使她能最终采用平民化的视角，用最朴素的语言去淡化生活中的沧桑与不幸，从而更为和谐地看待和处理人和世界、人和生活、人与自身及他人的关系。在日常生活的平淡抒写中，使王小妮回到了一个诗人的本色的自己，在完成诗歌转型的同时，也化解了她与世界、与时代、与自我的冲突，完成了一种精神的飞越与灵魂的超拔。

第三节　尹丽川："为什么不再舒服一些"

一、关于尹丽川及其诗歌概说

也许，对于一个一向喜欢传统诗歌的阅读者和评论者而言，当他或她最初试图对尹丽川及其诗歌进行阅读、阐释并评论时，他或她会感到一种言说的困难。但是，当他或她因此想放弃或越过尹丽川而对九十年代以来的女性诗歌创作进行评价、总结的时候，作为一个公正的诗歌评论者，他或她又一定会觉得失去了作为一个评论者最起码的、最基本的学术良心和评论前提：公正性。这种公正性来源于对当代诗歌史原生态面貌的最基本的尊重。尽管尹丽川因其惊世骇俗的下半身诗歌写作而在当代诗坛上备受争议；也尽管她从九十年代末期才开始诗歌创作，但是一个批评者的直觉、理性和经验会潜在的告诉她：尹丽川，绝对是当代诗歌，尤其是当代女性诗歌史中一个独特的人物。忽略她，将意味着会造成特定时段诗歌史论的偏颇和失实。相反，尹丽川和她的诗歌代表了九十年代以来女性诗歌写作转型和当代诗歌转型的另一种态势，甚至在某种意义上说，她更好地体现了解构主义的写作精神。而任何简单粗暴的否定或不加分析的肯定赞扬，都将有失批评的公正。于是，作为一个公正的批评者，我们应走近她，和她站在同一文化理论背景的起点上，用她的方式去理解她，然后再拉开和她的距离，把她放在九十年代以来的大的历史时代文化语境下，超越种种成见的束缚而尽力对她和她的诗歌做出最为贴切、恰当，因而也是较为公正性的评论和阐释，以还原其诗歌本来的面目和创作意图。

客观的说，尹丽川能出现在九十年代末的中国当代诗坛上，绝非偶然。在某种意义上，她正是这个以解构主义为代表的后文化时代里的特殊文化产儿。众所周知，尹丽川出身于北大西语系兼攻电影，又修法国文学并留学法国。因此在她身上综合聚集着当今时尚文化的多种因素：学院出身、西语专业、女性、青春、才华、感性、擅长诗歌兼攻电影（个人才华、高雅文化与大众传媒影视图像文化为代表的通俗文化的最佳结合）、留学法国——解构主义、女权主义、后现代主义发源地、大本营。至于她诗歌引起的巨大争议，客观上讲，主要原因在于，大众在文化背景和审美立场上与尹丽川不同。当然，这样说，并非表明对她的诗歌有多么推崇和赞同，而只能是一种客观上的学术理解；也更不代表她诗歌在艺术上取得了多高的成就，或说有多么深厚的文化底蕴。而只能说，尹丽川的诗歌乃至其人，只是九十年代、一种特定文化时段的特定文化现象和产物。在更深刻的意义上，尹丽川的诗歌在本质上是对传统诗歌艺术观念和现代主义美学文化观念的一种刻意反叛、颠覆和解构，她的诗歌在更深的意图里，是作为一种反二元对立文化观念的一种策略和手段，并且还不仅止于此。因此，她的诗歌是拒绝释意和解释的。反讽、嘲弄、颠覆与解构是其诗歌的主要特色。进一步说，尹丽川诗歌的意义不发生在文本本身的层面上，而发生在一种互文性语境关系中。正是在一种互文性语境关系中，她文本的潜在文化意义才开始进入一种生产性的流通环节。

因此，若想理解她的诗歌，我们必须理解当代大众文化。所以当我们走进尹丽川诗歌的同时，我们在客观上也就走进了当代大众文化。正是在走进、深入当代大众文化的理论视野中，尹丽川的诗歌才会显露出它作为一个不同于传统文本的，而是生产者文本的丰富而又贫乏的意义。尽管我们在地理时空上，共同生活在一个九十年代以来的当代大众文化视域中，然而我们不得不承认：有时候，我们因个体文化涵养带来的差异而造成了一定的文化心理隔膜。因而我们不能理解尹丽川的诗，就像别人无法走进我们的梦。在这个意义上说，不是"人在我梦里，我在人梦里"（戴望舒），而是我们都在各自不同的梦里。让我们在走进和理解尹丽川诗歌的过程中，使尹丽川的诗和我们的梦在大众文化的期待视野中融合在一起，求同存异。如果"期待是绝对必要的"（西苏语），那么超越与回归也是注定迟早要发生的，只不过这个过程是漫长的。让我们还是回到尹丽川的诗歌文本中来，让我们透过尹丽川的诗歌文本，在九十年代女性诗歌和当代大众文化视域中和她展开一场诗歌与文化的对话，以更好理解九十年代女性诗歌和当代历史文化的转型以及它们与现代性之间的深刻内在关联。

二、尹丽川和身体写作：从被书写的身体到书写的身体

如果说翟永明以女性的身体写作在八十年代中后期掀开女性诗歌写作的序幕，那么尹丽川在九十年代的身体写作，则是在另一层面上对其断裂性的延续与变异。八十年代中后期女性诗歌中的身体写作是缘于女性千百年来内心性别

的积郁和压抑，九十年代以 70 后为代表的女性诗歌中的身体写作，则不存在这样一个单纯的性别压抑的理论前提。因而其身体写作，也就不再主要指向性别政治的含义，而是一方面朝向社会化主体的解构；一方面朝向青春快感的追求与展示。它在解构社会化主体（躯体）的过程中，摧毁一切二元对立等级制的观念和思维模式，同时，建立一个健康、清新、革命性的自由躯体。因而九十年代的女性诗歌中的身体写作在内在含义上已发生了一种变异，它已从一种单一维度的性别对抗的意识形态写作，发展到一种多维度的身体写作。因此九十年代女性诗歌的身体写作要完成的实际工作是要通过对身体的去魅，进而消除人们头脑观念中的一切二元对立等级制观念思想的束缚，同时重建个人化的身体。因此身体写作只是突破口，它更多的是作为一种思想革命的行为、手段和策略。它在去除身体上过多的社会化印迹、社会化观念结构束缚的同时，要还给人们一个健康、清新、充满生产性、充满活力的非本质化、非主体化的自由性躯体。它要把一个作为社会化符号的身体改造转换成一个个体诗学意义上的自由躯体，它要让这具社会化的躯干在解构化的同时，找到它个体灵魂的归属。因此，如果八十年代女性诗歌中的身体写作主要是"破"；那么，九十年代女性诗歌中的身体写作就是"破中有立、破立结合、破旧立新"。正是在这样的意义上，我们才开始走进并理解尹丽川和她以身体写作而著称的诗歌。而导致以尹丽川为代表的女性诗歌身体写作在九十年代发生这种转型和变异的是西方后现代文化理论思潮。这种西方后现代文化理论思潮主要是以德里达为代表的解构主义、福柯的权力话语理论和主体化理论、德勒兹和加塔利的微观欲望政治以及无组织躯体理论。这些理念、观念思想是如何感性的渗透在她的诗歌中，她是如何用诗歌来图解、演绎她头脑中的这些理论观念形态。首先让我们来看她那首可以说是最为臭名昭著的《为什么不再舒服一些》一诗。

可以说，正是这首诗，让尹丽川在迅速提高知名度、惊世骇俗的同时，也让她备受争议。如果说，尹丽川写作并发表这首诗需要相当的勇气，那么评论和阐释这首诗无疑也需要相当的勇气，同时更重要的是需要相当的理论功底和新颖的诗歌理论观念。否则批评和阐释皆将因理论贫血和思想观念的陈旧而无法进行并展开对话，因而有失公正性。这首诗可以说是对德里达为代表的解构主义写作精神的最典型实践。

首先，全诗从题目到具体的诗句都充满了否定性的疑问追寻。它为了一种存在于先验想象中而不在场的终极性快感和意义，始终进行一种否定性的寻找。即不断地在寻找（在诗中体现为频繁出现的"再……一点"的句式），不断地在否定（在诗中体现为反复出现的"这不是……这是"句式），不断地在超越，不断地在探寻，却始终无法抵达想象中的快感和意义的终点和彼岸。这样，就在词语差异的无限否定性的延宕游戏中瓦解了诗歌文本，使整首诗变得松散、零乱、重复，而丧失了表意的可能性，使诗歌陷入了在场与不在场的差异体系的替代游戏中，最终成为一场词语的游戏，进而对先验的快感、意义进行了反讽性的颠覆和解构，从而揭示出存在的荒诞性、虚无性。它要最终表达的是：预设的快感、意义是不存在的，它只存在我们的幻想里，而真实存在的只是一种对快感、意义寻找的过程。同时，诗中通过对"上一点"与"下一点"，"左一点"与"右一点"……等等"一点"构成的相反、相对"一点"的不断否定和替代，就对二元对立的等级制观念进行了嘲讽性的颠覆与解构，从而解除了包括男女、优劣、高下、诗与非诗、民间与官方等等一切二元等级差别带来的压抑和束缚。同时它亦是德里达所说的文字散播能力的一种体现。

这正是典型的德里达式解构主义精神的文本写作。因为在德里达看来，先在的意义本来就是不存在的。词语实际也没有一个终极、先验的中心或意旨，而只是无限否定性的区分和延宕。为了追求幻想中的终极意旨，词语总是通过对自身的否定而向不是它自己的，即差异性的领域开放，它总是不断地在制造着新的差异，而却最终无力抵达那个幻想中的意义彼岸。因此，词语的指意作用实际是语言的差异性的无尽游戏性的替代活动，除了一种否定性的动态过程，它无力指向任何存在以及表意的可能性。因此，散播就是一切文字固有的能力，它不表达任何固定的意义，只是不断地、无奈地对文本进行瓦解，暴露文本的松散、零乱、重复、破碎，最终使文本意义瓦解。因此，叙事在这首诗里就不再指向一种表意的可能性，而是指向一种不可能性。并且尹丽川在这里采用叙事作为诗歌主要表达策略、手段，本身就是一种后现代主义打破诗与非诗二元对立观念的一种行为表现。在这个意义上，它本身就是对传统诗歌观念的一种解构性消解。这正如尹丽川所在下半身诗刊的同仁李师江所言："'下半身'的出现意味着营造诗意时代的终结。"①

让我们再在身体写作的层面上，同时也是在大众文化、先锋文化的含义层面上，对这首诗进行解读。其实，也正是在身体写作这个意义层面上，才使大

---

① 李师江：《下半身的创造力》，《下半身》（创刊号），第 121 页

众文化和先锋文化因拥有一种共同的平面感性诉求而具有了历史巧合的相关性，找到了共鸣点，而颇具历史意味地、喜剧性地融合在一起。无疑这首诗是以身体写作而闻名的。如果说，上述解构主义的行文作风是这首诗引起人们注意的一个重要原因，那么，对身体性快感的公然追求和大胆抒写，则是这首诗引起人们注意、招致苛责的另一个更重要的原因。这首诗里表现的身体写作已完全不同于八十年代那种性别对抗意识上的身体写作，而是一种对社会化主体（躯体）进行解构的写作，一种追求个人身体快感的青春写作。它是福柯、德勒兹与加塔利的权力话语、主体话语理论、微观欲望政治学理论的诗学话语实践。正是站在社会化主体解构的层面上，它首先要通过话语政治解除覆盖蒙蔽在身体上的一切社会学意义，即温柔、泼辣，知识分子与民间等代表的正统与邪恶、规矩与淫乱等社会学观念的束缚，继而通过生物性政治——身体欲望快感的追求，实现这种解构，以建构新的主体性形式和新价值的形式，从而让身体回到纯粹个人化无组织的充满生机和活力的生产性状态。这正是福柯、德勒兹与加塔利的身体学理论。这就是学院出身的尹丽川为什么会公然书写对身体的快感追求，这正是为建构一种非社会化主体的躯体进行强烈的呼吁和正名。尹丽川有一首诗的名字就叫《正名》，诗中的主要意图和表达手段亦如出一辙。这样，就通过微观的话语政治和生物性政治解构了这个被社会化尘封了的主体，从而解除了文明在我们身上的锁链和重压。

如果说福柯的身体还主要是一具被动性的社会化躯体，那么德勒兹与加塔利更为激进、富有生产性的身体学理论则更为尹丽川进行身体青春快感的书写在理论上助威。德勒兹与加塔利认为我们的身体蕴藏着无限的潜在能量，它有无量潜在的生产力有待开发，它是一部欲望的机器，它以一种非连续性流动和"间断性流动"（break-flow）而运行，总是在制造与（局部）客体以及别的欲望机器的连接，同它们建立随机的、片断性的、多样化的联系。因此不存在任何欲望的表达主体，也没有任何确定的欲望对象，是一种非表意符号系统。这就是尹丽川这首诗拒绝欲望表意的另一内在深层原因。同时，"欲望的唯一客观性就是流动"，透过它，无意识之流在社会领域中得以产生，欲望是由无意识以各种类型的综合而引发的情感与力比多能量的持续生产。因此欲望在本质上是充满革命性和积极性的，它生产万物（"联盟关系"及现实本身）。所以，德勒兹和加塔利呼吁对躯体进行"解辖域化"或说"解码"，使身体从社会限制力量这枷锁下解放出来，使欲望摆脱限制性的心理与空间的界限束缚，摆脱它的社会关联与受规戒的、符号化、主体化的状态（如同一个"有机体"），使真正的个人化主体获得解放，产生无限的能量，而回复到一种"无组织躯体"的状态，进而使它能够以新的方式进行重构而放射出新的生命能量。同时，德勒兹和加塔利他们还倡导在日常生活实践中实现这种微观欲望政治。他们认为日常生活的领域恰恰是主体欲望被生产和被控制的地方，而传统理性主义宏观政治却对日常生活领域熟视无睹。因此他们呼吁要在日常生活中用一种微观欲望政治来取代阶级斗争政治，并进而指出在真正的阶级斗争到来之前，必须先创造出革命的欲望形式。因为人的主体性的产生过程既然是一种政治行为，那么，反过来，改变人们的日常生活和欲望形式就成了具有潜在激进后果的政治行为，这样就解构了政治与日常生活、主体与客体之间的传统对立。使政治和革命得以在日常生活和躯体欲望等微观层面展开。

由此，我们就不难理解尹丽川何以以学院出身而一再张扬青春身体快感的追求与解放，写下了类似上面《为什么再现舒服一些》那样一系列富有挑战性、颠覆性的诗歌，如《正名》《挑逗》《玫瑰的痒》《什么样的回答才能让你满意》《奸情败露》《笑声作证》《献给第三者》《掩藏》《妈妈》《公正》等等。这种身体写作的诗歌书写本身就是后现代理论倡导的一种个人化的行为艺术，她正是要用这种行为艺术摧毁瓦解当代人们头脑里那种根深蒂固的社会化主体的文化观念，以造成一种彻底的解域化的诗性行为。这正如她在《挑逗》一诗中写下的："女人越坚贞呵，我越要挑逗你们的男人。"诗人严力在《随想新世纪》中也认为："时代需要的诗性行为比诗更迫切，每一个诗人不是要产生更多的诗而是诗的行为，把诗变成行为本来就是写诗的最终目的……总之，要动起来，运动起来，活动起来，人数上增加起来。"① 因此尹丽川正是要用这种矫枉过正的诗性行为来希冀、呼吁彻底解除人们身体上的压抑和束缚，解构现代话语与制度对欲望的殖民，从而让身体回复到充满健康、活力和生机的无组织躯体状态。这正如德勒兹与加塔利在《千高原》中所发出的呼吁："发现你的无组织躯体。弄清如何去造就它？这是一个关乎生死，关乎青春与衰老，关乎悲伤与快乐的问题。一切都将从这里上演。"② 同时也正是在这个层面，我们更深地理解了梅洛·庞蒂的身体表述：世界的问题，也可以从

---

① 《赶路诗刊》2005 年第 1 期
② ［美］道格拉斯·凯尔纳等：《后现代理论》，张志斌译，中央编译出版社2004年版，第126页

身体的问题开始，就在于一切都是现实地存在着。

正是对身体的这种先锋思想观念，使尹丽川决定从诗性行为的身体写作入手以实现一场微观欲望政治革命，并使她加入了倡导身体形而下书写的下半身民间诗歌刊物阵地当中。尹丽川这种身体学的先锋思想观念也就集中体现在她所代表的下半身诗歌刊物的思想理念中。如她和下半身同仁在宣言中的表述：

我们先要找回身体，身体才能有所感知。在有感觉到来的那一刻，一个人可以成为另一个人。一个忘掉诗歌和诗人身份、忘掉先验之说、能指所指，全身心感受生活新鲜血腥的肉体，还每个词以骨肉之重的人。这是一场肉体接触——我们和周遭面对面，我们伸出手，或者周遭先给我们一个耳光。如果我疼了，我的文字不会无动于衷。如果我哭了，我的文字最起码会恶毒地笑。

我们的身体已经不能给我们一个感官世界，我们的身体只是一具文化科学符号，在出生之前就丧失了基本功能，在出生之后竟渐渐习惯了这种丧失。不要怕回到彻底的肉体，这只是一个起点。①

所谓下半身写作，追求的是一种肉体的在场感。注意，甚至是肉体而不是身体，是下半身而不是整个身体。因为我们的身体在很大程度上已经被传统、文化、知识等外在之物异化了，污染了，已经不纯粹了。太多的人，他们没有肉体，只有一具绵软的文化躯体，他们没有作为动物性存在的下半身，只有一具可怜的叫做"人"的东西的上半身。而回到肉体，追求肉体的在场感，意味着让我们的体验返回到本质的、原初的、动物性的肉体体验中去。我们是一具具在场的肉体，肉体在进行，所以诗歌在进行，肉体在场，所以诗歌在场。仅此而已。

我们只要下半身，它真实、具体、可把握、有意思、野蛮、性感、无遮拦。

我们更将提出：诗歌从肉体开始，到肉体为止。

只有肉体本身，只有下半身，才能给予诗歌乃至所有艺术以第一次的推动。这种推动是惟一的、最后的、永远崭新的、不会重复和陈旧的。因

---

① 尹丽川：《再说下半身》，《下半身（创刊号）》第119～120页

为它干脆回到了本质。①

　　写作意味着激情、疯狂和热情，同时意味着整个肉体的完全投入。

　　不再为"经典"而写作，而是一种充满快感的写作，一种从肉身出发，贴肉、切肤的写作，一种人性的、充满野蛮力量的写作。②

　　在此我们就可以更鲜明的看出尹丽川个人化的身体诗学。诚如她所言："这只是一个起点"，而其真正目的则在于通向未来革命性的解放和自由。因为我们周遭的现代性发展现实结果已经经由德勒兹与加塔利的先哲之口在《反俄底甫斯》中告诉我们：

　　我们今天生活在一个客体支离破碎的的时代［那些构筑世界的］砖块业已土崩瓦解……我们不知道再相信有什么曾经一度存在过的原始总体性，也不相信在未来的某个时刻有一种终极总体性在等待着我们。③

　　由此可见，尹丽川的个人化身体诗学蕴含着深刻的现代性反思，它并不是一种简单、粗暴、平庸、肤浅的对诗歌和身体的率性践踏和解构，而是蕴藏着深刻的现代性的讽喻和忧思。的确，现代性从五四最初作为宏大话语的国家性、民族性、阶级性到九十年代微观话语的消费性、个人性、女性，以至到最后就只剩下了一个赤裸裸的、感官躯体的"性"。这个"性"却因为所指被悬空，而"左一点"、"右一点"、"上一点"、"下一点"，却怎么也找不到，而最终成为一个失去了终极指向的空荡荡的能指间差异的游戏迂回。因此尹丽川在此对性的反讽、颠覆、解构性的游戏写作，实则完成的是反性化。正是在这种反性化写作中，来完成对现代性的深刻反思与批判，因此，反性就是反现代性。她正是要通过这种对性和快感的极限性的追求而完成一种对性的反讽和颠覆，并在对性的反讽和颠覆中达到对现代性的反讽、颠覆和解构。而其这种深刻的现代性讽喻和反思在她的《为了这一眼》中有着更为鲜明的体现：

---

　　①　沈浩波：《下半身写作及反对上半身》，杨克主编：《2000中国新诗年鉴》，广州出版社2001年版，第544～547页

　　②　朵渔：《我现在考虑的"下半身"》，杨克主编：《2000中国新诗年鉴》，广州出版社2001年版，第564～565页

　　③　转引自［美］道格拉斯·凯尔纳等，《后现代理论》，张志斌译，中央编译出版社2004年版，第98页

为了这一眼

还有一个男娃儿蹲在垃圾堆里玩耍
还有一个小娘子飘散着胰子的香气
还有一些房子拥挤着透风漏雨
还有一片水稻地深埋下弯曲的脊梁

我在火车上，他们活在我的车窗
我路过他们，他们路过
我来自京城的一眼，为了这一眼
希望他们继续这样生活，南国的风情
多么朴素。千万不要盖起
高楼大厦，孩子们千万别玩
变形金钢，女人们更不要喷
夏奈尔香水，水稻将永远
用人工播种
房子若不漏雨，诗人还怎么
写得出诗歌

这是全体城市同胞对你们的
殷切希望，以及对自身的深刻反省
就像外国友人来到北京，长吁短叹、疾首痛心：
那温良可人的四合院呢？老鼠多富有情趣，
苍蝇是如此真实，老奶奶挥扇驱蚊，哦！
Country road！
好一片发展中风光！

为了外国友人的这一眼，
我不得不痛斥我所归的高楼，所往的超市
并时常对街边的苍蝇们诒笑

所以为了我火车上的这一眼

> 祝福农村孩子们热爱垃圾，在垃圾中长大，
>
> 生出另一些农民孩子，传唱民族魂的歌谣

这首诗，对我们今天追求的所谓现代性，做了何等深刻的省思！读了尹丽川的这首诗，我们就会更加深刻的理解了她那作为行为艺术的个人化的诗性身体写作的深刻用意所在，而不再会认为尹丽川肤浅，其实真正肤浅的是我们。世界上从来都存在两种肤浅：一种是从来都没有经历过深刻的肤浅；另一种是经历了深度后又再次返回初始层面的肤浅。这两者之间差的正是一个看不见的思想经历的过程。尹丽川的所谓无深度写作体现的正是后一种层面的肤浅。因此她的诗歌写作一上来就是这种后现代主义的反文化理性的无深度写作，并且以媚俗的身体写作起笔。因为现代性的标志之一就是一种断裂性、一种当下性，一种对传统文化的随时随地的反思与批判性上。因而现代性的先锋主义就是以媚俗文学的面孔出现的。这就是英国文艺理论家马、布拉德、伯里所说：先锋主义同流行文化发生了意义重大的融合现象。① 同时，也正是在这样的层面上，使她身体写作的诗歌同注重快感宣泄展示、反抗传统理性文化、解构社会化主体的当代大众快感文化诉求发生共鸣而联系在一起，成为大众快感文化的典型文本。也即一种生产者式的文本：拒绝深度阐释而注重平面快感宣泄与展示，在快感宣泄与展示中隐含并完成对正统官方文化的反讽、戏谑、嘲弄性质的颠覆与解构。因为当代大众文化正是建立在一种对官方正统文化的反叛、解构、戏谑、嘲弄、反讽、颠覆的解构主义文化精神的基础上，而宣扬身体感官的解放、快感的宣泄与展示。尹丽川因而也就在这种意义上，同当代大众文化具有一种不谋而合的内在相关性，而成为反传统、反官方、反理性、而追求当下瞬间身体感官快感的当代时尚大众文化的代言人和先锋文化人物。

如当尹丽川和她的《为什么不再舒服一些》在女权主义者之间流通时，它代表对男权文化价值观的叛逆和挑衅；当它在一些男性中间流通时，它是获得窥视快感的对象；而对众多被压抑的女性来说，尹丽川以她的《为什么不再舒服一些》则又成为赋予权力与获得解放的行为人。这样文本本身就具有大众文化所赋予的一种外在性的多重性的生产性意义，成为大众文化典型的生产者式的文本。而作为文本对象本身，它的意义，也即文本的内在意义，则是

---

① 汪培基等编译：《英国作家论文学》，三联书店1985年版，第569页

贫乏的。它真正的意义在于一种媒介化的意义，也即文本本身充当了流行文化、意义和快感流通的社会中介。它的主要功能在于在文本的互文关系中引起意义和快感的流通，所以大众文本是行为人、资源而不是对象。在这种意义上说，尹丽川和她的《为什么不再舒服一些》所代表的这种大众文化的生产者式的文本是被使用、被消费、被弃置的，作为诗歌文本本身它几乎没有值得深刻挖掘的内在深度性的文本意义，它本身在文本的意义上是贫乏的。正是在大众文化维度的意义上，尹丽川和她的诗歌才显出丰富而又贫乏的意义，也正是在大众文化这种反传统、反官方、反理性、而追求当下瞬间身体感官快感的这一共同诉求点上，先锋文化和大众文化才发生共鸣并融合在一起，而以一副媚俗性的面孔出现。

可以说，在后现代时代，媚俗艺术即代表着一种即时性的原则：即时获得、即时见效、令人惊颤的瞬时美。而后现代这种注重当下性的媚俗艺术产生的根本原因在于现代性所隐含的相对性的线性时间观念意识所造成。由于这种线性的时间意识导致了一种严重的心理焦虑，使其执著于当下性，否则便意味着空虚和无意，于是用媚俗性的行为拼命占有当下时间的每一刻而绝对的现代，以在瞬间美的惊颤中产生一种现代性的眩晕而忘却现代性那恼人的时间意识。因此正是这种现代性隐含的相对时间意识，使尹丽川产生那惊世骇俗的诗歌写作的个人化行为艺术，并使其九十年代的诗歌写作呈现一种断裂性的现代性转型。同时也正是这种现代性隐含的时间焦虑，凝成了尹丽川另一首现代主义风格的诗作：《老》

老

我站在路上
犹豫了一下
从这头，走向那头

路边的老太太
坐在两头的中间
一动不动

第二天
老太太不见了

我犹豫了一下

第三天
在两头的中间，一动不动地
我坐下来

这首诗写得是如此的沧桑、美丽、含蕴、内敛，以致于我们忘却了那个惊世骇俗的以后现代个人化无深度身体写作而著称的尹丽川，那个"左一点"、"右一点"、"上一点"、"下一点"，满口淫词秽语、嗲声嗲气而令人无所适从的尹丽川。那个如此招摇作秀的尹丽川，仿佛因了这份沧桑的美丽、这份含蓄的内敛，而在猝然间变得是如此遥远，遥远得如同隔世。正是在这种遥远得如同隔世所造成的审美距离中，我们才走进了作为真正诗人和女性的尹丽川。并在走进的同时，真正理解了她九十年代以来那种激进的酷儿式的个人化的诗性艺术行为，理解了尹丽川和她九十年代以来的诗歌写作。但是，正像翟永明在写完《女人》后追问自己，"完成以后又怎样？"一样，我们也想追问尹丽川的是："再舒服一些以后又怎么样呢？"难道诗歌真的能从肉体开始，到肉体为止吗？

第三章

艺术变革的向度：断裂性的先锋写作

第一节　叙事化：多重意味的现代性变革

一、时代转型与诗歌的叙事化变革

二十世纪的九十年代，对中国而言是个极为特殊的时代。正是在这一时期，中国市场经济高速发展，中国经济文化开始转型，历史进入以后现代主义为特征的大众消费文化时代。迅速到来的消费文化时代引起了人们在思想行为、价值观念、意识形态等诸多方面呈现一种断裂性的变化，急剧的历史转型导致了许多社会领域的变迁。九十年代女性诗歌写作领域的断裂性的变革转型正是时代历史这种急剧转型导致的一个重要结果，也是时代历史转型的精神表征。因为诗歌在任何时代都是一个时代的精神窗口，透过这个窗口可以看到时代历史精神的生活画卷。而九十年代女性诗歌写作艺术转型变革的一个重要向度首先体现在诗歌观念的变革上。由于诗歌是一种语言的艺术，因此诗歌观念的变革即体现在诗歌语言观念的变革上：即由传统抒情性质的语言形式转变为叙事化的语言形式。因此，叙事化，即是九十年代女性诗歌写作艺术转型变革后的现代性先锋写作理念。

九十年代呈现出一种多元性、复杂化、综合发展的非历史化趋势，这种断裂性的、非连续化、非历史化的发展态势表明：以往那种线性的历史时间意识被打破了，与之相对应的文化美学观念也必然发生断裂性的变化与转型。因此，这种断裂性的、非连续性的历史发展态势将意味着："事物不再以同以往

一样的方式被感知、描述、表达、刻画、分类和认知了。"（福柯语）① 于是，面对历史这种断裂性的非连续化的发展态势，面对九十年代这种迅速变化了的时代形势，以及变化了的时间历史意识，敏感的诗人们意识到以往传统那种单一抒情性质的诗歌语言形式明显不再适合于表现这个有着多重意向、多种发展态势的社会历史时代情境，而产生了严重的思想焦虑。这种思想焦虑的结果是引发诗人们寻找一种新的具有包容性质的诗歌语言形式。这种包容性质的诗歌语言形式必须具有一种综合性的特征，它必须能够将九十年代这种晦涩、暧昧、迷离、零乱、破碎、非中心的表意态势，以及由这种表意态势构成的多元性、复杂化、综合发展的非理性、非历史化的后现代性情境综合、混杂地包容进去。因此它需要的不再是以往那种富于逻辑性的理性化单一的抒情性质的诗歌语言形式，而首先要求的是对以往逻辑化、理性化语言形式的拒斥和打破。也就是说，它需要的是一种非理性化、非逻辑性的语言，只有在这种非逻辑化、非理性化性质的语言形式里，那种兼容多重意向、多种意味的、后现代性情境特有的零乱、破碎的复杂化的、混合性的、多元化的迷离、暧昧性质的综合语义内容才能包容进去。

而这种非逻辑化、非理性化的语言恰好就是被西苏和伊瑞格瑞称为"阴性写作"和"女人话"的女性化的叙事性质的语言，于是这种新的富有女性化气质特征的叙事化语言就成为九十年代女性诗歌和九十年代诗歌的主要语言形式。因此九十年代女性诗歌语言是以一种新的不同于传统抒情形式的叙事化的诗歌语言形式出现的，叙事化是九十年代女性诗歌写作语言观念的一个重要变革。女性诗歌在九十年代为何会风骚独领，走在九十年代诗歌写作的前列，并成为断裂性的时代先锋写作，这主要是因为女性化那种包容性的、非逻辑化、非理性化的语言恰好与九十年代这种混杂、多元性的后现代性历史时代情境在内在特质上相契合。这等于时代为女性进行诗歌写作在语言上提供了一次最佳的特殊性机遇，而九十年代的女性诗人果然没有错失这个千载难逢的机遇，一批敏感的女性诗人如翟永明、王小妮等率先在诗歌写作中进行了叙事化语言的尝试与转型，并且取得了良好的效果，最终达到了一种个体化诗学的成功转换，标志着个体诗歌写作风格的成熟，并将这种叙事化风格迅及推广，形

---

① ［美］道格拉斯·凯尔纳等：《后现代理论》，张志斌译，中央编译出版社2004年版，第57～58页

成一个特定时代——九十年代诗歌写作风格转型的大气候。如翟永明由于采用小说般客观叙事的语言方式，使她在处理九十年代的新题材如《咖啡馆之歌》时，获得了成功的语言风格转换和前所未有的自由与信心。它带走了她过去写作中受普拉斯影响的自白语调，而带来一种新的细微而平淡的叙说风格。而王小妮则以叙事化语言对激情的惊人节制而著称，并因此形成她冷静、克制、精炼的个性化诗歌叙事写作新风格，如她的《与爸爸说话》一诗就是其典型代表。

同时除了时代转型的大的背景因素导致诗歌观念叙事化的变异以外，女性诗歌自身也始终存在着一种现代性的变革需要。如女性诗歌在九十年代已经出现了种种写作的困境和危机，在题材的单一性别取向上，在写作审美上的媚俗取向上，在写作技巧的粗制滥造上，以及在写作内容层面上体现的精神旨趣上，都存在着严重的危机，使写作陷入困境。这些危机和困境的存在，使女性诗歌本身就面临着现代性变革的需要。于是在九十年代的特定的时代背景和女性诗歌自身现代性变革的合力因素综合作用下，九十年代女性诗歌在诗歌观念和功能上，最终实行了一种叙事性的现代性变革。于是诗歌一反传统抒情的面目，开始以叙事化的陌生面孔走进当代大众的艺术视野，开始一场个人化也是时代化的先锋艺术实验。

二、叙事化的结果

所以叙事化的出现，它首先表明的是，诗歌已由传统的抒情过渡到现代意义的表意，即诗歌在观念意义上发生了一种内在性质的变革：即由情感转向意识。于是由于诗歌内在性质的变化，与之相对应的是诗歌的功能就从抒情转变为叙事。即从单一的情感的抒发、表现走向综合意识的表现与创造，这种综合意义的表达与创造即是叙事化。因此，叙事在这里（即诗歌中的叙事），与日常生活中的叙事不同，它不具有约定俗成的表意性，不指向现实的可能性，而是指向一种过渡性、一种不可能性，即叙事在这里有意在表意上造成一种不可通约的含混、歧义化的效果，使本来约定俗成的表意变得破碎、零乱，充满空白的间隙，进而让多重意义、多种情境、多种意味走进诗歌，拓宽了诗歌的表现空间，增加了诗歌的诗性内涵，从而提高了诗歌表现生活的韧性和能力，并增强了诗歌的悟性美。

这样，由于叙事化语言形式具有的多重意向、多种情境、多种意味组合所造成的内容上的含容性，就使九十年代女性诗歌在结构上突破了传统诗歌单义性线性结构，而呈现为一种多声部的立体性的对话性的复合化结构。如果说传统诗歌的语义结构是一条线，那么九十年代女性诗歌中，这种叙事化的现代诗歌的语义结构则是一个横切面。于是伴随这种复合化的横切面式结构的出现，诗歌在内容含义上从单义走向复义，从一维走向多维。如果说传统诗歌是借助语言的外在声音物理形象造成的韵律形式来抒发诗人内在个性化的情感，也即它必须借助于个性化声音的朗诵来达到它情感上的渲染效果，因此这种诗歌它主要侧重于"感"，并且由"感"而终至于"情"；那么九十年代女性诗歌中这种现代性叙事化的复义诗歌，则主要借助于读者在与作者对话似的阅读交流中，展开丰富的想象力和深刻的悟性，来对诗歌语义层面内容进行多重深刻的体悟，这种丰富的想象力和深刻的悟性也就是一种所谓的诗性的智慧。因此这种诗歌它不再借助于一种声音的朗诵而借助于一种智慧的阅读，不再侧重于"感"而侧重于"悟"，它要完成的实际是"感"—"情"到"悟"—"义"的转换。这样，诗歌的审美特征发生了一种变化：即从一种外在声音韵律的节奏美转变为一种内在意义的节奏美。这就是九十年代女性诗歌审美倾向为什么会侧重于一种内在意义的节奏美，并且它的鉴赏方式已从朗诵走向阅读。如果说在九十年代的诗歌活动中仍然保留了传统诗歌的朗诵形式，那么这种朗诵除了延续对传统的怀旧以外，已经不再是侧重于声音传达的情感的节奏，而倾向于体味诗歌内在多重性的意义节奏。

因此，如果说传统抒情诗歌鉴赏需要的主要是个人化的个性感情，因为传统诗歌可以说是典型的读者式的文本；那么九十年代这种叙事性的现代化女性诗歌需要的则是一种细致解读的智慧，也即这种叙事化的现代诗歌强调的是一种细读的能力，它要求读者必须在与作者对话交流中所形成的阅读场中，投入全部的智力，积极地探索、反复细致地体悟诗歌中每一个细节的呈现所具有的特殊意义，因为这种现代性诗歌是典型的作者式文本。因此这种新的叙事化的现代性诗歌对读者提出了较高的要求，它要求读者至少要具备和作者等同，即与文本相关的最基本的文化知识背景，这样就改变了诗歌阅读关系的格局。它使读者从一种传统性的被动消极的接受、鉴赏状态走向一种现代性的主动积极性、生产性的解读状态，从一种大众鉴赏式的阅读走向一种圈子式的小众性细读式专业阅读。并且伴随着读者解读活动的加深，读者与作者之间对话的深入，它的意义总是处在一种不断的生成变化中，而永无止境。也就是说，它的意义处在一种流动的生产性状态。因而九十年代这种现代化的叙事性的女性诗歌写作，在这个大众化的时代，必然只能是像翟永明所说的："献给无限的少数人"。

　　这样伴随着诗歌观念类型由情感到意识的置换；诗歌功能也发生了从抒情到叙事的转换；诗歌结构由单义性线性结构到多义复合型结构的转换；审美方式从"感"—"情"到"悟"—"义"的转换；阅读模式从朗诵到阅读的转变，九十年代女性诗歌写作也就从内在性情的天才流露转变到对外在诗歌词语技巧性的修辞，从一种激情的宣泄过渡到一种艺术的节制。也就是说进入到了一个对激情进行艺术节制的时期，进入到了激情与词语的磨合时期。在这一时期里，它要求诗人必须把内在充溢着的激情有效地、艺术性地节制在词语的修辞性技巧里。这就是翟永明在九十年代为什么会倡导词语与激情共舞；王小妮在九十年代何以要对激情进行语言的节制。因此，诗歌写作在此一阶段必然突出了对修辞技巧的强调，甚至在某种意义上，技巧构成了九十年代女性叙事化的现代诗歌本身。这也就是贝恩在《抒情诗问题》中为什么会认为：技艺是现代诗歌的"一个关键性的概念"，是现代诗歌"在内容普遍的颓败中，把自身当作内容来体验"① 的所有艺术努力的标志。

　　同时，这也是男性诗人臧棣为什么会认为："后朦胧诗是作为一种写作的诗歌"，而之所以把称为后朦胧诗的现代诗界定为一种"写作"的诗歌，意在突出对写作中技巧的强调。并且臧棣在《后朦胧诗：作为一种写作的诗歌》一文中直接说：技艺（或技巧）就是现代诗歌的特征和本质……很难设想，没有技巧，现代诗歌的本文会堕落成什么样子。他在该文中还婉转地认为中国现代诗歌之所以没能很好的处理好本文和主体之间的关系，就在于诗人对写作中技巧的重视不够或缺乏足够的耐心。他认为诗歌写作的道德也就在于诗人把他的内心世界织进语言的肌体，因此这种道德困境即体现为一种写作的技巧，即词语与激情之间彼此磨合、进入、转化的技巧。此即九十年代女性诗歌写作为什么会从一种面向性别的写作，转向为一种面向词语写作的深层原因，这正是诗歌观念发生内在现代化变革导致的结果。因此这种诗歌观念的叙事化转型及其带来对叙事节制激情的技巧的强调正是九十年代女性诗歌和九十年代诗歌自身进行现代性转变的一种体现。

---

　　① 伍蠡甫等编：《西方文艺理论名著选编》，北京大学出版社 1987 年版，第 350 页

这样我们就会理解翟永明在九十年代为什么会在《再谈"黑夜意识"与"女性诗歌"》中申明"女诗人将从一种概念的写作进入更加技术性的写作"，这种"技术性的写作"也就指的是诗歌的技艺。在现代诗歌叙事化变革导致对诗歌技艺给予高度甚至是本体化重视这一点上，可以说他（她）们是英雄所见略同。翟永明在与臧棣、王艾对话所形成的《写成之后又怎样》一文中表述：技巧始终是其写作中苦苦经营的部分，它是对其汉语诗歌写作空间的严格限制，并且认为由技巧而获得的和谐才是汉语诗歌的魅力，它恰似我们在古典诗歌的技术中享受到的那种完善品质。① 这种对诗歌叙事技巧的突出强调，一方面体现了九十年代女性诗人对诗歌在九十年代所进行的现代性转型的敏锐领悟，另一方面也可以说是抓住了现代诗歌的本质性要素或者说关键性因素。因为诗歌，当谈到情感时，会令人感动；然而只有谈到技艺时，诗歌才真正走向成熟，并因这种成熟而进入现代性的境地。因为技术手段是现代工具理性的一种典型体现，而工具理性则是现代性的核心思想。这种看法也正是韦伯的观点。在韦伯看来，现代性从根本上讲是工具理性的胜利，手段的有效性成为判断认知对象的决定性标准。它变得越来越像是一个新的权力并具有支配权。因此，在叙事化所带来的对诗歌技巧的强调这一点上看，它正体现了现代性的内在精神在诗歌写作观念上产生的深刻影响。这种诗歌观念叙事化的变异，并由此带来对技巧性的特殊强调，它正是现代性直接作用于诗歌的一种体现。正是在这样的意义上说，叙事化就是诗歌写作现代性的先锋理念。

实际上，在九十年代这个特殊的历史时代里，要求诗人用叙事化的语言策略手段节制自己的个性化激情与才能而顺应时代和历史的大要求，顺应诗歌现代化的要求，它体现的是诗人作为一个诗歌写作者的个体，他或她不仅要有进行诗歌写作所必须的独特的个人化才能，即：内在天赋的诗性激情禀赋和独特的个性气质，它还要求诗人，作为一个生活在由传统和当下时代所构成的历史中的诗人，必须具备一种深刻的历史意识。这种历史意识即表现为：他或她在特定的历史时代里要学会审时度势，明察秋毫并随机应变。这种随机应变即体现为对已有的诗歌观念随时进行自动的现代性变革、更新，他或她要学会隐忍节制、逃避甚至是牺牲自己的个性化才能、情感，而深刻的意识到自己和诗歌在历史中的位置，以在当下对即是作为个人艺术行为，又是社会精神工作的诗

---

① 翟永明：《纸上建筑·完成之后又怎样》，东方出版中心1997年版，第242～243页

歌写作做出一种策略性的调整，从而使自己的诗歌写作既参与到大时代的社会
历史的精神建构中来，又融入整个诗歌写作构成的有机历史当中去。这一点，
翟永明、王小妮、安琪以及尹丽川等在九十年代所进行的转型性质的诗歌创作
可以说都是典型、卓越的代表。这也是艾略特在《传统与个人才能》中强调
的一个核心内容，在某种意义上说，艾略特的《传统与个人才能》正体现了
现代派诗歌欲与传统建立一种新的关系。而这种新的关系首先就是通过诗歌语
言叙事化观念变化体现出来的。程光炜也在《90年代诗歌综论》中说："叙
事性的主要宗旨是要修正诗与传统性的关系。"① 所以九十年代女性诗歌写作
现代性变革的一个重要体现就是诗歌语言形式的叙事化，这正是它与传统相断
裂的一个重要体现。

当然，叙事化的结果不仅使九十年代女性诗歌呈现出上述种种方面的变
化，而且在这种非逻辑化、非理性化的叙事性语言里，由于它能同时包容散文
化、戏剧化、小说化等综合性因素，这样就使异质事物彼此进入成为可能，因
此它必然还会使诗歌呈现出一种戏剧性的反讽、悖论的黑色幽默特征，以及由
这种黑色幽默特征导致的必然性的喜剧化效果。九十年代女性诗歌和九十年代
诗歌就在这种喜剧化的效果中呈现为一种个人化的词语的游戏和欢乐。这种特
点在九十年代的女诗人翟永明的诗中得到了尤为鲜明的体现。如在她的《咖
啡馆之歌》《乡村小酒馆的现场主题》等诗中就集中体现上述的戏剧性特点。
翟永明在其诗论中也多次提到过她对诗歌创作中戏剧性因素的重视，指出它甚
至使其诗歌具有了一种小说所不能达到的张力。这样，由于叙事性语言能同时
包容散文化、戏剧化、小说化等综合性因素，就增强了诗歌表现生活的能力，
丰富了诗歌表现生活的手段，拓宽了诗歌表现生活的视野，使女性诗歌写作在
九十年代，这个多元化的后现代性时代情境里，以一种独特的巨大包容能力来
处理表现九十年代——这个充分复杂化了的现实世界里的各种纷繁复杂关系和
含混暧昧的多元化情境。

另外，由于这种叙事化的诗歌采用的是一种非逻辑性、非理性化的语言结
构形式，因此与理性逻辑语言的线性思维结构相对的是，这种叙事性的非逻辑
性语言采用的就是一种非线性的发散性思维结构，使多样性的含义有可能在词
语的间隙处，因非逻辑化思维的顿悟而在猝然间放射出来，产生一种茅塞顿开

---

① 王家新等著：《中国诗歌：90年代备忘录》，人民文学出版社2000年版，第348页

的喜悦，并获得一种飞翔的感觉。这在翟永明和王小妮的九十年代以来的诗歌写作中，都可见到，而尤其以王小妮更为典型。在王小妮九十年代以来的诗歌写作中有许多这样的例子，这里不再一一列举。当然，当诗歌写作进入这一境界时，就已突破了技巧的层面，而从一种自觉的写作境界飞升到一种自由的状态。这种自由的状态就已不再受技巧的束缚与支配，而进入了一种出神入化的禅境。这是一种更高级意义上的诗，它是一种禅诗，是用日常理性语言无法表达的，是一种文字的禅，所谓心思寻不到而语言不能表，其妙处只可意会而不可言传。徐敬亚之所以称九十年代的王小妮为禅师，就是因为其独特的富于禅思的诗歌审美创作风格。

三、两种意义上的叙事

由于九十年代女性诗歌观念叙事化的变异，使诗歌在外在形式上朝向散文化、戏剧化、小说化的非诗化的方向发展，即朝向一种解构自身的方向发展。五四以来的诗歌发展证明：新诗始终在两种因素的矛盾斗争中展开发展。一种是诗歌自身的本质性因素即诗性因素，也即它的歌唱性因素，这种歌唱性因素使诗歌在外在特征上，倾向于呈现为一种显著的声音韵律节奏形式。另一种因素即是现代性因素，这种现代性的因素，使它倾向于西化，倾向于变革，使它倾向于突破它自身传统的固定性的韵律节奏形式特征，追求一种异于自己的差异性、追求将散文性、小说性、戏剧性因素混杂揉合在一起的综合性特征。而能将散文性因素、小说性因素、戏剧性因素综合的融合在一起的就是一种非诗化的叙事性语言形式，因此现代性因素必然使诗在形式上朝向一种异化的倾向发展、非诗化的倾向发展，也即散文化、戏剧化、小说化的方向发展。所以现代性所造成的叙事化的结果是对诗歌自身在形式上造成了一种异化、非诗化倾向。同时，再加上客观上九十年代解构主义思潮在理论上宣扬一种消解一切差异与界线的文化氛围，就使诗歌、小说、散文之间的形式界限愈加含混模糊，进而使得九十年代的非诗化倾向更加严重，诗与非诗变得鱼目混珠。因为真诗与伪诗在外在形式上，都呈现出非诗化的叙事性语言形式。这样似乎就真假难变。

实际上，由现代性的叙事性变革所造成的非诗化和九十年代以解构主义为代表的后现代主义思潮所造成的叙事性的非诗化，在内涵上并不能完全等同。因为，无论是在九十年代诗歌中，还是九十年代女性诗歌中都存在着两种向度意义上的叙事。即一种是现代主义向度意义上的叙事，另一种是后现代主义向度意义上的叙事。正是这两种向度意义上的叙事，将诗与非诗、真诗与伪诗彻底的区别开来。在现代主义向度的诗歌写作中，叙事主要是作为一种诗歌复义化的策略、手段和技巧而出现的，它的目的是为了将散文、戏剧、小说的多种因素综合性地揉合在一起，从而让特定时代的多重意义、多重意味、多种情境走进诗歌，形成传统单纯的抒情诗歌所无法表达的一种复义化的诗性效果。这种叙事主要是为了表现多元化时代的复杂情境而进行一种综合性的创造，翟永明和王小妮九十年代以来的叙事诗，绝大多数是属于此类。因此这种叙事是一种诗意的叙事，是一种亚叙事，它的实质仍是抒情的，只不过是一种婉曲的抒情，且这种情感也不再是一种传统单一的感情，而是一种综合性的、复杂化了的、掺杂了许多智性因素在里面的情感，这种含混、暧昧的情感也就相当于意识。如臧棣在《90 年代诗歌：从情感转向意识》中所说的 90 年代诗歌中的情感"不再是一种简单的混同于公众心理或情绪的情感，而是对从所可能有的情感的一种概括"[1]。因此，进入诗歌中的这种叙事就不再是一种日常沟通和交流意义层面的单纯叙事，而是指向一种综合性的创造。我们本书中所说的叙事也主要就是在这个意义上来指称的。这种叙事，它不指向现实的任何可能性，而主要是作为一种复义化的诗性手段、策略和方式而出现的。对这种诗意叙事特征给予较清晰阐释的是男性诗人孙文波和西川。孙文波在《生活：写作的前提》中说：

> 我们现在叙事，在很大程度上是一种亚叙事，它的实质仍然是抒情的。……当代诗歌中的叙事，是一种"亚叙事"，它关注的不仅是叙事，而且更加关注叙事的方式。这几年我们反复谈到话语方式以及话语策略，谈到诗歌写作中的"话语处理"的重要性；我们不断地说着在诗歌写作中的形式分类——反讽、戏剧性等——的必要性，意图是什么？就是想让人们了解我们作为当代诗人正在以一种不同以往的方式看待语言的功能（其实，这也是本世纪以来，世界范围内诗歌写作的最为重要的特征）……在当代诗歌中，故事本身对于诗歌的构成并不是真正重要的，真正重要的是我们说出它的方式……我们应该知道，正是叙述的方式赋予了诗歌

---

① 臧棣：《90 年代诗歌：从情感转向意识》，《郑州大学学报》1998 年第 1 期

独特性，使它能够以一个独特的"话语空间"出现在读者面前。……诗歌，尤其是好的诗歌应该是诗人深思熟虑的产物。这也是我们过去一直说的"专业写作"与一般意义上的写作的区分。①

同样诗人西川在《90年代与我》中也说：

在抒情的、单向度的歌唱性的诗歌中，异质事物互破或相互进入不可能实现。既然诗歌必须世界敞开，那么经验、矛盾、悖论、噩梦，必须找到一种能够承担反讽的表现形式，这样歌唱的诗歌便必须向叙事的诗歌过渡。

叙事并不能解决一切问题，叙事，以及由此携带而来的对客观、色情等特色的追求，并不一定能够如我们所预期的那样赋予诗歌以生活和历史的强度。叙事有可能枯燥乏味，客观也有可能感觉冷漠，色情有可能矫揉造作。所以与其说我在90年代的写作中转向了叙事，不如说我转向了综合创造，既然生活与历史、现在与过去，善与恶，美与丑，纯粹与污浊处于混生状态，为什么我们不能将诗歌的叙事性、歌唱性、戏剧性融于一炉？一个灵感打开另一个灵感，一个幻像启动另一个幻像，一种形式向另一种形式渗透，一种语调与另一种语调并置。这并不是为了展示诗歌的排场，而是为了达到创造力的合唱效果。偏于一端，虽然可能有助于风格的建设，却不利于艺术向着复杂的世界敞开。②

这样，通过他们对叙事的性质、功能和目的的阐释，我们应该对这种现代主义向度上的诗歌叙事有了较为清晰的认识。但是九十年代受以解构主义为代表的大的后现代主义时代思潮的影响，无论是在九十年代的女性诗歌中，还是在整个九十年代的诗歌写作中，都存在另一种后现代主义向度写作意义上的叙事。这是一种真正非诗化的叙事。如果说现代主义诗歌写作向度上的叙事化，造成的是一种形式上的非诗化，其真正目的则在于象征、隐喻诗歌背后的一种复义性的深度存在，这种叙事化的写作是属于一种立体性的深度写作，始终期待着读者的走进，时刻向读者发出期待的招唤，并向未来无限的敞开，是一种面向未来的写作；那么这种后现代主义诗歌写作向度上的叙事化则是一种彻底

---

① 王家新等著：《中国诗歌：90年代备忘录》，人民文学出版社2000年版，第256~260页
② 王家新等著：《中国诗歌：90年代备忘录》，人民文学出版社2000年版，第265页

的摧毁诗与非诗界限的非诗化，它完全放弃了深度，消解了意义，放弃了诗歌，它的手段本身就是目的。这种叙事化就是非诗化，它就是要通过这种非诗化的叙事化手段途径来完成对诗与非诗等所有二元对立等级观念意识的摧毁。因此，这种后现代主义诗歌写作向度意义上的叙事化只是解构二元对立观念意识的手段之一，它的深层目的是为了通过非诗化的叙事化来进而解构二元对立。这种后现代主义性质的叙事化，从根本意义上来讲，是属于一种非诗化的行为艺术。它就是要通过这种非诗化的行为艺术来消解一切深度，解构社会中一切优势特权等级的地位、意义和价值，而达到一种彻底的解放和自由的狂欢状态。它暗示表达和传递的实际是一种反文化、反社会的意态信息倾向，是一种面向现在、面向当下、面向此刻的狂欢性质的平面写作。所以这种后现代主义诗歌写作向度上的叙事化就是一种彻底的摧毁诗与非诗界限性质的非诗化。上节的尹丽川就是九十年代女性诗歌中进行后现代主义非诗化叙事写作的典型代表，一如我们对她及其诗歌文本进行的解构性分析与阐释。这种后现代主义诗歌写作向度意义上的叙事化必然造成一种词语的散播游戏和超级词语消费倾向。在这种写作里，词语挣脱了一切文体成规、界限和差异、属性、特征的束缚，而呈现一种深度解构后的，平面写作性质的狂欢状态。九十年代的女诗人安琪的诗歌写作也是这方面的典型代表。

这样，由于九十年代历史转型、诗歌语言观念叙事化的变革，由于在九十年代女性诗歌中，乃至九十年代诗歌中，这两种意义叙事的存在，使九十年代女性诗歌乃至九十年代诗歌中的叙事，在诗意的含义上显得真假难辨、鱼龙混杂。同时，由于这两种意义叙事的存在，使九十年代女性诗歌在外在诗歌艺术形式上，呈现出一种鱼目混珠的、散文化、个人化的写作态势。因而在客观上必然加剧了诗歌艺术形式上的非诗化倾向，从而使九十年代的女性诗歌写作，乃至九十年代诗歌写作必然朝向一种个人化、散文化、多元化、边缘化的方向发展。

第二节　个人化：反本质主义的诗歌观念

一、时代转型与诗歌写作的个人化

如果说，叙事化是女性诗歌在九十年代在艺术层面实现的突出变革转型之一的话，那么，九十年代女性诗歌写作在艺术层面上的变革转型之二是从一种单一意识形态的集体对抗转向多元化的非意识形态的个人化抒写。九十年代女性诗歌写作这种断裂性的个人化转向一方面是由于诗歌艺术内部主观上始终存在的现代性变革要求导致，即女性诗歌艺术自身发展现状已在实际上预示着变革的要求。它表现为女性诗歌自身的发展现状已呈现出一种困境和危机，这就是女性诗歌在题材、表现方式、创作理念、精神旨趣上存在着的诸多弊端。另一方面这种断裂性的个人化转向也是由于九十年代复杂多元的经济情境所构成的散文化现实和后现代的多元文化情境所构成的客观外部时代因素使然。

九十年代中国经济高速发展，伴随着中国经济的高速发展，一方面社会实现了急剧的历史转型，中国进入了以商品经济为主导的大众消费文化时代。另一方面九十年代，中国在经济高速发展的同时，还在实际上存在着地区发展中的不平衡现象。正是这种经济发展不平衡导致的散文化现实使九十年代历史呈现出一种包容、混杂的后现代性多元化情境，表现为一种暧昧、迷离的表意态势，呈现出一种多元化的生活方式、多元化的生活理念、多元化的文化价值取向。加之西方后现代文化理论的介入，更在实际中、在文化上加剧了这种复杂多元的后现代性情境。九十年代这种复杂多元共生的后现代性情境，使得意识形态弱化，文学失去了整合社会和时代的强大功能。这样就决定了传统单一意识形态的诗已不能表达多元复杂的散文化现实，诗歌要不脱离现实，就必须更新既有的传统诗歌观念，才能对九十年代复杂的散文化的现实做出有力回应。于是面对九十年代这种多元化的后现代复杂现实情境，九十年代的女性诗人迅急地做出了断裂性的现代变革：这就是从单一意识形态的集体写作转向多元性的个人化抒写。

九十年代这种急剧的历史转型、迅速到来的大众消费文化时代，使整个社会弥漫着浓厚的商业化气息，使精神和思想呈现严重的缩减趋势，同时加之西方后现代解构文化理论思潮的介入，更在客观上加剧了这种缩减的趋势，这样就使一向依赖精神思想写作的传统单一抒情型诗歌在一时间失去了时代精神向度力量和理论背景的支撑。并且由于时代处于一种转型过渡时期，意识形态呈现出一种含混、迷离、暧昧、晦涩的弱化趋势，文学失去了整合社会和时代的强大功能，以往那种作为现代性宏大叙事话语的国家性、民族性、阶级性话语，在九十年代这个大众消费文化盛行的特殊时代里就转化为一种消费性的个人性话语。因此，如果说八十年代中后期的女性诗歌的崛起是这种个人性话语即将崛起的一种最早、最明显的表征，那么在九十年代，在这种特殊的后现代性社会文化语境下，八十年代中后期女性诗歌那种高昂的单一向度的集体性别对抗话语，就转化为一种更具时代性的真正意义上——即去性化以后的个人性话语。这样种种合力促成的现代性结果就使整个九十年代女性诗歌写作呈现出一种反对一切宏大叙事的个人化的转型倾向趋势。

如果说以往的诗歌写作是以时代为倾述对象和参照背景，个人性的感情、思想必须转化、融合在时代集体生活的宏大叙事中；那么，九十年代的诗歌写作情形则恰好相反，它要求把时代公共性的共通化的感情、心态、经历转化成私人化个人性经验的表述。所以，以往的诗歌写作发现的是时代、国家，而九十年代以后的诗歌写作则是对个人的一次重大发现，个人开始突破时代意识形态的束缚而正式浮出历史地表。这样就对以往的那种宏大叙事的本质主义写作观念构成了反讽、颠覆和解构，从而在诗歌写作的方法上发生了一种从宏观集体讴歌到微观个人叙事的变异。这就是九十年代在诗歌写作观念方法上发生的重大变异。正是在这种大的诗歌写作观念发生变异的背景下，女性诗歌也一反过去意识形态性质的性别对抗写作，而在写作观念和方法上发生了一种明显的个人化转向。

二、个人化之表现

九十年代女性诗歌这种多元性的个人化抒写，首先体现在诗歌观念的变革方面：也即九十年代女性诗歌写作为了适应多元化时代的要求，突破了传统以情感为核心的诗歌观念的束缚，使诗歌从单纯的情感的抒发、再现转入到复杂意识的综合表现与创造，这样诗歌在功能上就从抒情走向叙事，在外在形式上，就突破了传统诗歌统一的抒情韵律节奏形式，而发生了一种个性化的逆转、变奏，呈现出一种叙事性的非逻辑化、非理性化的个人化语言形式。因此由单一情感的抒发到复杂经验意识的综合叙事是九十年代女性诗歌写作个人化倾向转变的一个重要变革。

其次，由于诗歌观念的变革，使叙事开始走进诗歌，进而必然导致了诗歌艺术手法也发生了相应的断裂性的现代性变革。这种现代性变革突出体现在诗歌中小说性、戏剧性因素的引入，它使诗歌不仅具有一种戏剧性的张力和小说所特有的意境美，而且使诗歌从传统的主观抒情走向现代的客观叙事，开始朝着戏剧性、小说性的散文化方向发展，从而使诗歌开始呈现出一种现代性的复义特征，为表达九十年代暧昧多元、散文化的复杂日常现实提供了有力手段。这样由于叙事化策略的采用不仅在诗歌写作观念上产生了一种断裂性的现代变革，而且在艺术手法上可以将散文、小说、戏剧等综合性因素混杂的揉合在一起，使异质事物彼此进入成为可能，使九十年代女性诗歌写作不仅在客观上形成了一种与传统相断裂的现代性先锋写作特征，而且呈现出一种多元共存的综合性美学特征。这种戏剧性、小说性的散文化倾向突出表现在女诗人翟永明九十年代以后的诗歌中。

女诗人翟永明在九十年代正是通过个人化冷静、客观的叙事，成功的实现了个人风格的转变，使她摆脱了过去受普拉斯影响而形成的过于沉浸个人内心的自白性语调风格，带来了一种新的个人化的细微而平淡的叙说风格。正是这种个人化的冷静、客观的叙事风格才使她在个体诗学上真正走向成熟。同时也正是这种叙事性的语言形式手段的采用，使她的诗歌有力地将小说、戏剧、散文等其他相关文体因素有效的综合进诗歌中，从而大大增加了诗歌表现生活的能力，在丰富了诗歌表现手段和加大诗歌语言陌生化的同时，增加了诗歌作为一种艺术文本的可读性，加速了传统诗歌向现代诗歌迈进的步伐，使诗歌创作趋于现代性的成熟境地。

由此可见，这种个人化的叙事性诗歌写作，在远离时代、远离中心，回到个人而疏离传统抒情为主要诗歌手段的同时，却在个人化诗歌写作艺术发展上，达到现代性的成熟境地，从而在客观上，促进了个人诗歌写作艺术水平的提高，使诗人的个体诗歌风格最终趋于成熟。所以艺术上个人化的结果，是使诗歌真正回到了艺术。这种个人化的叙事，使女性诗歌从八十年代的性别对抗的政治意识形态写作转入到了诗歌自身的词语修辞学。这就是九十年代的女诗人们为什么纷纷从面向性别的写作转向面向词语的写作，并且在叙事性的词语修辞学上而各显其能，各有千秋，最终达到了艺术上炉火纯青的地步的原因。如同是叙事，翟永明的叙事表现出明显的小说的复调性特征和戏剧化风格；王小妮的叙事则以精练、冷静、富于克制、几近禅境而著称；尹丽川的叙事则表现一种作为行为艺术的彻底的非诗化的解构主义意图；而安琪的叙事则呈现一种词语挣脱规则锁链后的游戏性狂欢。所以在叙事的使用态度上，大体存在着现代主义的诗性深度叙事和后现代主义的平面非诗化叙事两种写作倾向。她们在写作上都呈现出一种个人化倾向的自由，但一种是艺术化的自由，一种则是非艺术化的自由。

再次，由于九十年代女性诗歌写作观念叙事化的变革，不仅导致了诗歌在艺术手法上可以将小说、戏剧性因素引入其中，而且使口语也大量走进诗歌。并且无论是九十年代女性诗歌写作，还是九十年代诗歌写作在口语的运用上都表现了一种得心应手、运用纯熟的高度自由化状态。这种在诗歌中大量运用日常生活口语入诗的口语化诗歌语言方写作式一方面拉进了诗歌和生活的距离，增加了诗歌和普通大众的亲和力；另一方面也在口语化的运用中，完成了诗歌语言自身现代性变革的要求，使诗歌写作在艺术达到了一种自由的境地。如翟永明诗歌中的口语运用既显示了一种生活调子的亲切和自由，又不失艺术的简练、节制与张力。阅读翟永明九十年代以来的口语化诗歌，在其貌似简白、亲切的口语运用中，词语间充满了巨大的空白性间隙，并因这种空白间隙的存在，充满了戏剧性的反讽和小说结构所不能达到的张力、使诗歌文本的多重意义在其中自由穿行，如八面来风，彼此构成一种多声部的对话，从而将九十年代那种后现代性特有的混杂、暧昧的多元化时代情境，得到淋漓尽致的表现。在她的《咖啡馆之歌》《盲人按摩师的几种方式》《脸谱生涯》《祖母时光》等诗中都有精粹的表现。如在这些诗作中通过日常口语的貌似随意性的松散组合运用，使诗歌词语间因空白间隙的张力，充满了一种小说性和戏剧性的多声部对话性情境，使现代与传统的对话、世俗与神圣的对话、青春与爱情的对话、个人与时代的对话、当下瞬间与永恒彼岸的对话，在诗歌中都得到充分的展示与表现，从而让生活的各种意义在诗歌中自由穿行，彼此对话、碰撞、冲突，最终使那种形而上的意义失去统一性、完整性而变得支离破碎，在艺术的最大限度上表现出了个人客观生活和主观命运意志之间的一种不可化解的矛盾和冲突。并在这种不可化解的矛盾与冲突中，使诗歌所具有的内在张力，达到了一种诗歌写作技术上的极限，诗歌的审美效果和蕴含的深刻奥义也就在这种极限中得到最大效果的发挥和无声的、不能诉诸单一语言的，而是多向度、多种可能的、多重意味的阐释。

九十年代另一位女诗人王小妮的口语叙事则在贴进生活的同时，将诗意的智性思索投射在词语的断裂空白处，让一种形而上的精神的光芒照射穿行其中，伴随着读者的思索，将世俗形而下的琐屑、晦昧和尘污一扫而净，而让生活在诗歌阅读的智性思索中露出其本身平凡、光亮与纯洁、庄严的样态。如她九十年代以后的《我看见大风雪》《月光白得很》《十枝水仙》等等。这些诗歌中的口语词语的运用，都达到了一种艺术性的高度自由境地，在词语的空白裂隙处，不但闪现着形而上的精神光亮，而且达到了一种言说不尽、出神入化的禅境，显示了一种独特性的个人化的口语写作风格。这种独特的个人化口语写作风格使其虽生活在时代之内，又超然游离于时代和世俗之外，犹如一个文字的禅师，在九十年代这个世俗化的时代里，活在文字所制造的另一度精神空间里而气定神闲自成一家，看尽时代潮起潮落，声名富贵若柳絮烟花。如果说翟永明的口语诗歌写作令人在后现代性的间隙中睹见的是生活的多种样态和意义变异的多种可能性，也即体现出一种不断流动变化的现代性，让人看见的是一种意义间正在变异的过程；那么王小妮的口语叙事则让人在词语的间隙处瞥见缕缕神性的光亮，体悟到一种言说不尽的禅意，令人在不能诉诸语言思维的顿悟中领悟到一种智慧花开的喜悦，以及打破正常语法规则后在语言中临风飞翔的感觉。因此，如果说翟永明的口语运用使人感觉到词语间各种意义间的流动变异生长情形，宛若一条正在行进着的汩汩流动的河水，那么王小妮的口语运用情形则如风行水上，大化无痕。也就是说翟永明的口语运用体现的是一种诗歌写作的词语修辞技艺，而王小妮的口语运用体现的则是一种诗性的艺术，在这种艺术里语词因忘却了尘世的自我而生出翅膀，最终回归到心灵的故乡，并在归乡的途中放射出无限喜悦的光芒，将世俗现实里的种种缠缚着心灵的迷闷和晦暗照亮。

同样，如果说翟永明和王小妮的口语叙事是属于一种现代主义写作向度上的口语诗歌写作，因而这种口语是一种艺术意义上的自由化的口语写作；那么九十年代还存在着一种非艺术化的非诗化的口语写作，这就是九十年代的那种抹平一切界限、差异，解构任何深度和本质的后现代性的作为行为艺术的非诗化口语写作。这种口语写作不是为了制造一种诗性的陌生化效果，而是有意混淆诗歌语言和日常语言的界限，是作为一种解构二元对立等级观念制度手段和策略的行为艺术。因此，这种口语写作它不是艺术化的自由，没有经过艺术的提炼和加工的过程，而是一种解构主义的，作为一种反文化、反制度、反社会的手段和策略的平面诗歌写作。当然这种消解一切差异、本质的解构性非诗化口语写作，在一个特定的社会阶段（如思想高度禁锢时）和九十年代的特殊过渡性时期，有一定积极意义和其合理性因素存在，但是超出一定界限，则走向消极的反面而造成自身的解构性自杀。从口语诗到口水诗的发展泛滥就恰好在客观上证明着这个道理。所以口语化的真正目的是为了通过一种个人化的方式，实现一种艺术上的自由，而不是艺术行为的放纵和泛滥。当然九十年代乘着后现代主义的西风，同时由于个人理解的偏差，导致了一种庸俗思想和艺术行为暂时同流合污、混淆是非、迷惑大众的现象。但只要沉住气，站稳脚跟，擦亮眼睛，假象终会烟消云散的。

如尹丽川一些典型诗作的口语化就属于这种后现代的平面性写作，但它在更大的意义上是作为一种解构性的策略和手段，它不只是破，而在立。如果我们就此认为她就是口语化般的浅薄和庸俗则是不恰当的，至少只是对她的一种片面性的理解，因为她除了故意制造出那些口语般肤浅的身体诗歌外，还有写得相当漂亮、含蕴、优美而诗意无穷的口语诗，一如我们在她的《老》中所见那青春仓促的惊艳。可以说尹丽川在现代性与后现代性的双重文本的写作中，她都显出了惊人、极致的"个人化"，这在九十年代的女诗人中是不多见的。在她写作时间不长且为数不多的文学创作中，似乎让人们看到了她向各个方向发展的无限可能性，或说蕴含着各种潜在的艺术素质。她是真正将精英与大众、学院与民间、高雅与媚俗、先锋与颓废完好结合一身的后现代性文本，她的后现代性个人化口语诗歌文本充分、恰当地体现了后现代文化的夹生、杂半、混杂、拼凑的多元共生的特点，一如我们看到的在其诗歌中反讽、戏拟、拼贴、口语、叙事无所不用其极的表现。艺术在她那里通过极端个人化的方式而无限的趋近于普遍性的大众，它们是那么完好又是那么矛盾的结合在一起，她仿佛生就是一个矛盾的特殊体。在艺术写作上她好像没经过起跑的锻炼就已经烂熟了，没经过先锋的激进就直接腐朽颓废了。因此她是这个时代快餐文化的一个产儿，或说典型文本。

另外，九十年代特定的后现代文化背景，又必然使拼贴、戏拟、反讽等其他后现代性手法开始大量进入诗歌，使九十年代的女性诗歌在以叙事为主要表达手段而兼有小说、戏剧、散文等现代性风格的同时，又呈现出复杂多样的后现代性特征。也即呈现出现代与后现代亦庄亦谐的两种不同风格的写作模式，而进入鱼龙混杂的现代性与后现代性双重写作时期。

但是，以上这些写作变异基本上是属于在诗歌写作观念上和艺术手法上的个人化变异的倾向，它基本上体现的是"怎么写、如何写"的问题。实际上九十年代女性诗歌的个人化倾向还不仅体现在"怎么写、如何写"的艺术技巧层面上，它更体现在"写什么"的层面上，也即体现在诗歌写作思想内容题材的个人化变异上。这种思想内容题材方面的个人化变异主要体现在九十年代的女性诗歌已告别了八十年代中后期高昂、单调的性别对抗而进入了一个激情和词语磨合的时期，并在激情和词语的磨合过程中，转入对日常生活的散文化抒写和个体内在生命的沉思。同时，在日常生活的散文化抒写和个体内在生命的沉思中展示现代主义与后现代主义共存的丰富多彩的多元化的美学写作态势。

正是由于这种内容层面上的多元性个人化抒写展示，在九十年代的女性诗歌写作中，我们既会看到翟永明、王小妮和陆忆敏等充满哲理深度的现代性诗作，也会看到安琪、尹丽川等的充满游戏消遣的后现代性平面诗作。既会在安琪的《诞生》中看到"爱情的碎片"，也会在郑玲的《渴望麒麟》中看到爱情的神圣；既会看到陆平的《烦恼细细密密》，也会看到唐亚平的《形而上的风景》；既会看到扶桑的《乡土戏》，也会看到徐久梅的《阵痛的城市》；既会在陆平的《城市歌谣》中体会城市的喧嚣与浮躁，也会在蓝蓝的始终充满神性的写作中领略乡村的宁静和幽美。九十年代女性诗歌在内容层面上的多元性个人化抒写展示，使得无论是抽象的形而上的生命沉思，还是形而下的具体微观日常生活的细小角落都在九十年代的女性诗歌中得到了巨细无遗的展示。因此，个人化抒写的结果必然造成精神生活和物质生活的多样性表现。同时，这种内容上多样性的个人化展示中自然带来的良莠并存的诗歌写作现象，使得一些不合适宜的、平庸、不健康的内容也混杂的走进诗歌中。如"我是个平和的女子/能吃开心的食物/我的手指上有绿色的斑点/那是一个日子变的/那是日子好看/并纪念一个杰出的人//我在大街上穿着大摆裙/腰肢纤细/动不动说一句漂亮的英语"（邵薇《过日子》），这样的诗呈现的是大俗大媚的人间烟火的凡俗取向，它几乎就是日常生活的复制。还有的诗歌甚至直接就以日常平庸的心态来命名诗歌，如蓝蓝的《让我接受平庸的生活》。此外，象海男的《翻开今天的报纸》、林珂《酒这东西》、路也《两个女子谈论法国香水》也都是表现平庸的日常生活俗事。

这样，由于时代转型和诗歌写作自身变革合力促成的现代性结果，使整个九十年代女性诗歌写作，无论在思想内容层面，还是在艺术写作形式、手法、样态、审美选择上，都呈现出一种反对一切宏大叙事的个人化的转型态势和倾向。以往那种作为现代性宏大叙事话语的国家性、民族性、阶级性话语，在九十年代这个大众消费文化盛行的特殊时代里就自然转化为一种更具时代性的个人性话语。如果说，八十年代中后期的女性诗歌的崛起是这种个人性话语即将崛起的一种最早、最明显的征候，那么只有在九十年代，在这种特殊的后现代性社会文化语境下所造成的真正个人化时代，女性诗歌那种高昂的、单一向度的性别对抗话语，才能真正转化为一种更具时代性的、真正意义上的，也即去性化以后的个人性话语。

总之，因为九十年代在日常生活和文化理念上，呈现为一种多样性的散文化现实、多重性的文化价值选择、多元化的生活方式所造成的非中心的个人化的后现代性情境，所以与其相应的诗歌写作，在思想内容和艺术写作手法形式上，诗歌审美呈现样态上，必然呈现为一种驳杂相间、现代性与后现代性共存的散文般的多元性个人化写作态势。并且这种多元性个人化写作态势不仅存在于不同的写作者身上，还存在于相同写作者的不同创作时期以及不同创作题材方面，兹不赘言例举。

但是，无论女性诗歌在九十年代呈现出怎样斑驳错杂的多元性个人化写作态势，也无论它的主题是什么，有一点我们必须深信，九十年代女性诗歌在对诗歌文本的纯粹文学意义上的追求，即艺术见解和写作技巧方面的追求是与男性作家相一致的。女性诗歌在经历璀璨与浮沉、喧嚣和彷徨之后，一定会达到'洗尽铅华'的成熟境地。这正如翟永明在《再谈"黑夜意识"与"女性诗歌"》一文中所说："无论我们未来写作的主题是什么（女权或非女权的），有一点是与男性作家一致的：即我们的写作是超越社会学和政治范畴的，我们的艺术见解和写作技巧以及思考方向也是建立在纯粹文学意义上的，……我们有理由相信，中国当代'女性诗歌'在历经璀璨与浮沉、喧嚣和彷徨之后，终究会出现'洗尽铅华'的成熟阶段。"①

第三节　日常生活审美化：消费文化时代的美学观念

一、日常生活的审美化：时代转型与诗歌自身现代性变革因素

九十年代，伴随着中国商品经济的高速发展，大众化、商业化、世俗化气息愈益严重，加之西方后现代主义文化在此时的广为传播，历史进入以后现代主义为特征的大众消费文化时代，与之相应的是日常生活美学兴起。日常生活美学的兴起，一方面，可以说正是文化世俗化、消费化的直接结果，它是现代

---

① 翟永明：《纸上建筑·完成之后又怎样》，东方出版中心1997年版，第236页

化进程的直接产物。现代化的进程，必然伴随着消费文化和市俗化的出现，必然导致在美学上发生一场深刻的断裂性现代变革，使得象征消费文化的大量日常世俗生活和城市生活题材走进艺术创作，最终消解了艺术和生活的界限与距离。因此日常生活的后现代美学转向正象征着我们的时代——九十年代经历了一场深刻的现代性社会变革，标志着我们进入了一个与此前不同的大众消费文化时代。另一方面，日常生活美学的兴起，在美学上又标志着我们进入了一个后现代化时期，它将使以往现代性的那种统一、完整、连续性的美学体系产生中断，而进入了一种碎片性的、断裂性、非连续性的美学感知时期。它必将使现代性的那种体现内在统一美学的宏大叙事话语被一种碎片性、缺少连续性的日常生活的凡俗琐事话语所取代，使得平面化的日常生活开始得以审美呈现。所以日常生活的审美化就是大众消费文化时代主导的美学观念。正是在这种时代美学观念转型的大的历史前提背景下，九十年代女性诗歌写作也顺应时代变革了的美学要求，开始从对内心个人化情感和性别压抑问题的关注，转移到对外在日常世俗生活的抒写，使日常生活得以审美性的呈现。从而在继叙事化、个人化向度的艺术现代性变革转型之后，实现了九十年代女性诗歌写作的又一重大现代性变革转型。

九十年代女性诗歌这种面向日常生活的转向，不仅是时代美学后现代性转向的大趋势所致，同时它也是女性诗歌写作自身面临着危机和困境、在主观上存在进行现代性变革因素导致。女性诗歌最初起源于对女性自身内心精神情感压抑的强烈诉求与呐喊。由于受时代条件等多种因素制约，这种来自于男性几千年性别的压迫，只能使女性们将这种被压抑的情感长期积郁在内心里。而当中国进入经济高速发展的八九十年代，历史终于为女性表达自己的心声、申诉自己的权力、展示女性自身的魅力提供了一种最佳的契机。于是女性们敏锐地抓住了这千载难逢的历史机遇，用一种特定的意识形态话语——身体写作来大胆地抒发她们积郁在内心的几千年的压抑愤闷之情，这就是最初以对抗话语、倒置话语著称的女性诗歌。在这种抒写内心、面向男性的性别写作中，一方面由于普遍受美国女诗人普拉斯影响，另一方面也由于自白这种方式便于宣泄内心积郁的情感，女诗人们在诗歌写作之初普遍选择了自白的表达方式。这种自白的抒情方式在最初也确实为女性抒发自己的心声、建构女性话语起到了积极的作用。

但是随着女性诗歌写作的不断发展，女性诗歌中这种过于关注内心情感的狭隘题材和大量传声筒似的直白宣泄逐渐形成了固定的写作模式，暴露出了它的局限，遭到了人们的苛责，并对女性诗歌写作的自身发展产生了新的束缚。敏感的女诗人们很快意识到了这种过于关注内心情感题材和自白表达方式的弊端。如女诗人翟永明说："女性自身的局限也给'女性诗歌'带来灾难性的后果。题材的狭窄和个人的因素使得'女性诗歌'大量雷同和自我复制，而绝对个人化的因素又因其题材的单调一致而转化成女性共同的寓言，使得大多数女诗人的作品成为大同小异的诗体日记，而诗歌成为传达说教目的和发泄牢骚和不满情绪的传声筒。……'女性诗歌'正在形成新的模式。"[1] 在另一篇文章中她又说："事实上'过于关注内心'的女性文学一直被限定在文学的边缘地带，这也是'女性诗歌'冲破自身束缚而陷人的新的束缚。……这亦是女诗人再度面临的'自己的深渊'。"[2] 于是为了摆脱这种狭隘的内心题材及其附带的自白方式所产生的弊端，女性诗歌在九十年代在题材方面所做出的一个突出转向就是：从关注内心转向日常生活。这样就与九十年代盛行的后现代美学精神——日常生活审美化相契合。这样，在时代美学实行后现代转型与女性诗歌自身现代性变革的合力因素作用下，女性诗歌写作在九十年代实现了日常生活审美化的转向。

二、日常生活审美化之表现

九十年代女性诗歌日常生活审美化主要表现之一是九十年代女性厌倦宏大题材，而让大量日常生活的平实题材走进诗歌，造就了一种平民化视角、平淡写实、激情内敛的诗歌叙事风格。九十年代女性诗歌这种日常生活的审美表现主要体现在平民化的取材、平民化的视角、平民化的叙说风格等艺术处理方式方面。在九十年代，随着艺术与生活界限的彻底消解，作为诗人的艺术家们不再把目光投在高远的别处，而是将笔触投诸日常生活的此岸，正是在对此岸日常生活的独特关注和审美呈现中，让人惊觉作为日常生活的此岸亦是风景万千、意味繁复。因此，在九十年代女性诗歌对日常生活的审美化处理中，存在着现代主义与后现代主义两种艺术观照视角。以现代主义视角来观照处理日常生活的诗作，主要揭示了日常生活细节中所含蕴的生活的平淡、意义的虚无、

---

① 翟永明：《纸上建筑·完成之后又怎样》，东方出版中心 1997 年版，第 232 页
② 翟永明：《纸上建筑·完成之后又怎样》，东方出版中心 1997 年版，第 235 页

爱情的无着、青春的仓促、存在的荒诞等略带悲怆性的主题。如王小妮的
《看到土豆》、《活着》、《西瓜的悲哀》，翟永明的《咖啡馆之歌》、《盲人按摩
师》，安琪的《世声》、《诞生》等等都属于九十年代特有的转向日常生活诗作
的代表，都是在日常生活的精微瞬间捕捉个人生活和生命体验的力作。在这些
日常生活的题材中，诗人们善于捕捉生活的细节，将激情含蓄内敛的节制在对
日常细节的平淡温情的叙说视角、风格中，并在这种平淡化的叙事风格中，将
生活的多重意义与命运的无常性巧妙的蕴含其中，从而使人看到生活的平淡、
人生的无意义、爱情的虚空与青春的易逝，进而揭示了生命最为平凡、朴素的
真实存在状态。如王小妮的"一日三餐/理着温顺的菜心/我的手/漂浮在半透
明的白瓷盆里/在我的气息悠远之际/白色的米/被煮成了白色的饭"（《活着》）

　　而在以后现代主义视角观照下日常生活的审美化处理，则表现为，一部分
九十年代女性诗歌在对日常生活的审美呈现中缺少了一种对日常现实反思和内
省的维度，呈现出一种对平庸的日常现实生活的妥协、认同、欣赏的泛化审美
态度，沉缅于世俗化的乐趣，满足现状，因循保守，丧失主体的批判理性，而
一味苟且、容忍顺从现状的无聊、琐屑和平庸，成为马尔库塞所说的只为物质
欲望所规定的"单向度的人"。这方面的题材如我们上节所例举过的，象邵薇
的《过日子》、蓝蓝的《让我接受平庸的生活》、海男的《翻开今天的报纸》、
林珂《酒这东西》、路也《两个女子谈论法国香水》以及安琪的《关于错误的
一句话》等等，这些都是表现平庸的日常生活俗事。因此这种美学价值取向
的写作，一反以往宏大题材的叙事，也厌倦大悲大喜的艺术处理方式，表现了
一种庸常知足的平凡心态。一如娜夜在《幸福不过如此》中对生活和爱情的平
淡诠释，"我喜欢这样的时刻/就像喜欢你突然转过身来/为我抚好风中的/一抹
乱发幸福不过如此"。这正是九十年代以商业物质主义为基础的大众消费文化所
倡导的反美学伦理或说审美泛化的必然性结果。正如丹尼尔所认为的，以物质
主义与消费主义为根基的文化表现为"反对美学对生活的证明，结果是对本能
的完全依赖，对它来说，只有冲动和乐趣才是真实和肯定的生活"①。

　　这种日常生活的选材取向，必然导致的一个艺术结果是理性对激情的有效
节制。正是这种激情的节制，才会使诗歌更适合表现日常生活状态下那种平淡
庸常的真实境界，并且有利于女性诗歌写作摆脱受普拉斯影响的那种过于内倾

---

　　① 丹尼尔·贝尔：《资本主义文化矛盾》，赵一凡等译，三联书店 1989 年版，第 98 页

的自白性语调。因此对激情的节制也是九十年代女性诗歌为了最大限度表现日常平凡生活现实情境的一种特殊的策略化的艺术手段。而对激情进行节制的结果就是促使诗歌语言叙事化的转向，但这种艺术性的叙事，它不同于那种非诗化的平淡叙事。在这种意义上，它标志着一个诗人或说一代诗人度过写作上的青春期阶段而在个体诗歌写作上达到一种中年期的成熟状态。而在九十年代女性诗人中以语言对激情的惊人节制见长而为人著称的是王小妮，如她在《和爸爸说话》一诗里，她将亲情的丧失、生离死别的巨大悲痛、惊人的克制在平淡的诗歌叙说中，从而将死亡的悲剧、存在的荒诞以轻描淡写的方式在平淡温情的叙事里逐渐舒缓释放。

　　日常生活的选材取向，导致的另一个必然艺术结果是口语在诗歌中的大量运用，也即诗歌写作的口语化。因为口语是日常生活表达的最有力语言，当日常生活在诗歌中得以审美呈现时，它首先就体现在诗歌语言上口语化变异上。由于口语摆脱了日常语法逻辑的束缚与控件，因此它能最大限度地表现复杂的生活情境和时刻处于流动变化生成中的生活意义。这样口语化的诗歌写作就不仅增加诗歌与普通大众的亲和力，拉进了艺术与生活的距离，而且在重新造成了诗歌语言陌生化的同时，提高了艺术表现复杂日常生活现实的能力，使日常生活得到最大限度的审美呈现。九十年代女性诗人在口语写作方面运用比较成熟的是翟永明和王小妮，当然九十年代还同时存在着另一类型的口语写作，即彻底非艺术化的口语写作。一如上节所阐释的。

　　九十年代女性诗歌日常生活审美化主要表现之二即是城市生活场景在诗歌中得到突出表现。在某种意义上，城市化生活正是消费文化的重要体现，同时也是现代化文明的一个重要标志和象征。正是在城市生活中，商业和文化才如此紧密而又矛盾地结合在一起：文明与人性的冲突、物质和精神的较量，时间与永恒的追思、当下瞬间快感的眩晕，眩晕后的巨大虚空和碎片性的记忆所产生的生命中不可承受之轻。这一切都集中、鲜明而又富有意味地展现在城市化的生活题材中。因此，在九十年代女性诗歌的城市化生活题材中，我们必可以看到历史转型期种种观念的冲突和较量，以及人们矛盾错综复杂的心态，看到文明碎片化的呈现。在九十年代的女性诗歌的城市生活的题材中，存在着现代主义与后现代主义两种写作模式。

　　在现代主义抒写模式的日常生活的审美呈现中，我们看到的是对文明的质疑和反思，看到的是对生命、深度和永恒存在的形而上思索；在后现代主义模式的日常生活的审美呈现中，我们看到的是深度的解构、意义的消解、差异消弥后的平面性虚空的颓废状态，我们看到的是对生活和当下过程本身的沉醉。因此，如果说现代主义美学观照下的日常生活体现了一种线性时间观所产生的对生命终极意义的深度探求和时间焦虑；那么，后现代主义美学状态下的日常生活展示的则是焦虑终结后的一种颓废、媚俗乃至狂欢的末世心态，呈现的是一种文明终结后的碎片化精神存在状态。如果说，现代主义写作模式下的城市日常生活体现的是对意义深度迷恋追寻的生命悲凉之重，那么，后现代主义写作模式下的城市日常生活体现的是意义解构后的生命不可承受之轻。一个是略带悲剧风格，一个是略带喜剧风格。

如鲁西西的《我把信系在风的脖颈》："我住的城市则是一些拼凑起来的复制品。我看到的实情是人人都在闹饥荒，人人都做出饱餐餍足大腹便便的样子。"郑玲《都市角落里》："偌大的城市／并非没有空旷的美／而是被金钱霸占了／月色很贵／一般人买不起"。李南《他们或她们》："他们生活的城市看不到蓝天／肮脏、缺少公德。／他们呼吸的是尘土，而不是空气／他们喝的是纯净水／得用押金来赎买／他们的孩子有做不完的作业。／他们的小区，遍地是晒太阳的老人／他们带着一大堆烦恼去工作。"娜夜《形在何方、风的耳语》："现代文明／桃杏嫁接不酸不甜／孤独迅速转移／寂寞及时慰藉／风流话嘀嘀嘟嘟／敲响话筒／我听得见你摸不着你……人人大喊／真爱／人人都是过客"。而最为典型的体现都市现代人支离破碎的日常精神生活心态的是翟永明的《咖啡馆之歌》。《咖啡馆之歌》中通过戏剧性、叙事性的处理，高度表现了一种现代城市文明里那种惝恍迷离、一切皆支离破碎的后现代性日常生活情境。而在安琪的一些表现城市生活的后现代诗作中，一方面让我们看到了"爱情的碎片"（安琪《诞生》），另一方面让我们感到了身处文明中，对一切都感到厌倦与虚空的颓废心境。因为"完美的人已经厌倦／就像在文明中文明显得多余"（安琪《关于错误的一句话》）。总之"时代的漂流瓶／倾倒了一切／我们开始在浪尖上奔跑"，而"鱼已潜入深水／只有我们在岁月的表面／轻若鸿毛"（蒲钰《时代的绝唱》）。这样，我们就在九十年代女性诗歌所呈现的城市日常生活审美表现中，感受到了在后大众消费文化时代里，城市人的一种生命中不可承受之轻的日常生活精神状态，感受到了一种只要过程、只重当下、变化频仍，而不要意义、思索和内容的生活状态。一如女诗人陆少平在《城市歌谣》中的诗句："昨天的歌今天就老了＼城市更像一个哼着小曲＼而又心不在焉的赶路人＼当夜晚滚滚而来泡胀一切＼褪尽喧哗的城市＼我辨认不出＼你的思索和内容"。因此，如果说现代性的审美感觉是注重文字逻辑和推理的深度感受，那么后现代性的审美则是一种犹如图像型的超越深度逻辑而只注重过程的平面展示。

九十年代女性诗歌日常生活审美化主要表现之三是身体美学的兴盛。日常生活审美化的结果必然导致日常生活实践主体自身也成为审美化的对象，于是九十年代女性诗歌中的身体写作就不再是八十年代中后期的性别政治的手段和策略，而是在延续的同时产生了一种变异，成为一种大众文化性质的追求身体自身快感的青春写作的行为艺术。因此，在九十年代女性诗歌身体写作中呈现的身体不再是康德、笛卡尔的承载道德、理性、价值以及意志等的社会政治学符号，而是德勒兹和加塔利所呼吁倡导的欲望解域后的"无组织躯体"。它反对加载在身体上的一切社会性的"辖域化"束缚，更多强调身体符号自然维度上的意义，强调对身体原始本能、快感的展示与追求，强调这种身体本能快感的正常合理性以及其产生的革命性、生产性意义。承载这种性质的身体写作的诗歌文本也不再是巴特所说的代表精英文化的"作者式文本"，而是约翰、费斯克所说的代表大众文化的"生产者式文本"。一如尹丽川九十年代以来创作的类似《为什么不再舒服一些》等性质的身体写作诗歌文本。

这种"生产者式文本"的诗歌文本，它的意义不再局限于诗歌文本本身，而在于它在阅读流通过程中产生的生产性意义。它真正的意义在于一种媒介化的意义，也即文本本身充当了流行文化、意义和快感流通的社会中介，而作为文本对象本身，它的意义是贫乏的。也就是说，这种大众文化的文本是被使用、被消费、被弃置的，它的主要功能在于在文本的互文关系中引起意义和快感的流通，所以大众文本是行为人、资源而不是对象。如尹丽川和她的《为什么不再舒服一些》，作为诗歌文本本身它几乎没有值得深刻挖掘的意义，它本身在文本的意义上是贫乏的，它具有大众文本明显的过度性与浅白性的特征。但是尹丽川和她的《为什么不再舒服一些》却在读者阅读和人们对它的争议、评论等活动所构成的互文性关系环节中产生着潜在的生产性意义。当尹丽川和她的《为什么不再舒服一些》在女权主义者之间流通时，它代表对男权文化价值观的叛逆和挑衅；当它在一些男性中间流通时，它是获得窥视快感的对象；而对众多被压抑的女性来说，尹丽川以她的《为什么不再舒服一些》又成为赋予权力与获得解放的行为人。

因此，尹丽川和她的《为什么不再舒服一些》的意义不在于文本本身，而在于意义和快感的互文性流通，在于一种互文性的流通过程中所产生的生产性意义，它本身并不是一个自足的文本，而是一组正在发生着的意义。也就是说，它的意义时刻处在一种扩充、更新、转换的生成变换过程中。在这种意义上，文本本身指向的不是对象，而是大众文化的行为人、例证和资源。它的目的不指向文本自身，而是以一种诗性写作式的行为艺术倡导一种诗性的艺术行为。在某种意义上，尹丽川创作《为什么不再舒服一些》的目的正在于此，这正如她诗的题目本身就隐含一种号召性的质询。在这样的意义上，尹丽川以身体写作的诗歌文本所构成的行为艺术，充当了大众文化快感、身体美学和先锋意义的行为代言人。由此我们也可以看出，这种生产者式的文本必须首先提供与大众相关性的大众性意义和大众性快感，否则，则不能进入意义和快感的流通领域，不能产生互文性的意义。而身体美学之所以能成为九十年代大众日常生活美学的内容，则主要依赖于消费文化对理性深度和意义精神维度的拆除和解构。

在九十年代，由于这种消费文化对理性和意义精神维度的拆除和解构，使得女性诗歌中的身体写作以一种完全泛化了的审美形式出现，即完全以一种日常生活的形态呈现出来。如上面尹丽川的一些典型诗作。此外其他一些更年轻的女性诗人也直接对身体和快感的展示以一种日常生活的形态呈现出来，而缺失一种必要的批评维度和审美意识。

如果说八十年代女性诗歌中的身体写作还带着一种与男性相抗衡的强烈性别政治意味，那么九十年代女性诗歌身体写作中的身体则丧失了任何社会学、政治学的色彩与含义，只剩下了日常生活形态下的赤裸裸的令人感到恐惧的原生态意义上的身体。这就是现代性极端发展下的结果，也因此而饱受批评家们诟病。而早就对此给予透视性阐释的是伊丽莎白·威尔逊。他在《时尚与后现代身体》中指出，在赞美我们文化中最庸俗、最堕落的方面之时，后现代主义表达了对于西方消费主义社会的破坏性过剩的恐惧，但通过对这种恐惧的审美化，我们莫名其妙地将恐惧转换成令人愉悦的消费对象，对商业文化那些最粗俗的方面赋予了一种不应有的可敬性，结果文化批评家们就随意地去探讨通俗文化的意义，分析时常为诸如肥皂剧、浪漫小说之类的低劣艺术品辩护。①

---

① 罗钢等著：《消费文化读本》，中国社会科学出版社2003年版，第287页

这样由于九十年代消费文化时代里日常生活美学的盛行，就使九十年代的女性诗坛以及九十年代的中国诗坛上，充斥了大量平庸的表现日常生活的诗作，而以往那种现代性的宏大题材则受到贬损和抑制，从而使伟大题材在庸常生活的浅滩上濒临绝境。一如舒婷的《伟大题材》所形容的：

伟大题材伶仃着一只脚
在庸常生活的浅滩上
濒临绝境
救援和基金将在许多年后来到
伟大题材
必须学会苟且偷安

从前的果酱作坊
都改成语言屠宰场
经过各流水线的重新组装
拼凑现代恐龙
见风茁壮成长
吞噬读者
排泄诗人

麦子、乌鸦、蝙蝠
从旋转舞台一一隐去
灯光再亮时
骷髅被评为最佳主角
演员们各领三五天风骚
评委声名鹊起

这些尖利的铧齿
耙痛我们秩序井然的神经
却是彻底有效的翻耕
回头看那伟大题材
未尝不是它发动的一场

自焚

至于火焰为我们接生了什么
摧毁了什么
不必注意祭师的皮影仪式

但是，这种日常生活的审美化处理，抛却它的后现代主义维度，在现代主义的维度上，仍有着积极的意义。这主要表现在：九十年代女性诗歌中这种日常生活的转向，不仅使普通平凡的日常生活得到了一种审美的呈现，而且这种日常生活的审美呈现对女性诗歌写作产生了重要的意义。即：它一方面直接拉近了女性和诗歌的距离，使诗歌从精英文化的小众艺术走向凡俗大众生活，变成了大众文化艺术，增加了诗歌的亲和性和表现生活的能力；另一方面它使女性摆脱了最初诉诸内心倾诉自白的这种单调视角和语调，而将视野扩大至日常生活的广阔领域，拓宽了表现视野，丰富了诗歌的表现内容，提高了女性诗歌处理诗歌与现实问题的能力。同时在对日常生活的诗化处理过程中，复杂了诗歌与现实的关系，为九十年代女性诗歌在表现方式上走向散文化，在诗歌艺术表现上走向现代化、成熟化，在艺术取向上走向多元化，做了铺垫。这样，对日常生活的转向，不仅扩大了九十年代女性诗人的艺术视野，增强了女性诗人表现日常现实生活的能力，而且还在客观上提高了女性诗人领悟生活和艺术的能力，使女性走出了局限于内心世界的狭隘视野，迈向了日常生活的广阔天地，从而最终使九十年代的女性诗人摆脱了狭隘的性别写作而走向真正的超越一切性别局限的诗歌写作。但是另一方面，我们也应看到大量的日常生活入诗和日常视角的诗歌处理方式，最终淡化了诗味，消解了诗性，致使诗歌最终走向散文化、非诗化、个人化的边缘化境地。

第四章

变革之后的回归：走向综合的美学道路

第一节　从性别的超越到心灵的回归：思想演变轨迹

一、对自我的探寻：在性别的视域里寻找身体的自我

1984 年女诗人翟永明发表组诗《女人》及其序言《黑夜的意识》，标志着女性诗歌诞生和女性自我意识的觉醒与确立。女性诗歌就这样起始于女性意识的觉醒，并和女性意识紧密联系在一起。这种女性意识的觉醒表现在对女性自我的识别与追寻，而这种自我的识别与追寻首先是在性别视域里展开。如在 1992 年第 12 期《星星》上，登载有姜华的《那一天下午"三八"放假半天》一诗，鲜明地体现了女性对自我意识在性别视域中差异性的敏感与觉悟：

性别的差异如一记
邮戳
从生寄到死
些微的波澜
在貌似解放的酒杯里
双唇麻木
五千年的沉重
换得了一个下午的轻松。

拒绝做第二性的悲哀
是不能不成为第二性

西蒙波娃的宝典里

不识秦砖汉瓦

君不知

玉环飞燕皆尘土

留春怨春春不语

春归去

女人是一滩祸水

褒奖贞节是一根锁链

勒死的灵魂面带笑容

古往今来圣贤的词典里

女人是创造历史的羁绊。

永远的西西弗斯

诠释着有史以来女人的

历程。

中西文化在女人这一章里

高度统一

被侮辱被损伤的永远是

女性。

　　在充满政治差异的性别视域里，女性发现了那被尘封了的自我，这个自我就是被打上了太多社会化、政治学印迹的"身体"。这也就是以翟永明为代表的女性诗歌为什么把身体写作为逻辑开端。对自我、对身体的重视与追求，让女性进一步发现了身体、权力和政治之间的关系：以理性为代表的传统男权统治正是通过笛卡尔的精神对肉体的二元对立式的压抑来实现男性优势地位的确立。这就是翟永明为什么会借普拉斯之口对男性发出身体的控诉："你的身体伤害着我，就象世界伤害着上帝"。于是身体成为女权主义和后现代主义攻击传统思想和理性主体的关键所在，抒写身体就成为东西方女性解构男性传统、反对二元对立、反对形而上的一项重要写作策略。女性主义者认为"身体和快乐的修辞，可以以高度戏剧化的方式，揭露和反抗现代西方文化中占据优势地位的主体、升华、理念诸如此类的概念"①。同时福柯的"身体政治权力学说"、埃莱娜·西苏的"阴性书写"、凯特·米勒特"性政治"学说等西方女权主义理论都直接为女性诗歌的身体写作提供理论话语资源。所以，在女性诗歌写作中涌现出大量的身体修辞学，以身体写作为突破口的女性诗歌写作就成为女性确立自我意识、寻找自我、反对男权政治的一种策略和手段。

于是身体在女性诗歌写作崛起的初期就成为女性"自我"的代名词。她们热衷于抒写身体、去除身体上的性别歧视压抑的心理印迹、对身体进行性别政治"解域化"，实际上是要通过性别领域的身体政治革命，完成对那个真正超脱一切性别束缚与界限定义之本真自我的追寻。因此她们首先要去除加载在身体上的一切性别政治含义，而让身体恢复到无任何性别差异带来的政治压抑的本能自然化的躯体状态，也就是德勒兹与加塔利所强调的"无组织躯体"状态。由于福柯的话语权力理论使女性主义者认识到，这种身体政治权力主要是通过语言话语秩序建构起来的，摧毁男权身体权力政治必须也通过话语权力秩序的解构来实施，所以摧毁男权统治必须先解构男权话语。这就是女性诗歌写作初期为什么会充满了大量的与男权传统观念意识形态相对抗的"倒置话语"、"对抗话语"。

如伊蕾的早期诗作中有"妙龄时期在三月里复苏/走出没有性别的深渊"（《黑头发》），"我身上的羊毛裙已经发黑/我脚下的牛皮鞋已经开裂/我为什么要在意，为什么要修饰呢？/那吃着野果的大象身上沾满厚厚的泥巴/松鼠披一身长长的土色的毛/它们以自身为荣，从不刻意伪装/也不懂得互相嘲笑/这样自由自在地生活该有多好"，"象需要呼吸，需要吃饭一样，我需要身体所需要的一切"（《流浪的恒星.7》）；唐亚平在《黑色沼泽》中的诗句："我披散长发飞扬黑夜的征服欲望/我的欲望是无边无际的漆黑/我长久地抚摸那最黑暗的地方/看那里成为黑色的漩涡"，"想躺在你身上呼风唤雨"（《眼下情形》），"每一个夜晚是一个深渊/你们占有我犹如黑夜足有萤火/我的灵魂将化为烟云/让我的尸体百依百顺"（《黑色金子》）；翟永明"今晚所有的光只为你照亮，今晚你是一小块殖民地"（《渴望》），以及"身体波澜般起伏/仿佛抵抗整个世界的侵入/把它交给你/这样富有危机的生命，不肯放松的生命"。这样女性

---

① Nancy, Fraser: *Unruly Practices: power, Discourse and Gender in Contemporary Societies*, Cambridge: Cambridge: Polity Press, 1989, p.62

诗人们就通过对传统男权身体话语的颠覆与解构，清理了在性别上隐含的政治歧视的概念淤积，使身体在性别政治牢笼的束缚、压抑下解脱出来。身体挣脱性别束缚的锁链，也就意味着女性主体的自我已摆脱了性别政治的压抑，在性别领域里获得了自由和解放。

这就是女性自我解放的身体话语逻辑，女人通过征服男人、征服男人的身体而征服世界。因为女性身体在男权话语里是男性欲望符号的象征，而不是女性自身欲望和爱情的表达。它对女性自身不具有意义，只是一具空荡荡的社会学、政治学的符号，是男性欲望的殖民地。这就是翟永明为什么会在《渴望》中发出低述的幽怨："今晚你是一小块殖民地"，并且要"用爱杀死你 以最仇恨的柔情蜜意贯注你全身"（《独白》）。在这种意义上，即在正常的欲望层面上，女人只是一种符号化的存在，她们的欲望实际是被阉割而不存在的。因为她们的身体已不属于自己，不是自己自然生命欲望的载体，而是各种社会化观念，尤其是男性观念的载体。因此，她们的身体是一种被书写了的身体，她们真正的身体、自然属性意义上的身体，丢失了，丢失在各种社会观念和男权意识的话语逻辑中。正如唐亚平在其短诗中的咏叹："我的躯体是我的家，我在我的心里流浪。"①

由于她们的身体是被书写的身体，在这种被书写了的身体意义上，女性自我主体的存在实际上只是一种符号化的、社会化的存在，她们并没有真正的自我和主体。于是找回那个充满正常生机欲望化的身体，找回那个作为爱情载体的身体，就构成了女性的建构自我话语的焦虑；找回那个充满正常生机欲望化的身体，找回那个作为爱情载体的身体，也就等于找回了女性主体的真正自我。这就是伊蕾在《给我的读者》中为什么会说："朋友，我要告诉你我，你的一切渴望都是天经地义的。"同时，这也是唐亚平为什么会在《征服》中说："除了纯真的男人和不纯真的女人＼谁也不能征服我＼除了心底的爱情和舌头上的仇恨＼谁也不能征服我"。

进一步说，男性眼中的女性身体只是欲望的符号，而不是那唯一性的爱情载体，在男性眼中，此一身体和彼一身体并不具有实质的区别，所以翟永明在《你》中说："爱情永远是爱情/你有欲望三千/我只有我自己"。于是重新建构女性的身体话语，去除女性身体上的各种政治社会学含义，对于女性主体的自

---

① 《诗林》1991 年第 4 期

我建构就有着迫不及待的重要意义。这样我们就会理解了翟永明《渴望》中诗句的内在含义："怎样的喧嚣堆积成我的身体/无法安慰，感到有某种物体将形成/梦中的墙壁发黑/使你看见三角形泛滥的影子/全身每个毛孔都张开不可捉摸的意义/星星在夜空毫无人性的闪耀/而你的眼睛装满/来自远古的悲哀和快意"，伊蕾的"让我的灵魂睡起/让肉体睁大眼睛"（《无名的小巢》）。这样，女性的身体就越过性别的歧见、社会政治观念的束缚，经由被动地书写走向主动地书写，且由女性自我来书写，从而最终浮出历史的地表，补足了那欲望层面上始终缺失的女性身体话语。从此女性就在身体和心理上越过了那看不见的性别的栅栏，而不再是那个"迷途的女人"（翟永明《迷途的女人》）。这种通过身体话语的颠覆与建构，来走出性别的栅栏的话语行为，在女性历史上，可以说是具有着重大的意义。因为女性们深深意识到"没有栅栏的囚所/比栅栏更坚硬"（伊蕾《流浪的恒星·1》），它标志着女性终于在身体话语上，摆脱了性别的束缚，找到了真正自然生命意义上的自我，完成了性别的超越。并因这种性别的超越而使时代进入一个真正个人化、女性化的微观政治时代。因此，女诗人李小雨会在这个前所未有的女性化、个人化时代即将到来之际，如沐春风般的在《让我们爱吧》一诗中歌唱："让我们爱吧！这是两点间最短的距离。……鲜花正开满大地，鸟儿在飞翔歌唱，太阳温柔而甜蜜。"①

二、从性别的超越到心灵的回归：差异与认同

当女性通过身体写作在性别视域里，找回了那个失去的身体层面的自我，而在性别差异的意义层面上完成对男性的征服和超越以后，她们又面临着一座新的顶峰。正如虹影在《形象》中所说："我征服的顶峰/记录浮云/古堡上空，群山莽然升起/再次成为一个运动。"这新的顶峰就是寻找并表现一个女性自然灵魂上的自我，一个体现全部人性的自我。如九十年代的女诗人张烨在《亲爱的灵魂》的题记中说："每一个女人都体现全部人性"，并在序诗中说："在我的诗中有一个灵魂/比我更真实与勇敢/智慧、幽默、豁达、反正比我强/亲爱的灵魂/我死亡/你永恒"。正是这种对自然灵魂和人性意义上自我的寻求，使女性诗歌在九十年代平息了由性别对抗而带来的话语喧嚣，实现了一种去性化的转型，并在转型之后，呈现出了一种向心灵和自然回归的趋势。因

---

① 《诗神》1985 年第 2 期

此，这种对自然灵魂和人性意义上自我的寻求，首先表现在一种去性化的转型，然后是对心灵和自我的回归。

九十年代女性诗歌去性化转型主要表现在九十年代女性诗歌由一种激烈的宣扬女性性别优势的性别对抗写作转变为淡化性别差异，试图消解性别倾向的无性别写作。如女诗人张烨在其九十年代的《无性别写作》中写道："白昼和黑夜不过是一种秩序/形状不同，之间没有玻璃/世间的万事万物是一个整体/创造的轮子是没有性别的，只有无穷无尽的生命痕辙"。并且这种无性别写作在九十年代又进一步演化、发展到走向性别差异的认同与回归，如匡文留在《男人的光芒》中写道："既然仅有女人构不成世界/我便构不成自己/男人啊/以你生命的神髓完成我的一半/以你的博大精深创造着天宇/我发育健长的过程/就是你荫护热爱滋润的过程/就是你与日月同辉的过程/我完美的成熟/是你的杰作。"这样就使女性诗歌由对性别差异的强调转化为对性别差异的认同。

于是，当这种去性化的转型完成以后，九十年代女性自然要进行的就是展开对女性自然灵魂上的自我，一个体现全部人性的自我的探寻与表现，这样就使九十年代女性诗歌在超越性别差异后，在一方面转向日常消费生活的同时，另一方面也转向日常生活的自然世界，将诗歌写作笔触深入母爱、自然、人性、亲情、童心等题材的表现，并在这种日常生活自然世界题材的表现中，实现了心灵的自我回归，同时也正是在这种回归中走向深化与成熟。这种对自然心灵回归的突出表现个案诗人之一，就是女诗人蓝蓝。

在九十年代的女性诗人中，如果说，翟永明代表的是时代的心灵，王小妮代表的是个人的心灵，尹丽川代表的是社会的心灵；那么，女诗人蓝蓝代表的则是自然的心灵。正是在她那颗永远清纯无染的、与世无争的自然性心灵里，让我们看到了女性在自然层面上的全部含义，那就是：人性、亲情、母爱、童心和自然。这些全部的含义集中到一处，也就是一个"爱"字。正是这一"爱"字，是自然赋予女性最初也是最终的含义；也正是这一"爱"字，使女人成为爱的化身。因此爱是女性与世界关系的最初出发点和最后的落脚点，女性无论经历多少坎坷，怎样在性别上张扬女权的意识，最终都要回到她心灵的归宿地——自然清纯无染的爱，那是女性自身心灵的最终归宿。世界正是在女性爱的回归中获得圆满，女性也正是在爱的回归中走向心灵的成熟。九十年代女性诗歌更是在女性回归心灵的大爱中走向深化与成熟。

在此基础上，蓝蓝歌唱自然心灵，歌唱人性、自然、亲情、母爱、童心、爱的诗歌在九十年代的出现，就有着重要的意义。因为它代表着人性生存的自然维度，它是对这个物欲喧嚣的时代一个最重要的精神清凉的平衡剂。很难想象，在九十年代，如果没有蓝蓝诗歌的存在，我们的时代和我们时代的诗歌将会怎样令人失望，并因这失望而失落，因这失落而怅惘。因为，人性的全部存在真理就是超脱一切差别与纷争的爱，爱就是人性，就是神性，也是物性。正是在爱的追求、向往与回归中，人性、神性、物性获得统一，并在这统一中，重新回归到心灵，回归到自然，消泯了一切差别的对立与纷争。因此，蓝蓝歌咏爱、歌咏自然、歌咏人性和生命的诗歌，在九十年代的出现，既代表着其个人的一种诗歌精神旨趣风格，更代表着时代和诗歌暗含的一种对女性化心灵和自然的企盼、呼唤与回归。在这样的意义上，蓝蓝不仅属于她个人，更属于整个时代。如果说，九十年代注定是个女性化的时代，那么蓝蓝将和她的诗歌一起，让我们看到女性化时代的真正内在含义。

还是让我们回到蓝蓝的诗歌中，让我们在她具体的诗歌中去体会那份在自然中永恒的亲情、人性以及对生命和生活的热爱。首先，看她在亲情中对爱的诠释，蓝蓝有一首诗叫《一切的理由》。诗中这样写道：

> 我的唇最终要从人的关系那早年的
> 蜂巢深处被喂到一滴蜜
>
> 不会是花朵
> 也不会是星空
>
> 假如它们不像我的亲人
> 它们也不会像我。

诗中把人类的亲情放到了宇宙中先于自然的第一位。在这里，"我的唇"以及"人的关系那早年的"，代表的是起始于人类幼儿时的亲情，"蜜"则代表亲情甜蜜的慰藉。而"不会是花朵"和"也不会是星空"，则代表的是与亲情相对的自然，而这自然只能居于亲情之后。"不像我的亲人"和"也不会像我"两句则表明"我"是依赖于亲情的慰藉而不是自然的力量而成长并存在。在这里，亲情影射的深层含义是人类最远古的，也是最长存的"爱"。由此，诗歌阐发的真理是：爱先于宇宙自然，没有爱的存在，载满花朵和星空的自然对于人类而言，是没有意义的。从而此诗阐发的深层真理是：人是在爱的关系中生活并存在着的。这同时也就是泰戈尔诗中的含义："当我们热爱这个世界时，我们才生活在这个世界上。"没有爱的存在，世界将变得毫无意义，个体的我也将不存在。因此，世界始于充满亲情的爱，正如诗的标题所揭示的，它是存在的"一切的理由"。

再让我们看她在《柿树》中，对处于现代都市文明中的人性和自然的阐释。

柿树

> 下午。郑州商业区喧闹的大道。
> 汽车。人流。排长队人们的争吵。
> 警察和小贩争着什么。
> 电影院的栏杆旁。
> ——亲爱的，这儿有棵树
> 有五颗微红的果实。
> 灰色的天空和人群头顶
> 五颗红柿子在树枝上
> 亲爱的，它是
> 这座城市的人性。

在这里，人性就是自然，就是与世无争，就是一尘不染，就是与"喧闹"和"争吵"相对的，充满生机的寂静无语；就是独处的包容与智慧，就是闲闻"庭院争吵"，静观"街市喧闹"而超脱于城市"灰色天空和人群头顶"，长"在电影院栏杆旁"的"五颗红柿子"。因此，人性就是与文明相对，而"本来无一物，何处惹尘埃"的清静自然本性，就是拒绝商业电子时代的喧嚣与机械文明的异化，而回归到清静本色的自然。而对这种作为超脱世俗的清静自然本性的人性表现得最为生动、贴切至极，并将人性、母爱、童心、自然融合无间的，是另两首小诗，这就是《歇晌》和《正午》。

歇晌

> 午间。村庄慢慢沉入
> 明亮的深夜。
> 穿堂风掠过歇晌汉子的脊梁

躺在炕席上的母亲奶着孩子
芬芳的身体与大地平行。

知了叫着。驴子在槽头
甩动尾巴驱赶蚊蝇。

丝瓜架下，一群雏鸡卧在阴影里
间或骨碌着金色的眼珠。

这一切细小的响动——
——世界深沉的寂静。

正午

正午的蓝色阳光下
竖起一片槐树小小的阴影

土路上，老牛低头踩着碎步
金黄的夏天从胯间钻入麦丛

小和慢，比快还快
比完整还完整——

蝶翅在苜蓿地中一闪
微风使群山猛烈地晃动

　　首先我们看到在《歇晌》和《正午》中对人性之爱的表现超脱了性别、物种之界限。这种超脱界限差异与分别的爱是通过身体的描写展示的，如：汉子的脊梁、奶着孩子的母亲、甩动尾巴的驴子、骨碌着金色的眼珠的雏鸡、低头踩着碎步的老牛、在苜蓿地中一闪的蝶翅。在这里，身体再也不是充满性别政治差异的社会学符号，也不是德勒兹和加塔利的"无组织躯体"，而是真正消除了一切文明与社会政治印迹的，与宇宙万物和谐融为一体的，健康、清新的自然性躯体。这样的躯体却能以"细小的响动"，让心灵感知"世界深沉的寂静"。因为"小和慢，比快还快／比完整还完整——"，所以"蝶翅在苜蓿地中一闪"，"微风（就）使群山猛烈地晃动"。相反，后革命时期的"无组织躯体"掀起的"千高原"运动，却只能使身体充满社会斗争的喧嚣，而不能损自然于纤毫。这样就在一种无声的反讽中，将后现代文明对人性的异化，对身体和心灵的戕害，给予深刻的批驳和讽刺，并在批驳和讽刺中导向对心灵和自然的回归。这体现了蓝蓝对现代性的深刻反思，这当是蓝蓝诗歌创作的深意。

蓝蓝另有一诗名为《自波德莱尔以降》更为直接地表现了对现代性所造成城市文明的深刻反思和对业已逝去的自然的悲悼。全诗如下：

自波德莱尔以降

自然之物远了。在一场告别仪式中
不是与动物和植物。
城市的广场有修剪过的绿地。
有整齐的街树。是的
人屈服于此。

没有什么进入我们的生活——
几颗星从遥远的夜空投来光
从一扇楼房的窗口望去
——已是过去式。

我们不再走出自己的手。
不再走出皮肤和眼睛。花香和
杂草丛，它们从未有过？
每一个定律都令我恐惧。但我感到它
——这是值得的。我活着
双手紧紧抓住谷子的
呼吸——在风中……

诗中写得尤为精彩的是："我们不再走出自己的手。不再走出皮肤和眼睛。"这里"自己的手"代表的是与心灵相对的作为技术主义的手段，并进而引申为人用技术的手段而不是心灵来获得物质。因而必然造成功利主义的喧嚣和技术手段对心灵的漠视与异化的浮躁社会现实。在这种意义上，"不再走出自己的手"，就是走不出物欲的束缚，就是对心灵的疏离，对技术手段的迷拜，并最终导致对商品和功利的拜物教主义。诗中的"不再走出皮肤"则隐含着人对外在感官身体快感享受的追逐与沉溺。而这种追求终将导致崇高精神的颓败，世俗生活的颓废、媚俗、浮躁与堕落，导致对形而上的精神和心灵的厌离、背弃与放逐。诗中的不再走出自己的"眼睛"，则象征现代人在电子技术文明的影响下，贪恋外在色相所造成的视像、幻影世界，而不能用心灵去感知和描绘那本来存在于人内心中丰富的大千世界。因为从深层次上讲，心正是万物的主宰，大千世界无一不是心的影现，心能含万物色相。正所谓："心如工画师，能画诸世间。五蕴悉从生，无法而不造"（觉林菩萨偈）。所以这里的"手、皮肤、眼睛"代表的是人通过身体外在官能技术去建立自我和外界的关系，而不是用内在的心灵来进行诗性智慧的思索、体悟世界。因此这里揭示的是现代人感知世界的方式发生了本末倒置的变化，即依靠官能技术而不是内心诗性智慧艺术，不善于发掘内在心灵的宝藏，因此导致歧见频生，是非斗争蜂起，各种灾难频仍。人感知世界、与世界交流方式的变化，即人和世界的关系置换为一种质碍性的、技术性的功利性关系，使人的存在不再是一种"智慧的存在"、"诗意的存在"，而只能是作为一种手段的符号化的存在，只能"在风中，抓住谷子的呼吸"，最终只能走向异化和自我灭亡。这就是蓝蓝此诗中所蕴含的深刻现代性的隐喻。她正是用这种反讽性的隐喻来完成对现代物质技术文明的纠偏，并最终引导现代人向心灵和自然的皈依。

因此，九十年代蓝蓝和她诗歌的出现，是对时代喧嚣的物质消费主义的纠偏。其在使诗歌恢复到抒情维度的同时，也让我们，让九十年代女性诗歌，走出性别视域的小我而走向与自然相融合的大我；让我们的心灵和她的诗歌一起回归到了心灵和自然，回归到了人和世界最初相遇时的初始性和谐关系境遇中，并充满了感恩、博爱、静穆与默契的和谐。

在蓝蓝的诗中，虽然我们看不到那个狭义上的社会化范畴的小我，然而，我们却在她充满爱的笔触诗语中看到一个个朴素、自然、高贵、幽雅而与万物、自然相含融、共和谐的心灵上的自我，一个真正女性化意义上的、灵魂上的"自我"。因此，这个"我"在诗中，既是奶着孩子的母亲，裸露着脊梁的汉子，也是甩动尾巴的驴子、骨碌着金色的眼珠的雏鸡、低头踩着碎步的老牛、在苜蓿地中一闪的翅蝶，更是午间的村庄、正午的阳光、世界深沉的寂静。同时它还是《春夜》里"那堆金黄的草、熟睡的小虫的巢"、《雨后》唱着生命情歌的"泥蛙"以及秋天里那棵悲哀的《野葵花》。"我"正是一个摆脱了一切小我的狭隘、纷争、差异与束缚的真正女性化的"大我"，这也正是诗人蓝蓝对女性化自我的诗性诠释。

真正的女性化的自我就是不可诉诸线性逻辑语言的有限表达，只能用心灵去体会和感悟的，与自然相契合，与万物相对话，与天地相含融而一体化，也即超脱了一切历史时间与社会空间束缚的自我，即所谓的：它大化无形、不可定义、它不在时间内、也不在时间外。这也正是女性主义者朱丽亚·克里斯多娃在《妇女的时间》中对女性与时间关系所做的诠释。所以女性是世界的起点，也是世界的终点，世界是从这里开始，也终将在这里谢幕。女性化的过程也就是一个通过诗性化而重新复归生命最原始的博爱化、神性化、人性化的过程，也就是一个让人性、物性与神性同在和合一的过程。因此女性化运动最终促使世界走向和谐、宁静与美好。这也正是以蓝蓝为代表的女性诗歌在九十年代由性别的超越走向生命的回归所揭示的内在深层含义。在九十年代女性诗人中，还有两位诗人即沙光和鲁西西，由于宗教信仰的缘故而使诗歌呈现一种神性的光辉，并在这种神性的写作中，也使诗歌导向对心灵和生命的自然皈依。这里不再详述和细论。

此外，翟永明、王小妮等也一如我们前面所揭示的，在九十年代完成性别的超越以后，致力于走向内在生命和心灵的回归。如翟永明在经过女性主义的喧嚣革命以后认识到："活跃于纸上的身体是多么轻/从远处警告生命/一点骨血在体内奔腾/抓不住 抓住的只是/一个女人 贴近/能看清皮肤以外的各种含义"（《颜色中的颜色·五》）。诗歌表现出了其对女权主义的叛逆与厌离，并转向一种"面向心灵的写作"，让词语与激情共舞，从一种概念的写作进入一种更加技术性的写作，表现那些艺术中最为广泛和深刻的问题——人类普遍的命运及人生的价值，而将诗"献给无限的少数人"。王小妮则通过个人化的写作风格方式在日常生活的转向中，让心灵得到诗性的滋润和沉潜，并焕发出生命的灵光。如她在《晴朗》中感悟到生命的碎片性存在；在《十枝水莲》中"沉得住气，学习植物简单地活着"；在《活着》中用最宁静的心情，"预知四周最微小的风吹草动"，在《重庆醉酒》中凭借女性的诗一般的直觉深刻的醒悟到："酒再深也要回到浅"。正是这种对生命的深刻感悟，使她能够"独自/穿过喧嚣的街市"而"世上唯我心静如月"（《火车站》），从而不与世俗相合流，决定只为自己的心情，重新做一个诗人。此外，娜夜、郑玲、扶桑、徐久梅以及安琪等也都不同程度上，对理性工具技术主义和物质功利主义维度上的现代性做出了诗性的反思与含蓄的批驳，而表现出一种向内在生命回归的趋势。因此，九十年代的女性诗歌也就是在这种对生命和世俗的深刻感悟醒察中，从性别的超越走向生命和心灵的自然回归。

第二节　从后现代的词语游戏到现代生命艺术的超越：艺术发展历程

一、后现代性时刻里的诗歌书写：词语在意义裂隙间的散播性游戏

九十年代，由于现代性理念导致的经济高速发展，使人们在精神文化上提前进入一个物质主义高涨、精神文化低迷的大众消费文化的时代。这样由于经济的高速发展所导致的传统精神理想的抛空，人们仿佛在仓促间一脚跌入了那个被称作"后现代性"的时刻里，并引发了人文精神的失落，这就是九十年代文化思想界重新呼唤人文精神的内在深层原因。它反映了知识分子作为时代文化精英的一种现代性的敏感和焦虑。这样，当时代在仓促的来不及理顺、反思的瞬间转入到一个前所未有的后现代性时刻时，它使以往那种关于完美、统一、内在、精神、崇高、深度等现代性的连续性的美学神话观念在仓促间化为一地的碎片。昔日那完美相守如一的爱情、依靠逻辑推论和深思才能呈现的释义美和深度性的内在意义，在这个一切都支离破碎而显得表层化、平面化的后现代性时刻里，都变得是如此的陌生和遥远。传统和意义在突然间产生了断裂、失落、抛空，万物皆不复存在，存在的只有无穷无尽变化后所呈现出的碎片性。面对这种时代的转型巨变和传统精神的断裂，许多人在一时间陷入了一种茫然无措的心理状态。正如虹影在那隐喻性的诗句中所形容的："失去黑暗，我们不知所措／像胶卷拉出暗盒"（《眷恋黑暗》）。

正是这种时代急剧转型过渡所造成的茫然无措的心态，使九十年代的女性诗人面对现代人的线性时间观，面对日常生活现实所构成的一切包括爱情、青春、生命、幸福、友谊等等问题时，产生了深深的现代性的焦虑。这种焦虑就在诗歌上首先演化为一种疯狂的后现代性的词语游戏，使破碎的意义在词语的裂隙间疯狂张扬、奔走、游戏、起舞，从而使精神的焦虑在词语的爆炸性游戏

消费中得以弥散、消逝和释怀。这种后现代性的词语游戏造成了一种女性诗歌写作在九十年代的断裂性时代转型，即从一种高昂的性别对抗的意识形态写作转向了在日常生活中进行后现代性向度的诗歌词语游戏写作，也就是从性别的视野转向日常生活的视野。这样由于遭遇这种突然性的时代变革所产生的一种现代性的精神焦虑，加之此时在文化思潮上一种宣扬解构一切意义、深度、在场，消解一切二元对立等级制的西方后现代主义文化理论之西风劲吹，九十年代女性诗歌写作在对日常生活的抒写中呈现出一种超级的词语消费现象，也就是使词语呈现一种后现代性的狂欢游戏状态，并在这种后现代性的词语狂欢性游戏中重新抒写那种后现代特有的碎片化的爱情、碎片化的时间、碎片化的政治、碎片化的感受、碎片化的记忆。在那碎片化的记忆和感受中体味一切均在过程中变化和流动，没有固定的边界与定义，万物不复常在，存在的只是一种意义无限散播和延宕的过程，从而最终体会到意义的无限流动性、生成性、变换性。这种意义的无限流动性、生成性、变换性，也就构成了齐格蒙特·鲍曼所说的那种"流动的现代性"。而我们此刻也就恰好生活在齐格蒙特·鲍曼所说的那种"流动的现代性"之中，这也正是九十年代转型后的女性诗歌写作，所向我们展示的一种重要的后现代性含义。

在九十年代女性诗人中，比较鲜明地体现了这种后现代性向度诗歌写作的是女性诗人安琪等。也许诗人在任何时候都生活在时代精神生活的针尖和麦芒上，所以她们比任何普通人都显得神经过敏，她们无比的敏感，并将这敏感所带来的必然性的精神焦虑化作词语的游戏隐含和倾泄在诗歌中。作为一个天生就感性的女性诗人安琪，尤其体现了这种对时代精神变迁的高度敏感，这种敏感体现在她那凌空高蹈、亦歌亦舞、亦庄亦谐的后现代性的诗歌词语写作游戏中。在这个意义上，我们在走进安琪诗歌的同时，就不仅走进了安琪个人的精神世界，也走进了九十年代整个时代的人们的后现代性样态的精神世界。在聆听安琪诗歌中词语尖叫的同时，体会到后现代性那种不复完整的碎片性心境。

安琪准确地把握和体现了九十年代敏感不安的、躁动性的后现代性精神内核，因此她能让词语一路狂奔尖叫，率意《越过奔跑的栅栏》而《任性》的《像杜拉斯一样生活》，摆脱种种"影响的焦虑"，无论是在诗歌写作中还是现实生活中，不断突围，不满足既有的现实，追求永不停息的时尚变化，成为中间代诗派和第三条道路诗歌流派的代表诗人。她在诗歌中写道："明天将出现什么样的词/明天将出现什么样的爱人/明天爱人经过的时候，天空/将出现什么样的云彩"（《明天将出现什么样的词》）。在这个意义上，可以说，安琪不仅仅是用身体而是用心灵，用全部的身心经历、体验并书写记录着时代迅速转型变化的全部过程。因此她的诗歌最为敏感、大胆、真实地书写并展示暴露了了九十年代急剧转型变化给人们带来的内在精神性的狂躁性撞击与疼痛。

如她在《关于错误的一句话》中所写："我说出了错误的一句话，你最先懂得疼痛"，"关于错误的一句话／我愿意接受指责，但要暧昧一些／至少在我窃喜的时候"，因为"完美的人已经厌倦／就像在文明中文明显得多余"，"关于错误，你只能在规定的范畴内／指责我。你的规定太多／你的规定使你错过春天"。这不愿被错过的"春天"，显然就是后现代主义所着意强调的作为过程体现的"当下性"、"此刻性"，也就是一种典型的后现代性的"唯现在主义"式的生活存在态度。因为作为一个生活在九十年代特有的后现代性历史情境中的诗人，诗人安琪也许比其他人更深刻地感受到齐格蒙特·鲍曼在《流动的现代性》中引用保罗·瓦累利的话所表现的后现代性境遇："突然中断，前后矛盾和出其不意，是我们生活中的普遍情况。对许多人来说，这些东西甚至已经成了他们的现实需求，除了突然变卦和接连更换自己的刺激物之外，他们的想法不再得到满足……我们不再能够承受任何具有持续性的事物。我们也不再明白如何使厌倦乏味去产生出结果。"① 因此，正是这种断裂性的后现代性情境，才导致了注重"过程性"、"当下性"、"此刻性"的"唯现在主义"式的生活存在态度在九十年代的畅销，使以往完美、统一、连续性的爱情、深度和意义在九十年代遭到解构，而处在一种永远未完成性的状态，呈现出一种后现代性的碎片化。

于是我们在安琪九十年代以来的诗歌中会看到那"爱情幻影的碎片"，理解了她为什么会说"灰尘的存在像真实的谎言"（《诞生》）。也正因为如此，她会将"永远的西西弗，他的永远就在未完成中"作为她的诗作《未完成》的题记，把诗歌视为"文明的最后一叶碎片"（《未完成》）。这样我们就会理解安琪何以在诗歌中进行疯狂的后现代性词语游戏。如在《未完成》中"用语言消解你的意识、行动／你所认为的本质和非本质"，说"你看到我精美的走来，但那不是我／我将自己变形、扭曲，你看到我／但那不是我！我从来没有固定的形状！"并公然声称"我写作，我只是在构造不在场的在场／我睁大眼

① 齐格蒙特·鲍曼：《流动的现代性（前言）》，欧阳景根译，三联书店 2002 年版

睛睡眠，从四个方向做梦/没有任何附加成份"，因为她深知"激情能维持多久/一切都在未完成中"。所以她高呼："不要让我为了这虚幻的解救/放弃我曾有过的前夜、诗歌和罪恶/在我的生命之树我开始流亡/预言的可怕，勾勒出存在与毁灭/我感到巨大的飘带给我的愉悦/和超脱！我要这死亡的陷井/这荒谬的坍塌的幸福"（《未完成》）。而这种激情造就的词语的游戏狂奔是源于诗人敏感的意识到："爱，完整和散开的空间/任何一种解释都有裂缝。你秉有的天赋/你的深度只能使你陷得更深"（《未完成》）。而更深的原因是来源于诗人深层的对时间和自由意识的敏感。如其在《未完成》中所言："自由毁灭，自由死在自己追逐中/我们向时间打的传呼没有得到回音/也许有过，也许精神的旗帜再次招扬/我们已老得太快！我们与未来赛跑/那不是真实的我们/在现代的长鞭下我们是被动的！"

所以归根结底，这种后现代性的词语狂奔性的游戏，所反映的是一种现代人在现代线性时间观面前，所产生的对人存在、自由和永恒问题的一种深深的精神焦虑感和虚无感。正是这种焦虑感和虚无感导致了以安琪为代表的九十年代女性诗歌写作在对日常生活的抒写中呈现出一种后现代性的碎片性，导致了对当下、此刻的过程性的极端占有以掩饰内在精神的空虚与焦虑。正如安琪在诗《未完成》中所说："时间是我的心腹之患"，当"时间垂下绳子，字里行间有着荒凉忙乱的意味/我写了然后我活着——"，"他是过程，过程的流动/他是你，是我，是每一个象征/我必须抛弃记忆的概念/让文字永远滚动/我必须抛弃我们，让万物自己播撒"。由此，我们不难看出在安琪进行后现代性诗歌词语游戏狂奔背后深深隐藏着的现代性意识：即由于时间不能永恒所造成的关于青春、生命和爱情的悲哀和无奈。

因此，正是这种现代性恼人的时间意识，这种深陷于时间有限性的恐慌中而造成的严重精神焦虑，使九十年代以来的女性诗歌写作产生了一种断裂和转型，呈现为一种后现代性词语狂奔游戏状态。九十年代女性也正是在这种后现代性的词语狂奔游戏状态中，形象地表现了处于时间断片性的当下性、此刻性里的人的存在精神状态：拼命地占有、抓住每一刻，以不错过每一刻，通过对每一刻时间的占有赋予虚空的生命以实体存在的形式，以摆脱现代时间对人造成的精神压抑。这种即刻性的时间意识使九十年代以来的女性诗歌写作在呈现词语狂奔性游戏的同时，还形成了一种类似于天气预报的即刻性效果。女诗人宇向的一些诗就典型而又生动地体现了这种风貌，如她的《8月17日天气预报》一诗就是典型的一例。

二、从后现代词语游戏到现代生命艺术的超越：时间焦虑与生命意识

九十年代女性在时代文化发生断裂转型的形势下，由于敏感地意识到了存在和时间的关系，诗歌写作呈现出一种形而下的、平面性质的后现代性向度的游戏狂欢，但是在这种后现代性质的平面性狂欢游戏的诗歌写作状态中，并没有给敏感的诗人即写作者带来一种永恒的精神解脱和彻底的生命超越。相反，这种沉溺于形而下的后现代平面性狂欢写作游戏，给人带来的只是一种暂时的写作快感和精神上的轻松与解脱，而这种精神上的游戏和狂欢过后，使人产生的却是一种滞重的生命中无法承受之轻。于是一部分女性诗人很快跳出了这种在日常生活视野中大肆进行的个人消遣性质的后现代平面性词语狂欢性的写作游戏，而转向了在日常生活中对个体内在生命的沉思，并在这个过程中，使九十年代的女性诗歌写作完成了从后现代性平面词语游戏性写作到现代生命艺术的超越。这样就使九十年代女性诗歌写作在整体上，呈现出一种现代主义与后现代主义共存的综合性美学风貌，进而使九十年代女性诗歌写作走上了一条现代主义风格与后现代主义等风格多元共存的综合性美学道路。在一定意义上，可以说，九十年代女性也正是通过这种对个体内在生命沉思的现代主义风格的写作才最终完成了对性别和世俗生活的超越，并在内心思想世界产生一种精神性的飞越。这种对个体内在生命的沉思主要体现在一种强烈的时间焦虑和生命意识。

当女性第一次在内心中审视自己时，她们发现导致她们压抑的是男性，于是她们进行了反抗男性压抑的性别写作，而当她们走出内心世界，从性别指向转向日常生活时，庸常、凡杂、琐屑的日常世界又让她们与男性共同感受到了来自于生活本身的压力和对存在的共同困惑。于是她们在抛弃了性别的压抑、生活的重负之后，将思考的矛头指向存在自身，并再次勇敢地回到内心世界，开始了对存在自身的追问、对生命本身的沉思。如果说，女性第一次在内心中审视自己时，发现的是男性的压抑；那么当她们第二次回到内心世界时，则越过性别的困惑与束缚、越过日常世俗生活的羁绊，透过世俗的尘烟，完成对存在自身的追问、对生命本身的沉思。因此，女性通过诗歌写作在思想认识上经历了这样三个阶段，即从内心世界出发，开始性别写作；经由日常生活多重体验与思悟，进行包蕴复杂、含义多维的反性别写作；再次回到内心世界时，则

深入到生命和存在的拷问，完成生命尖端、高峰体验的现代性深度创作和碎片性的后现代平面之作的无性别写作。后两个阶段的转向与完成就是在九十年代女性诗歌的创作中体现的。

九十年代女性诗歌对生命沉思的体现之一表现为一种突出的时间内省意识和强烈的时间焦虑感。在某种意义上，生命的存在是以时间为标志的。因此只有对时间自身构成的过程和意义进行思考时，才能抵达生命的深层本质。因此，对时间自身的关注与思考，是九十年代女性在认识上走向深化和成熟的标志。正是通过对时间问题的关注与思考，九十年代女性诗歌才从最初性别质疑的肤浅感性层面和后现代的平面性写作过渡到生命沉思的智性探索层面，从一种世俗社会政治、欲望、文化性别差异层面的质疑升华到内在自然个体生命哲思境界的探寻。因此，九十年代女性诗歌这种现代主义向度的时间态度与后现代主义向度写作的时间态度不同。如果说，后现代主义向度的诗歌写作表现的是人由于无力战胜时间，而最终导向对当前物欲世界和身体世界的疯狂占有、狂欢、游戏、消费乃至颓废性质的末世态度；那么，现代主义向度的诗歌写作则表现出一种对时间冥思后，对生命和存在等形而上问题进行的深度思考的精神求索和超越。如郑玲在《高峰之迷》中所说："不作精神的登高/便为肉体的囚徒/啊 心未死 我活着/我要继续赶路"。因此正是这种在路上的心情、这种对精神高峰的始终迷恋和求索，使九十年代的女性诗歌在呈现后现代主义词语游戏的同时，又呈现出一种现代主义对生命精神探求的深度。九十年代女性这种对时间的内省意识和焦虑感主要表现在三方面：一是关于时间易逝性、碎片性、幻化性和无常性的认识；二是人在时间中的孤独感、脆弱感以及由此引起的焦虑意识；三是对死亡的深层探寻和超脱玄思。由于这几方面是经常交结在一起，因此我们也将对其进行综合性的阐释和论述。

九十年代女性诗人在关于时间的内省意识和焦虑感方面用力颇多、给人印象较深的是王小妮、翟永明、海男和陆忆敏等。王小妮在九十年代诗歌的一个突出主题就是对时间自身的追问与沉思、对死亡生命终极问题的探寻和关怀。例如她的《晴朗》表达的就是时间的易逝性、碎片性与幻化性。如她在诗中写道："短短的晴朗，只是削两只土豆的时间…/晴朗 好像我写诗/写道最鲜菲薄的时候/脆得快要断裂"，晴朗在诗中无疑是时间的意象。因此整首诗表达的是一种具有现代感的惊颤的时间意识。再如她在《最软的季节》中写道："春天跟指甲那么短"，而在送儿子去京城读书的《一个少年遮蔽了整个京城》

一诗中则用"吃半碟土豆已经饱了/送走一个儿子/人已经老了"来形容母爱的操劳导致在心理感觉上时间具有一种惊人的仓促性。这样就使时间从一种广义的时间范畴进入狭义的相对性时间范畴，从而使时间突破了世俗的层面而进入了一种文学所表现的那种精微心理精神层次。正是在这种心理精神的层次上，诗人成功地传达了现代性那种惊颤的时间意识。而在《和爸爸说话》一诗里，她仿佛又是在幻化的时间里和死者进行一种既虚拟又真实的言说，从而让亲情在幻化的时空里，在抽象的精神世界中获得永恒，进而超越死亡给人造成的孤独感，超脱时间的有限性，将死亡的悲剧、存在的荒诞以轻描淡写的方式在幻化的时空里击碎。

翟永明在九十年代关于时间意识的表现与王小妮不同。王小妮表现的是一种力图超脱具体空间的碎片性、易逝性的悲凉时间意识，而翟永明侧重于表现一种苍凉孤独、恍恍迷离、若梦若幻、轮回不止的时间意识。如她的《祖母的时光》、《咖啡馆之歌》等诗中重点突现了人在犹如梦幻的时间轮回中彼此进进出出，而内心里却深刻隔膜、毫不相干、互不相知的生活精神状态。她在另一首诗《壁虎和我》中所进行的内心顷述："隔着一个未知的世界/我们永远不能了解/你梦幻中的故乡/怎样成为我内心伤感的旷野"。这里壁虎悲悯的经验，正象征着女性对人类隔绝、孤独、寂寞命运的沉痛思索。另一位诗人海南则将时间完全赋予可感的形式，使时间具有一种触手可及的质感性，如她在《时光翩然而至》中写道："时光翩然而至；像残片一样/被风吹来吹去，宛如一管长箫/托到落日面前，照亮了最暗淡的一日"。与前面几位诗人不同，女诗人陆忆敏在面对时间的无常性时，表现出一种始而惊叹继而超越的旷达潇洒态度。这正如她的诗《可以死去就死去》："汽车开来不必躲闪/煤气未关不必起床/游向深海不必回头　可以死去就死去/一如/可以成功就成功"。陆忆敏在其独特的诗性思维中甚至将死亡想象成一种"球形的糖果"，如她的诗《死亡是一种球形糖果》所表述的。正是在这种"球形的糖果"的抽象诗思中，严峻的死亡问题变得如球形糖果一样香甜可口、"圆满而幸福"，因而使死亡摆脱常态的悲哀性恐惧而变得可以愉悦的接受。

也许正是由于女性对时间的易逝性、碎片性、幻化性和无常性的天生敏感，九十年代的女性诗人才是如此的青睐于写作，热衷于写作，迷恋于写作，并在词语的写作中进行疯狂的游戏以躲避这种由于时间的易逝性、碎片性、幻化性和无常性所带来的存在的空虚感和不可避免的死亡性。因此，写作在这个意义上，也就被赋予了生命存在的某种象征，它是时间和生命存在的形式，它甚至是西苏所说的"载体"。写作表达的是女性对时间焦虑和生命困惑的摆脱和超越，体现的是女性强烈的生命意识与时间焦虑。它是以话语的形式对存在的空间重新进行形式分割的表现，也是女性进入历史、进入存在、进入时间的一种体现。所以这个时代有这么多的女性，无论是体制内的、体制外的，无论是公开的、私下的，无论是专业的、业余的，都在不约而同地进行着一种彼此心照不宣的写作。总之，她们都如雨后春笋般地，在九十年代——这个千载难逢的女性最为风光的女性化时代里，浮出历史地表，抢占山头，分割历史，独霸话语先锋权，进行着一场具有生命形式和存在意味的写作。在这个意义上，她们是在用写作进行着话语空间的争夺，以期进入历史，进入存在，在某种意义上也就象征着进入永恒。写作在女性那里具有某种独立而超脱于世俗的生命存在的超然性意义。诚如诗人海男所说："写作是独立的，它像是一个迷宫，一旦走入迷宫，外面的现实就跟作家不发生关联。"① 她在《我是一个女人》中写下了这样的句子：

> 我是一个女人，用来写作的时间
> 比睡眠的时间更长，用来颤栗的时间，
> 比奔跑的时间更长，所以，我此刻
> 滑落了披肩，筑起了一只鸟巢。

是女性这种令人惊颤的现代性时间意识，这种敏感于时间的易逝性、碎片性、幻化性和无常性，使诗人海男的生命是如此的依赖写作，迷恋于写作，并在写作的深度迷狂中形成了对死亡问题的形上焦虑，使她急于想象、安置自己死亡的形式，以避免时间的焦虑和生之恐慌。她将对死亡问题的形上焦虑，演化成那一行行节奏急促的诗句，在那节奏的急促的诗句中将死亡带来的形上焦虑和时间的易逝性、碎片性、幻化性和无常性造成的紧张精神心理情绪得到释放和舒缓。这一如她在《女人之三》中所写：

> 我握不住天空的黑虹
> 那时，苍白的梦壁独自合拢
> 一面裙铺在地上叠着花草

---

① 张晓红：《海男的诗：云南、女人、死亡》，《诗探索》2004 年第 1 期

那个方向上不仅有死亡还有沉寂的泥土

铜像被我们埋入清泉，头发贴着头发

我不在你啜泣的风衣下死去

我不在你碎语的阴影中死去

我不在朔风的地上死去

我不在你黑暗的三角网上死去

我不在你黎明的钟楼上死去

诗人通过诗意的幻想形式，通过一系列的否定性诗句，消解并超越了死亡的种种常规世俗的形式，使生命的终结因对世俗和常规的否定和消解而获得诗意的超越，并因这种诗意的超越而重新获得一种神圣的庄严和高贵，同时也因这种诗意的超越而获得一种无法想象的神秘感，变得象诗一样充满了想象的美丽和期待。这种以诗意的想象来营造死亡的美丽和神秘得无法想象的结局，使死亡因摆脱了世俗的常规形式以及悲凉的意味，而变得充满了诗意的甜柔和美丽，以使生命获得超越，可以说，这是八九十年代以来的中国女性诗人在死亡问题上，富有创意的现代生命艺术想象形式。这种超越生命的死亡艺术处理方式，为生命终结的死亡蒙上喜悦、诗意、美丽、神秘色彩，从而使死亡充满了象生命一样神圣、庄严而可以期待的诗意想象，这在我国五四以来的新诗抒写中也是不多见的，是富有独特性和超越性的。这也是我国八九十年代以来的女性诗人在这方面的一个独特性贡献。在这一点上，它体现了我国八九十年代女性诗人的丰沛而又卓越的艺术想象力，它令人想起诗人张烨创作的长诗《鬼男》以及其中的诗句"死亡很深很远"，对生命的探索也必将很深很远。

九十年代女性诗歌这种对生命的沉思体现之二表现为一种强烈的生命意识，也即对存在本身意义的直接拷问。正是在对存在本身的直接拷问中表达了一种强烈的生命意识，这种存在的意义在诗中或体现在对生命本身过程的追问，或体现在对幸福人生的探寻，或体现在对青春以及爱情意义的思考。如安琪在《节律》中的追问："我们为什么炫耀，为什么毁灭/又为什么爱着！""我们为谁死去？"以及《未完成》中的"什么才是真正的今天？/世俗是什么/是我们拒绝又纠缠我们的？"施伟在《幸福》中"祝福那些辛苦活着的人"，并为了追求幸福而"始终站在起始之地/扑扇着翅膀 高歌理想/满怀豪情地做些振翅欲飞的模样"。郑玲则在《渴望麒麟》中抒写对纯真爱情的歌咏。总之，九十年代的女性是在摆脱了性别和日常世俗的困惑与束缚以后，又面临着对存在自身的困扰，而进入新一轮的形而上的思考。

同时，也正是在对上述问题的这种进一步的思考中我们又看到了李轻松《比命运更深》的《羁旅》、陆平的《烦恼细细密密》、扶桑的《太平盛世的战争》、邵勉力《桃花遮蔽落满鸽子的神殿》、娜夜的《幸福不过如此》。正是通过这一系列的诗作，九十年代的女性诗人彻悟了存在的荒诞、时间和历史记忆的碎片性、生命的虚空与青春的易逝。于是尹丽川在《老》中惊见青春的仓促以后，推出后现代的游戏之作《为什么不再舒服一些》；王小妮在《活着》以后宣布"只为自己的心情"去《重新做一个诗人》；伊蕾在《孤独者》以后抒写《三月的永生》；安琪要在《世声》中《唤醒》"那个沉睡的人"，向他追问"生存与生活究竟是不是同一概念、同一进程"。翟永明则在经过生命和诗歌的艺术沉思以后决定将诗"献给无限的少数人"[1]，因为"日渐请衰老的女诗人经过多年跋涉，如今已不再有倾向性。……不再关心阳光和岁月的侵袭，她的相貌就是她充满威力的心灵。……她清洗这个世界，为死亡写诗。"[2]

在对生命、存在、幸福、爱情、意义等问题的追问、思考、探寻中，九十年代的女性获得了对生命、人性的彻悟和生活的朴素性认识，回归到心灵和自然的平静、恬淡，在这种回归中认识到自我的渺小，感到生命犹如无语的阳光一样在平静地流逝，从而与宇宙天地大化自然共相融合。如诗人杜涯站在《冬天的树林》里这样表述自己对生命和造化彻悟后的静穆和谐的心情，"这时我感到心中有什么在静静流去／我感到冬天里我不会再说出话来／生命象阳光一样流逝"。学者诗人周瓒则有着更为内敛、谦逊的表白，"我时常想象自己抬起头，从书页上／我想象自己，看到了一片海／有蓝色的液体，游过窗棂／但我所能领受的，只是一小片海域／我告诉自己，那从来就不是／全部的深广，况且／我坐在一个固定的地方／它提醒我，想象也不能是无限的"（《窗外》）。安琪在《节律》中说："我们的孤独是孤独的全部／我们醒了，醒在青草巨大的呼吸里"。老诗人郑敏以更为恬淡的心情在诗《隐去》中写道："只有当纷纭的现实和生命的川流／隐去时／我才真正感受到它的冲击／我用符号记载了冲动的强烈／然而我要读给你的却是／符号之外，那永不消逝的回声／请静静地听／那

---

[1] 翟永明：《纸上建筑·完成之后又怎样》，东方出版中心1997年版，第193页
[2] 翟永明：《纸上建筑·完成之后又怎样》，东方出版中心1997年版，第192页

山谷自远方走近的风的脚步/它们永远不会被捕捉到/像一只鸟、一朵花/它们是光影 只告诉你/存在的信息"。九十年代的女诗人就是这样通过对时间和生命存在的追问与玄思，在强烈的生命意识与现代性时间焦虑中，从最初的性别质疑以及后现代的平面狂欢写作走向现代主义艺术的深层生命沉思，并在这种沉思中获得一种精神的回归、提升和超越。这正如王小妮的在诗《活着·台风》中表述的："现在我想飞着走/我想象我的脚/快得无影无踪"。这样就在客观上，使九十年代的女性诗歌在艺术创作风格上，走上了一条现代主义与后现代主义多元共存的综合性美学道路。

第三节　九十年代女性诗歌与九十年代诗歌：从先锋到边缘

一、女性诗歌与先锋写作：女性化时代的先声

女性诗歌写作崛起于八十年代中后期，它的崛起无疑是以与男性相对抗的身体写作的先锋面目出现的，身体写作成为女性摆脱男性政治话语焦虑、浮出历史地表、建构自己性别话语的一种重要手段和策略。由于这种身体写作出现在当时政治意识形态并未完全瓦解和松动，以宏大、崇高、严肃型为核心的现代性美学观念尚居统治地位的形势下，它在文坛的出现是惊世骇俗的，也因这种惊世骇俗的写作方式和风格而被命名为先锋写作，同时也以这种惊世骇俗的身体先锋写作为即将而来的高度个人化、女性化、消费化的九十年代鸣锣开道。在这种意义上说，女性诗歌先锋写作的重要深远意义在于它以大胆、反抗、叛逆的身体写作的先锋姿态开创了一个真正的前所未有的女性化、个人化、消费化（也即日常生活审美化）的时代——九十年代。女性诗歌充当了即将到来的女性化、个人化、消费化时代的先声，它是为那个即将到来的女性化时代——九十年代做了报晓性歌唱。因此它的歌喉既充满了暂时的哀怨，又充满了对不远未来的深情期待。这一如唐亚平在《忍耐着》中所发出的自信与期待："忍耐着呀 忍耐着/在陡峭的悬崖和迷濛的深渊忍耐着呀/每一个刹那的静穆/就是花开的时辰……每一刹那的沉默/就是每一个果熟的时候"。也如

诗人海男所说的："此刻我们必须忍耐，要成为一个了不起的人必须忍耐。"①
这就是八十年代中后期崛起的女性诗歌这种身体写作的先锋意义。

因为任何一个具有时代政治敏感的人，当它面对八十年代中后期女性诗歌
这种大胆、激进、叛逆先锋姿态的身体写作时，他或她都会敏锐地意识到：我
们即将在不久的将来——九十年代，进入到一个与此前绝不相同的政治意识形
态时期。也即将从一个以宏大叙事话语著称的宏观政治意识形态时期进入到一
个以性别话语、欲望话语为突出标志的微观政治意识形态时期。在这一时期
里，以身体、权力话语为标志的性别政治、欲望政治将取代以往以宏大叙事话
语著称的阶级斗争政治。这就是敏感的诗评家唐晓渡先生为什么会在八十年代
中后期，女性诗歌刚刚开始崛起时，即给予女性诗歌的先锋使者——翟永明及
其诗歌给予充分敏感的关注、肯定和高度评价的内在原因，并旋即写下了女性
诗歌史上具有历史意义的批评之作《女性诗歌：从黑夜到白昼》这篇预见性
评论，并预言：如果说，翟永明是通过"创造黑夜"而参与了"女性诗歌"
的话，那么可以期待，"女性诗歌"将通过她（翟永明）而进一步从黑夜走向
白昼。②

在这种意义上，它体现了唐晓渡作为一个诗评家，同样也是作为一个诗人
的天赋性的诗性智慧和独特性的诗意敏感。因为诗人在任何时候，都是一个时
代的先知。透过其诗歌先知般歌喉的歌唱，我们必会在其中感受和预见到另一
个未来不同时代精神生活的气候和音息。这正如唐晓渡在其中所言："透过翟
永明的诗歌，正透露出某种深远的消息。"③ 也正如加布里埃尔·拉韦尔在
《艺术的使命与艺术家的角色》中所言："艺术是社会的表现，当它遨游于至
高境界时，它传达出最先进的社会趋向；它是前驱者和启示者。"④ 因此，以
身体的先锋写作而著称的女性诗歌写作，也可以说是通过身体话语的喧嚣在性
别、欲望的领域里，掀起了一场看不见硝烟的战争和革命，它预示着未来的一
个不远的女性化时代，一个高扬欲望化、消费化、感官化、平面化旗帜的个人
化时代——九十年代即将到来。在这个充满看不见硝烟的战争性革命时代里，

---

① 海男：《空中花园》，云南人民出版社 1995 年版，第 146 页
② 《诗刊》1987 年第 2 期
③ 《诗刊》1987 年第 2 期
④ 转引自［美］马泰·卡林内斯库：《现代性的五幅面孔》，顾爱彬译，商务印书馆 2002 年版，
第 115 页

由男女性别构成的两性关系、地位将发生一种戏剧性、颠覆性的变化。并且伴随着这种两性关系、地位的变化，时代也将进入一个微观欲望政治、话语政治的后革命时代。在这个后革命时代里，男女两性将消除性别所造成的天然的以及后天的社会政治差异而握手言和，真正平分秋色、共同抒写时代历史的华章——历史赋予九十年代特有的喜剧化篇章。

二、九十年代女性诗歌写作：另一种意义的时代先锋写作

如果说八十年代中后期女性诗歌中的身体写作最初是以内心精神、情感、欲望的压抑而发出反抗性的激情自白，带有强烈形而上色彩的精神追求，那么在时代转型加剧后的九十年代，即当真正的女性化、个人化、消费化时代到来时，女性诗歌中这种以高扬性别对抗精神而著称的身体写作则已消失了其性别锋芒带来的先锋色彩，彻底摒弃了其内在批判、对抗的精神质素和向度，而产生了一种含义多维的综合性变异，并因这种含义多维的综合性变异而与此前单一意识形态，即单纯性别对抗性质的身体写作形成一种断裂性的转型。总之，九十年代女性诗歌中的身体写作，一方面演变成真正诗性的女性身体写作（如唐亚平、娜夜等人九十年代以来的一些诗作）和与技术主义相对抗的身体写作（如安琪等人的一些诗作）；另一方面则顺应九十年代大趋势，变得完全平面化、欲望化、消费化了，也即演变成一种追求躯体快感的青春写作，并因这种躯体写作的平面化、欲望化、消费化、感官化所构成的后现代性向度的青春写作而再次成为时代的先锋写作，也即九十年代的先锋写作。

当然九十年代女性诗歌写作这种断裂性的先锋转型并不只单纯体现为身体写作含义多维的综合性变异，也不单纯体现为这种呈现为后现代向度的追求躯体快感的青春写作，而是随着整个九十年代大的时代历史文化环境、背景的变迁，即随着九十年代复杂、含混、反讽、暧昧、多元化、个人化、消费化、女性化的后现代性历史情境所造成的一个不同以往的大众消费文化时代的到来，体现在整个诗歌写作观念、诗歌艺术表现手法、诗歌的艺术表现功能、诗歌美学价值类型、取向等一系列方面，呈现出一种综合性、混杂多元化的先锋性变异与转型。

九十年代，对于中国而言，可以说是个极为特殊的年代。它既不是历史上轰轰烈烈的多事之秋，也不是一个沉寂到波澜不起、宁静无声的时代，而是伴随着经济文化的转型，呈现为一种多声部的众声喧哗现象，呈现为一种暂时的

暧昧、迷离的表意态势。在许多领域里，一股共同的转型激流正在潜波暗涌地向前推进着，并逐渐走向成熟。因此，崛起于我国八十年代中后期的女性诗歌，在九十年代也正面临着相同的转型趋势。表面上，崛起并喧嚣一时的女性诗歌在九十年代逐渐变得沉寂并消散了，但在女性诗歌写作内部，一场重要的诗歌整体性的宏观类型置换，正在悄悄地发生。这就是：九十年代的女性诗歌已告别了八十年代中后期高昂、单调的性别对抗而进入了一个激情和词语磨合的时期，并在激情和词语的磨合过程中，转入对日常生活的叙事性散文化抒写和个体内在生命的沉思；从一种面向性别的写作，转向面向词语的写作；从过去的集体对抗转向多元化的个人抒写。从而使九十年代的女性诗歌写作呈现出一种表面沉寂而实际上是现代主义与后现代主义共存的多元化写作态势。

这样，女性诗歌进入九十年代，就以一种去性化的写作姿态，以与传统诗歌不相类同的写作观念、语言观念、艺术表现手法、艺术表现功能和审美价值取向、风格与此前传统的诗歌写作形成了一种现代性的断裂转型，并因这种转型而形成另一种意义的时代先锋写作。如果说八十年代中后期女性诗歌是以一种高扬性别差异的身体写作成为时代的先锋写作，那么在九十年代女性诗歌则以这种综合性、去性化的现代性断裂转型写作，而再次成为时代诗歌的先锋写作，也即九十年代诗歌的先锋写作。这对于女性诗歌自身而言，是个颇有戏剧性的变化，它似乎呈现了一种喜剧化色彩的结果，正是这种喜剧化色彩的结果，使它在内在精神上与九十年代的时代精神特质深相暗合。因为九十年代恰恰就是一个力图乘着后现代主义解构一切差异、界限的西风，在精神上和实际生活中，抹平一切差异，消泯一切对立、纷争与冲突，取消一切优势特权等级生活和制度的时代，并因这种对优势特权等级界限、差异的取消而呈现出一种边界移动、融合，江山重新划分、历史重新定义的喜剧化效果。

三、九十年代女性诗歌与九十年代诗歌：从先锋到边缘

具体说，九十年代女性诗歌这种由宏观整体、多元化、综合性、去性化的变异与转型所构成的断裂性时代先锋写作，首先体现在诗歌观念上。女性诗歌适应九十年代含义多维、复杂包容、多元化的后现代性历史情境特点，更新了既有的传统诗歌观念，使诗歌由传统的对单一意识形态、情感的再现发展到对复杂意识形态、经验的综合性抒写与表现。这样由于时代复杂多元化的后现代性历史、文化情境变迁而导致诗歌观念的变迁，即由再现单一情感到表现综合

意识的转变，必然导致诗歌语言艺术观念的变革。这就是以一种现代性、非逻辑化、非理性化的，也即能够包容九十年代这种特定时代的复杂、含混、暧昧、多元化情境、具有多维含义的叙事性语言取代传统那种狭隘单一性的抒情性质的语言。而这种语言，正是一种与女性思维、精神、情感气质相契合的女性化语言，也即埃莱娜·西苏所说的那种"阴性书写"和伊瑞·格瑞所说的"女人话"。于是女性诗人几乎不费吹灰之力就在诗歌语言上获得了时代赋予的优势，夺得了诗歌的先锋话语权，并进而成为时代诗歌的先锋写作。这就是九十年代女性诗歌为什么会领先于男性诗歌而再次成为时代先锋诗歌写作的重要原因之一，同时女性诗歌也就以这种女性化的现代性先锋叙事化诗歌语言为九十年代开创了一个真正女性化的时代。所以诗歌语言的女性化色彩是九十年代作为一个女性化时代的又一个重要标志。

其实，如果我们细心观察就会发现，九十年代以来，种种迹象都表明这是一个女性化的时代。而由于诗歌是一个时代精神生活最敏锐的征兆和窗口，九十年代的女性化色彩和特征首先就在诗歌语言的女性化性质特征上表露出来。其次对于诗歌自身而言，这种女性化色彩我们还可以从我们这个时代——九十年代以来女性诗人和男性诗人的关系以及态度上得到启示：如我们这个时代的许多男性诗人都对女性诗人形成了一种非常尊敬乃至仰慕、求教的虔敬关系和态度。如欧阳江河之于翟永明，臧棣之于安琪和翟永明，何小竹、沈浩波之于尹丽川等等。男性诗人与女性诗人建立这种充满友谊、学习的虔敬关系的结果是九十年代诗歌愈发向女性诗歌靠拢，表现在九十年代诗歌吸收了女性诗歌中的先锋因素。这样，九十年代的男性诗人和女性诗人们就在一种共同认同的诗歌美学理念原则的感召下，为表现九十年代这个具有特殊意义的、喜剧性的、复杂历史时代进行一次喜剧化的诗歌抒写。

如果说，女性诗歌在崛起时的八十年代中后期是以一种高扬性别差异对立性质的性别对抗写作向男性《独白》（翟永明）宣战；那么九十年代，随着一个真正女性化时代的到来，女性则已放弃了那种由翟永明的《独白》所形成的高昂热情的挑战姿态，而表现出一种对性别差异的认同与回归趋势，并随着这种认同回归，使九十年代女性诗歌写作最终消融于九十年代诗歌写作之中，从先锋最终走向边缘。当然这种认同、回归趋势是在女性的性别政治革命已取得了胜利的情况下，即已在实际上创造了一个女性化时代，也即九十年代已成为一个女性化时代的革命前提下。九十年代女性诗歌写作这种认同回归不是表现在政治文化心理上，而是表现在一种生理差异和其他方面的认同上。因而这种认同、回归也就表现为一种去性化的无性别写作。

当然诗歌语言观念的女性化性质的叙事化向度变革的重要先锋意义不仅在于它在客观上开创了一个女性化的时代，更重要、更深远的先锋意义在于，这种叙事性语言的采用，使九十年代诗歌呈现一种综合性的散文化、戏剧化、小说化的非诗化倾向。因此这种女性化、叙事性语言的先锋意义在于它为九十年代开创了一代非诗性的散文化诗风，并因这种现代性、非诗性的散文化诗风而使九十年代女性诗歌以及九十年代诗歌最终从先锋走向边缘。

这是因为，叙事化语言的采用，使诗歌可以将戏剧性、小说性、散文性等综合因素融入其中，改变了传统诗歌单一的抒情手段，扩大了诗歌的艺术手法，丰富了诗歌表现现实、人生的方式。同时，在客观上，它使诗歌的功能发生了重要的变化，也即它使诗歌从传统的单一主观抒情走向现代的客观综合叙事。因此，女性化叙事性语言的采用，标志着诗歌已从传统的抒情性的主体诗学置换到对他者进行综合分析性的客体诗学。诗歌的功能不再是对自我的主观抒情再现而是对他者的综合客观叙事表现。并且，如果说从前传统的诗学审美视角是向内的，那么现代叙事性诗学的审美视角则是向外的；如果说从前传统的诗歌性质是单一型抒情性质的纯诗，那么现代叙事性质的诗歌则是综合型的复义诗歌。这样，由于叙事语言的采用使诗歌的审美视角发生了一种由主体到客体、由内倾向外转的变化，诗歌必然从单纯的表现内在的情感走向表现外在复杂日常生活的广阔世界。这可以说是这种先锋性的女性化叙事性语言给九十年代以来诗歌带来的重要变化。

九十年代女性诗歌在这种诗歌表现功能、表现手段、自身性质、审美视角发生外转的形势下，在对九十年代丰富复杂的日常社会生活现实构成的广阔世界的表现中，广泛采用散文化、戏剧化、小说化等综合性手段，并在对时代生活的综合性表现中，在诗歌的外在形式上，逐渐消泯了诗歌与散文的界限。这样，叙事化语言的采用，导致了九十年代诗歌在艺术手法、审美价值取向、表现功能和艺术风格等一系列方面都发生了一种链锁性的变化。这种链锁性的变化使九十年代诗歌在外在形式上，不断朝向一种散文化、戏剧化、小说化的非诗化方向发展。同时，由于西方后现代解构主义理论的引入，一些反讽、戏拟、拼贴等后现代性艺术手段一同走进了诗歌，使九十年代诗歌的叙事又呈现为一种无深度的后现代主义平面性质的非诗化叙事。这样就一方面促使九十年代诗歌和九十年代女性诗歌写作呈现为一种现代主义与后现代主义共存的鱼目混珠的多元化、散文化的写作态势；另一方面，在客观上，又加大了九十年代诗歌的非诗化、散文化的程度。并在这种散文化、非诗化向度的写作，最终将九十年代诗歌推向边缘化。这样，九十年代女性诗歌与九十年代诗歌之间就形成了一种从先锋到边缘的关系。

站在九十年代女性诗歌与九十年代诗歌之间这种从先锋到边缘的关系上，我们可以说：九十年代的女性诗歌写作是九十年代诗歌写作的一面镜子，从中可以透视到九十年代诗歌的精神面貌和所发生的断裂性变化，九十年代的女性诗歌写作的特征在一定程度上即是九十年代诗歌写作的特征。在一定意义上，九十年代诗歌的先锋性特征是以九十年代女性诗歌的意义来命名的。九十年代女性诗歌是九十年代诗歌的一面旗帜，它的先锋性写作直接推动了九十年代诗歌写作朝向高度个人化、散文化的倾向发展，加速了九十年代诗歌写作走向边缘化，并且增大了边缘化的程度，甚至正是九十年代女性诗歌的先锋性写作使九十年代的诗歌迅速从中心走向边缘。

八十年代中后期女性诗歌由于其性别视角，使其在写作起步之初面临的是男性话语的压抑和挑战，因此这是一种面向男性的写作。随着九十年代女性主义话语的确立，女性诗歌写作迅速从面向男性的写作转变为"面向词语的写作"（翟永明），面向诗歌本身的写作。相对于九十年代诗歌而言，九十年代女性诗歌又是一场从边缘到中心的运动，九十年代的女性诗歌和九十年代诗歌之间又存在着一种互动的关系。女性在最初通过诗歌写作来反抗性别压抑和社会政治制度的压抑，而当性别压抑解除后，女性和男性一样仍然面临着共同的社会政治压抑和对存在本身的迷惘与困惑，正是这种同一性的压抑与困惑使九十年代女性诗歌最终消融于九十年代诗歌中，使它从反男性中心的意识形态性质的女性主义写作走向去性化的、解构一切二元对立的九十年代诗歌的反本质主义写作，即肖瓦尔特所说的真正同一性意义上的女性写作。因此九十年代女性诗歌和九十年代诗歌之间是既对立又统一的关系。

四、对女性诗歌写作的概要回顾与述评

女性诗歌与男性诗歌在九十年代无疑已经实现了一种喜剧化的认同与融合。当我们站在九十年代女性诗歌与男性诗歌实现喜剧化的历史大融合、大团圆的时刻，也即女性诗歌从差异走向认同的回归性时刻，对女性诗歌所走过的

思想历程做一概览性的回顾时，我们会发现：女性诗歌所走过的历程与法国女性主义理论家朱利亚·克里斯蒂娃在《妇女的时间》一书中对女性写作所经历的三个阶段的划分与描述完全吻合——女性创作要经历一个对男性词语世界的认同学习的阶段；之后要经历对男性词语世界的反叛书写阶段，即二元对立式的词语立场阶段；最后是回到词语本身，直面词语世界的阶段。如果说，在新时期的女性主义诗歌的写作历程里，舒婷等一代女性诗人和翟永明、伊蕾、唐亚平等一代女性诗人分别完成了女性写作觉醒、确认的前两个阶段，那么新时期九十年代以来的女性诗歌则进入了回归词语本身、直面词语世界的语言写作时期。如翟永明在九十年代已从一种面向性别的写作飞速地转向面向心灵的写作、面向词语本身的写作。这就是翟永明在九十年代为什么会倡导"词语与激情共舞"的原因。可以说，翟永明通过九十年代自身写作诗学的转换，使女性诗歌在她一个人身上即体现了女性诗歌写作的两个阶段的写作风貌变化。因此，如果说女性诗歌在八十年代关注的是"写什么"的内容层面的问题，那么在九十年代，女性诗歌则已开始进入到"怎么写"和"写得怎么样"的词语写作修辞策略的艺术技巧问题；或者说，如果女性诗歌在从前的八十年代侧重的是一种高扬性别基调的激情宣泄，那么在九十年代女性诗歌，则已经进入了激情和技术的对接与磨合时期。因此，如果说，女性诗歌写作包括女人写作、女权主义写作与女性主义写作三个阶段；那么，八十年代中期以前的女性诗歌写作是属于女人写作，八十年代中后期的女性诗歌写作是属于典型的女权主义写作，而九十年代的女性诗歌写作则属于性别差异认同后的女性写作。

八十年代中后期的女性诗歌写作是以身体写作为突出标志，这种身体写作标志着这一时期的女性诗歌写作处于女权主义写作阶段。这种身体写作虽然也延伸到九十年代，但九十年代的身体写作已主要从侧重于性别意识的深度写作转变为大众文化注重快感消费的平面性青春写作。九十年代的女性诗歌写作会表现为一种对女权主义的厌离与超脱，表现为超越性别意识的女性写作，在思想内容、审美价值取向上表现为从对时代的抗争到发展对时代悄无声息、敛首低眉地顺从性合作，在诗歌写作的内容层面和技术方面表现出性别意识的淡化，呈现为一种对性别的认同与回归。但这种认同与回归是对女性生理属性的认同与回归，是在经历了对差异的体验之后的认同与回归，是觉悟后的回归，是一种智性的回归。在认同回归阶段的女性诗歌写作，强调与男性的差异仅限于生理层面，而在其他方面则追寻与男性的同一。因此这个阶段的写作，是属于肖尔瓦特所说的寻求同一性的女性写作。

这种同一性体现为努力淡化、超越性别意识，向接通女性视角和人类普泛精神意识的双性同体理想迈进，在坚守女性的敏感细腻之外立志于寻求思想的哲理，王小妮的《不要帮我，让我自己乱》、张烨的《无性别写作》即是如此。这一阶段，对女性的界定仅限于生理层面，而女权主义写作阶段对女性的界定则侧重于心理层面，在诗歌内容上表现为侧重于性别意识和性别经验的表现与开掘，典型的标志即是身体的抒写。女性写作阶段的诗歌写作，在诗歌表现内容上从过于关注内心的边缘地带走向日常生活和宇宙人生的广阔视野，摆脱女权主义写作阶段的躯体写作中的急躁、焦虑和轻浮色彩，从对躯体感性的迷恋升华为对生命本身的理性的沉思与质疑。从诗歌内容和艺术形式上看，女性写作阶段的诗歌写作，属于反本质主义的女性写作；女权主义阶段的女性诗歌写作属于高扬性别差异优势的反意识形态的本质主义的写作。因此，女权主义写作阶段的诗歌写作，在艺术上明显存在着粗糙、直白的特点。而女性写作阶段的诗歌则出于对躯体诗学的警觉，在完成女性意识觉醒、确立的阶段后，进入激情和语言技术磨合的阶段，这一阶段的写作艺术水平较高，所以女权主义写作阶段的成就突出体现在内容层面，女性写作阶段的成就则侧重于艺术技巧的提升上。这就是女性诗歌写作所经历的基本思想艺术历程走向和创作上所具有的不同特点。

第五章

传统在当代的回声：女性诗歌与五四新文学传统

第一节　女权主义与五四新文学革命：
跨越历史的回应

一、女性诗歌、女权主义与五四新文学革命

　　女权主义似乎是伴随着女性诗歌的崛起而兴起，但实际上，女权主义思想在五四时期新文学革命的思想内容里就已得到充分的彰显和强调。在这种意义上，女权主义与五四新文学革命传统是一次跨越历史的回应。在五四时期，女权主义是作为建设现代性国家里具有现代性思想意识国民的精神而得到强调和重视的，这种现代性的思想直接演绎为五四时期新文学革命中人的解放与个性解放的思想主题，而女权主义所要解决的女性解放主题也就直接体现在这种人的解放与个性解放的思想主题中。虽然在诗歌意义上讲，女性诗歌是在八十年代成为一个突起的现象而崛起并在九十年代成熟，但是女性诗歌的崛起，作为一种现象，它并不是单纯属于女性诗歌自身的问题，而在更深的意义上，标志着女性现代性意识的觉醒、复苏与成熟，标志着对五四时期新文学革命中所尚未得到彻底解决的女性现代性问题的历史性回溯。这种现代性的意识就是女权主义所要解决的女性自身的解放问题。正是在现代性的意义上，女性诗歌才具有一种更为深远的启示意义，这就是：它要透过诗歌这情感和精神的喉咙，呼唤女性自身的解放。女性诗歌这种现代性的内涵，使它成为现代性的重要标志和重要组成部分之一。这就是恩格斯为什么会认为：看一个社会进步和文明的程度，可以从其妇女解放程度上看出。所以作为现代性重要标志和组成之一的女性解放问题，也即是女权问题，虽然是伴随着女性诗歌在我国八十年代中后

期开始再次突起，并在九十年代真正得到深化和落实，从而使九十年代成为一个前所未有的女性化、个人化的时代。女性解放问题，也即现代性和女性发生关系是从现代性真正介入中国的五四时期，就已作为体现现代性精神的人的觉醒和个性解放、自由的重要组成部分而被广为关注和讨论，这突出的体现在五四新文学革命的内容里。因此，站在这种角度上，我们可以说，女性诗歌所呼唤的女权主义与五四新文学革命是一种跨越历史的回应。

二、五四新文学革命与妇女解放

由于五四新文化运动主要是一场现代性的思想文化革命，而思想文化的要义又主要通过文学革命来实现，因为文学是最关注人性的问题，也即人的个性思想文化问题。因此，周作人在《人的文学》中把文学作为重新发现人的一种手段，其目标就在于重新铸造一种现代化人道主义精神的健康人性。因此文学革命就成为铸造具有现代性思想文化理念国民的发轫点和主要途径，也成为新文化运动的主要途径。五四新文学革命的一个重要革命动机就是对全体国民进行一场现代性的思想启蒙，它体现在鲁迅终生都在探讨的国民性改造问题，也即所谓的"立人"问题。而女性是占人口的绝大比例，直接关系着现代性国民人性思想的解放与铸造，因此五四初期在文学革命论争的内容中，女子解放的问题曾得到先驱者们的普遍注意与重视。如周作人曾在妇女解放问题上做过专门深入细致的探讨，他不只把女性问题看作妇女自身的问题，还看作是整个人类的问题。他在《妇女问题与东方文明等》中说："妇女问题是全人类的问题，不单是关于女性的问题。"李大钊也对妇女解放问题极为重视，他在《妇女解放与 Democracy》一文中指出："社会上一切阶级都可变动……独有男女两性是一个永久的界限，不能改变，所以两性间的 Democracy 比什么都要紧，我们要的是要求两性间的 Democracy，这妇女解放运动，也比什么都要紧。"因此，从五四新文化运动一开始，妇女解放就作为"人"的解放的重要组成部分，而被鲁迅、陈独秀、周作人等人纳入到了现代民族国家建构的现代性视野中。也正是在这种思想认识下，新文学先驱们纷纷创刊立说，宣扬女子解放问题。许多著名的刊物，如《新青年》、《每周评论》、《少年中国》、《新潮》等，先后发表了许多有关妇女问题的文章。许多妇女也创办了妇女刊物，如《劳动与妇女》、《新妇女》、《妇女杂志》、《妇女评论》、《女界钟》等。其中贡献最大的应属《新青年》。胡适、陈独秀、李大钊、鲁迅、周作人这些新文学先驱都曾撰文对女子解放问题发表过重要言论，力主女子在婚姻、教育、就业、恋爱上的平等与自由。概括起来说，这些思想言论，也即五四妇女解放问题主要体现在政治思想文化、经济、教育、性等方面。

如在思想文化上，他们力主反对封建礼教奴役，争取妇女个性、人格的平等和独立。而在思想文化上争取妇女个性、人格的平等和独立，体现的就是男女平权的政治诉求。陈独秀于民国五年在《新青年》上发表的《一九一六年》一文中沉痛地向青年男女，尤其是被压迫的女性喊道："儒者三纲之说，为一切道德政治之大原，……自居征服地位，勿自居被征服地位……尊重个人独立自主之人格，勿为他人之附属品……一九一六年之男女青年，其各奋斗以脱离此附属品之地位，以恢复独立自主之人格！"五四文学革命先驱们的伟大之处在于他们深刻地认识到女性的独立解放必须依托于整个社会制度的变革、整个被压迫阶级的解放，即个人的解放必须依托于阶级的解放、国家的解放、社会的解放。正是在这种思想指导下，李大钊、陈独秀等人确立了通过阶级斗争、改变社会制度、实现"社会主义"来实现妇女问题的"根本解决"与妇女的"彻底解放"的革命战略。

陈独秀曾明确指出：要解决妇女问题，非用阶级斗争的手段来改革社会制度不可。他在《妇女问题与社会主义》一文中认为：妇女与劳工是社会上最没有能力的、受压迫最深的，妇女问题，离了社会主义，是"断不会解决的"。因为现有的社会制度是造成一切不平等的根源，但"在社会主义之下，男女都要力作，未成年时候，受社会公共教育，成年以后，在社会公共劳动。在家庭不至受家庭压迫，结婚后不会受男子压迫，因社会主义认男女皆有人格，女子不能附属于父，也不能附属于夫"。所以，"如果把女子问题分得零零碎碎，如教育、职业、交际等去讨论，是不行的，必要把社会主义作唯一的方针才好"。这样陈独秀就一方面确立了自己的妇女解放思想，另一方面又回击了与其相左的胡适的妇女解放观点。李大钊也在其几篇文章中表达了与陈独秀相同的思想。如他在《现代女权运动》中认为：二十世纪是被压迫阶级的解放时代，亦是妇女的解放时代；他在《战后之妇人问题》一文中表述：我以为妇人问题彻底解决的方法，一方面要合妇人全体的力量，去打破那男子专断的社会制度；一方面还要合世界无产阶级妇人的力量，去打破那有产阶级（包括男女）专断的社会制度。这样李大钊、陈独秀等五四革命先驱们就为妇女解放确立了通过集体革命、阶级斗争，改变社会制度，实现"社会主义"，实现妇女解放的战略理论思想，从而为妇女解放实践在理论上指明了道路。他们的这种先锋思想理论在新中国成立后妇女解放的历史实践中得到了最好的验证。新中国社会主义制度下妇女社会地位的大幅度提高，为这一妇女解放思想作了最好的历史注解，充分证明了这一先锋思想理论的伟大和正确。

五四时期新文学革命先驱探讨女子解放问题的第二方面反映在经济方面。五四革命先驱们深刻地认识到：经济权力的取得是女性解放的重点和难点，女性只有在经济上获得独立权力，女性解放才能获得最终保证并得到真正落实，否则其他一切的解放都无从谈起。如周作人在《谈虎集·北沟沿通信》中说："妇女问题的实际只有两件事，即经济的解放与性的解放。"并且将经济的解放列在性的解放之前。鲁迅在《娜拉走后怎样》中表述道："钱，——高雅的说吧，就是经济，是最要紧的了"，"要求经济权固然是平凡的事，然而也许比要求高尚的参政权及博大的女子解放之类更烦难"，"一说到经济的平均分配，或不免面前就遇见敌人，这就当然要有剧烈的战斗"。当五四的大批女青年在当时女性思潮高涨的政治思想情境下，受易卜生个性主义的影响，充满激情而又浪漫地纷纷走出家庭追求象征着思想解放与个性独立的婚姻恋爱自由，然而却很快在现实中碰壁、遭到失败时，五四的革命先驱们很快意识到了经济解放与独立在女性解放中的重要性。对此有着最为清醒认识的人是鲁迅。

鲁迅在《娜拉走后怎样》一文中一针见血地指出，出走后的娜拉"或者也实在只有两条路：不是堕落，就是回来"。他把这种思想观点演绎成小说《伤逝》，《伤逝》中那个为寻求个性爱情解放、婚姻恋爱自由的子君的结局鲜明地说明了鲁迅这一思想。子君的故事是五四当时千百个中国社会女性在没有经济基础的前提下追求婚姻恋爱自由而失败的真实现实写照。翻开五四当时中国的报刊，因争取独立或恋爱自由而出走的女性，获得更加悲惨失败结局的比比皆是。她们不是以恋爱失败告终，就是以谋生无着而"堕落"或"回来"，甚至像子君那样悲惨地死去。为此，鲁迅在《娜拉走后怎样》中告诫女孩子们，"万不可做将来的梦"，"梦是好的，否则，钱是要紧的"，"在目下的社会里，经济权就见得最要紧了"，"人不能饿着静候理想世界的到来，至少也得留一点残喘，正如涸辙之鲋，急谋升斗之水一样，就要这较为切近的经济权，一面再想别的法。"面对中国一时难以改变的现实情境，鲁迅指示当时年轻的女性革命者们要有韧性精神，做好"壕堑战"的准备："要治这麻木状态的国度，只有一法，就是'韧'，也就是'锲而不舍'"（《两地书》）；在争取经济权上，要她们发扬天津"青皮"的"无赖精神"，也即是韧性精神。"有人说这事情太陈腐了，就答道要经济权；说是太卑鄙了，就答道要经济权；说是经济制度就要改变了，用不着再操心，也仍然答道要经济权"（《娜拉走后怎样》）。可见鲁迅对经济问题在妇女解放中的重要性有着何等敏锐清晰而犀利的认识。

当鲁迅指出经济权对女性解放的重要性时，陈独秀等一些革命者则呼吁通过建立新式现代生活家庭制度以使女性获得经济上的独立地位与权力。这样客观上也可以把女性从过去旧式买卖婚姻的封建大家族制度中解放出来，使她们获得相对的经济自主权。陈独秀在《孔子之道与现代生活》一文中指出："现代生活，以经济为之命脉，而个人独立主义，乃为经济学生产之大则，其影响遂及于伦理学。故现代伦理学上之个人人格独立，与经济学上之个人财产独立，互相证明，其说遂至不可摇动"，"西洋个人独立主义，乃兼伦理、经济二者而言，尤以经济上个人独立主义为之根本也"。而"中土儒者，以纲常立教。为人子为人妻者，既失个人独立之人格，复无个人独立之财产"——此非个人独立之道也，中国的大家族制度已不再适应现代生活，到了非打破不可的时候了。严恩椿的《家庭进化论》则提到要将原有大家庭的财产分给各个小家庭，各小家庭在经济上保持独立。晏始在《家庭制度崩坏》一文中，提出了实行欧美小家庭制的主张，认为父权的大家庭制在中国已难以维持，应代以"欧美式以个人主义思想为中心的小家族主义的新生活形态"。他在发表于《新青年》二卷二号上的《新青年之家庭》一文，主张小家庭的"出纳庶务，均由主妇主张之，男子无干涉之权"。刊登于《妇女杂志》七卷一号上的《新家庭》一文，更要求"新家庭之中财产，属之于得产之人，其义在养成个人主义，发达自立之能力，而铲除依赖根性也"。

除了这种通过建立新式现代生活家庭制度以使女性获得经济上的独立地位与权力的方式外，五四当时的一些革命者还倡导通过探讨谋求妇女职业的方式来解决妇女经济地位与权力问题。如陈问涛在《提倡独立性的女子职业》一文中认为，妇女职业问题，要算是妇女问题的中心问题，因为"照唯物史观，一切精神的变动，都是由于物质变动……倘使不能把妇女经济问题解决，其他什么'社交公开'、'婚姻自由'等等，皆是空谈了！"此外，他还为妇女们开列了12个就业方向，即各种商业和工场上的工作、合作的手工业、各级学校教师、书记、新闻记者、邮电管理、铁路职员、戏剧家、音乐家、农业等，并补充说，"凡现社会所有的职业，除一二男子特别职业，女子生理上万不能经营外，其余都是女子职业的领域"。这就在理论和具体途径上为妇女谋求职业奠定了基础，指明了方向。当时思想界颇有名气的张竞生也主张妇女参加社会工作，他在《美的社会组织法》一书中提到了妇女的职业问题，他在该书中指出："凡妇女不管父家夫家富的贫的，自己总当勉力谋得一件职业以养生。但在这样社会，女子的职业甚少，故最要的应由女界共同组织各种妇女的职业机关。……如茶楼酒馆与各项商业的经营。""若说女子应该谋一比此较高尚的事业，则我想女子应该组织'女子教员会'，互相提携。"从 20 年代初期开始，许多报刊也在密切关注探讨妇女的职业问题，这些观点有主张从女子职业教育入手的，有主张创办"女子共作社"等女子职业组织的，有要求社会向妇女开放一切职业，并同工同酬的。加之 20 年代弥漫于知识界的各种新思潮下的各种社团组织，如属于工读主义的"工读互助团"、属于新村主义的"平民学校"等，也为妇女跨入社会求职提供了一些实验基地。与此同时，各大报刊杂志还大量介绍了欧美各国妇女所从事的职业，有的还配上插图详加说明，这就为知识妇女谋职打开了眼界，提供了帮助。五四运动后，上海等大城市各行业都开始有女职员出现，以医疗、银行、商店、文艺、电讯等部门更为突出。

　　五四时期新文学革命先驱在妇女解放探索的第三个层面体现在文化上，即在思想文化上，提高妇女自身独立自觉的解放意识，摆脱对男性及男权文化的依赖，也即摆脱"天人合一"、"男主外妇主内"、"三纲五常"，"三从四德"、在家从父、出嫁从夫、夫死从子，却从来没有自己独立空间、自我意识的以儒教为核心、男尊女卑的中国传统文化观念的束缚。为此，五四新文学革命先驱们呼唤女性走出男权家庭、解放男权专制思想，呼唤女性独立解放权力意识。周作人发表《人的文学》将女性意识觉醒作为人的觉醒的重要内容组成来表述，在《妇女问题与东方文明等》中强调妇女的解放必须是建立在妇女个体观念的"自觉"之上的，这是妇女摆脱男性束缚的第一步，并指出："我觉得中国妇女运动之不发达实由于女子之缺少自觉。"胡适译介《易卜生主义》，将女性娜拉"健全的个人主义的人生观"介绍给中国妇女，指出女性个性意识觉醒的重要性；鲁迅发表《我之节烈观》抨击封建男权道德专制文化观念的虚伪性；李大钊发表《妇女解放与民主》指出妇女独立解放于整个社会解放的关键性。这样五四新文化先驱们，也是新文学先驱们就在思想文化观念上为女性的独立自觉解放意识奠定了必备的理论思想文化基础。

他们这种在思想文化观念上倡导女性的独立自觉解放意识一方面是通过批驳传统封建男权专制文化观念来进行，另一方面是通过引进西方先进妇女解放思想观，介绍西方女权运动发展现状情况来进行。这样就双线并重、破立结合，使女性思想解放有的放矢，不致落到空处。如周作人在《妇女运动与常识》中，将最能代表西方文化精髓的"知道你自己"译介给中国女性做思想解放的参照："我相信必须个人对自己有了一种了解，才能立定主意去追求正当的人的生活，希腊哲人达勒思的格言道，'知道你自己'，可以说是最好的教训。"胡适引进介绍欧洲的"易卜生个性主义"作为中国妇女解放的参照；吴虞以欧美妇女解放为中国女性作对照，他在《女权平议》中指出"以欧美妇女之趋势证吾国家庭之现象，诚有不忍言者"，"愿通达古今之君子，览世界之大势，勿徒吟咏咀嚼二千年以上之陈言"，从而对中国传统封建的"男主女从"的妇女观发起猛烈攻势。李达在《女子解放论》中指出，世界女子过去一大部分的历史，是被男子征服的历史；如今欧美的男子，知道了女子的本领，承认女子有独立的资格，以男女两性为本位；依中国的国情，比欧美更加有解放女子的必要，为女子的应该知道自己是"人"，为男子的则应顺乎时代潮流，帮助女子实现"人"的解放。

五四时期新文学革命先驱的女权主义思想还体现在对女子教育的重视上。五四新文化先驱们认识到，要最终实现女性的解放必须大力发展女子教育，改变"女子无才便是德"的传统观念。这样就将女性解放推向深入，为女性在教育上与男性获得平等接受教育权力提供了有力的保证，使五四广大女性成为一代新的有文化、受教育的女性，并与男子一同踏入上层文化教育机构，使女性遭到几千年压抑的聪明才智有机会得到彰显。1922 年 11 月 6 日，梁启超在为南京女子师范学校所作《人权与女权》的讲演中强调，人权运动含有三种意味：一是教育上的平等权，二是职业上的平等权，三是政治上的平等权。"若以程序论，我说学第一，业第二，政第三。近来讲女权的人，集中于参政问题，我说是急其所缓缓其所急。""女权运动的真意义，是要女子有痛切的自觉，从智识能力上力争上游，务求与男子立于同等地位。这一着办得到，那么，竞业、参政，都不成问题；办不到，任你搅得海沸尘飞，都是废话。"这样在梁启超等人的倡导下，五四运动以后兴起了一批批各级女子学堂、教会女子大学，以及勤工俭学在内的各类女子教育机构。这可以说都是五四先驱们在共同的女子教育思想指导下所产生的具体教育实践成果。

在五四女子教育问题上，走得更远的是对女子特殊教育的提倡。如梁实秋、马寅初等有识之士进一步将女子的教育从男女平等同化推进到注重女性自身特点、差异的特殊教育。1926年，梁实秋介绍卢梭的女子教育观以给中国女子教育做参照，"卢梭论女子教育是根据于男女的性质与体格的差别而来"，"如其教育是因人而设的，那么女子当然应有女子的教育"。他还进一步指出："男女平等观念影响于近代女子教育趋势者，至大且深，现代女子教育最显著的趋势，就是把女子训练得愈像男子愈好，这真是徒劳而无功的事。"1927年，马寅初在对北京女子学院中学部的讲演中，也从女子具有"爱"、"道德"、"精细"、"节省"等特长讲起，论述了男女差异及与之相关的教育观念，指出："女子自有其所长，自有其特性，正不必强学男子，跟着他跑。"这种根据受教育者其自身不同特点而因势利导、因材施教的教育方法，在世纪初的五四时期，不可不说是见解英明、独到中肯而富有远见卓识，即使在今天看来也仍不失其深远的借鉴意义。

五四时期新文学革命先驱女权主义思想最后一点还体现在其先锋的现代女性爱情意识观念上。五四时期学贯中西的新文学革命先驱们不仅在政治、经济、文化思想、教育等方面为女性的觉醒与独立摇旗呐喊、创刊立说、批旧立新、开拓解放空间，还将女性解放从政治、经济、教育行等构成的物质上的形而下层面推进到文化、情感、精神、心理的形而上层面。对女性爱情意识权力观念的先锋性倡导和重视，就是其典型体现。五四新文学革命先驱们指出女性不仅在经济政治上等方面没有独立的权力与意识；而且在婚姻生活及性文化上，也被剥夺了"做女人"的权力与意识。作为"食色，性也"的传统文化也不过是对于男性的满足而言，女性则是提供其满足的对象。在一个以男性为中心的单性一元化社会里，女人被看作是没有性欲的，女人的性欲是缺失的。这样从最基本的生理生存意识层面而言，女性就被剥夺最基本的生存存在权力，从而使女性生活不是生活在无性的爱，就是生活在无爱的性的反讽性的现实情境中。为了改变突破女性这种性爱分离的现实情境，建立一种性爱合一的文明和谐的女性生活意识，五四先驱们大胆译介、引进了西方外来的先进性爱意识观念来烛照幽冥、洞幽阐微，发人所未发，道人所未道，从而以先进的理念为女性性爱权力意识进行正本清源，彻底肃清男性封建专制文化对妇女身心的钳制。

如周作人为向人们说明女性不仅有性欲，而且是与男人有差异的，女性无论是身体上还是心理上的性欲，都是正当与健康的这一观念，特意翻译引进《贞操论》，介绍蔼理斯的性心理学及西方近代文学中的妇女观。告诫人们要真正尊重妇女，就应把女人也当作有情有欲的正常的"女人"来看待，男女都应如此。真正尊重妇女应从了解女性的性欲求与性心理，了解男女两性的性欲差异开始。可以说在五四传统男权文化尚未完全冰消解冻的时刻，周作人的此种思想是十分前卫和先锋的。周作人甚至对妇女问题中的性问题给予突出的强调。他曾在《谈虎集·北沟沿通信》里中肯地指出："妇女问题的实际只有两件事，即经济的解放与性的解放。""相信在文明世界里，这性的解放实是必要，虽比经济的解放或者要更难也未可知。"他认为男女两性结合的立足点是爱，认为男女生活在一起是需要爱的，而女性也不再是简单的传宗接代的生育机器。"恋爱……是两性间的官能的道德的兴味，一面是性的牵引，一面是人格的牵引。""欲是本能，爱不是本能，却是艺术，即本于本能而加以调节者。"一方面是性的牵引，欲是爱的基础，但它不等于爱，因为欲是本能而爱是艺术。理想的爱应该是灵与肉结合的爱。对于把女性当作传宗接代的生育机器的传统观点，鲁迅也曾给予过尖锐的揭露与批判。鲁迅说中国的妇女只有母性、女儿性却没有妻性，妇女在家庭中一直扮演传宗接代的角色。鲁迅认为妇女的解放就是要恢复她们的妻性，包括满足她们的内在欲望。五四时的浪漫主义者张竞生，也曾在《美的人生观》与《美的社会组织法》中，用女人天性中"爱"与"美"的特性来主导社会，希望建立一种男女两性和谐的"艺术的生活"。在《美的人生观》中，张竞生将法国浪漫主义与性科学引进中国，为人们描画了一幅美丽而生动的两性生活蓝图，其中既有高尚纯洁的观念，也有健康的艺术技巧，这样就不仅为人们重构了一种新型的女性形象，使女性成为自己身体、情感的主人和社会的主角，而且建构了一种灵肉合一的生活图景。

三、现代性视野中两次女权主义运动的历史性比照

综上所述，我们不难看出，虽然这些五四先驱们对妇女解放的思想有各自不同的侧重点，如鲁迅侧重于思想启蒙，李大钊、陈独秀侧重于阶级斗争，周作人偏重于素质教育，张竞生热衷于性学普及等，但是女权主义思想所涵盖的女性现代性思想的各个方面，在五四新文学革命思想内容中都已作为建设具有

现代性国民思想意识的女性思想而得到体现和强调。只是由于中国当时的现实情况和中国文化特点，使中国的现代性问题，尤其是中国女性的现代性问题，有一个本土化的过程，使它在一开始表现为一种宏大叙事话语的民族性、革命性、社会性、阶级性等问题。也即由于当时迅速到来的革命形势，女性解放的主题很快淹没在民族救亡、阶级革命、国家解放的巨大历史洪流中。女性现代性的意识在当时演绎为民族救亡、阶级革命、国家解放，女性解放的意识表达为人民的解放、国家的解放、民族的独立、革命的胜利，女性的现代性话语也被理解为上述的革命话语（女性即是阶级性、国家性、民族性）。女性现代性意识的表达被淹没在"民族—国家"的宏大叙事中。女性意识被压抑在当时的革命形势下，遭到了淡化处理。

在八十年代中后期以及九十年代在我国经济文化发生转型和后现代文化思潮大量涌入的条件下，女性才得以摆脱政治经济文化的重负，开始反思自我、解放自我、重塑自我、实现自我，实现世纪初的解放梦想。也只有在这种经济文化转型的历史条件下，现代性才真正和女性自身直接发生关系，现代性也才从一种体现宏观政治的宏大叙事话语的国家性、民族性、阶级性，转型为一种体现为微观政治的个人性话语的个人化、女性化。它的典型表现就是八十年代中后期女性诗歌的崛起。正是在这种象征微观政治的个人性话语意义上，现代性在此时，才可理解为女性。因此现代性和女性之间的演变关系，即是：现代性—国家性—民族性—革命性—阶级性—女性。也正是在这种意义上，我们说：女性诗歌是现代性的产物。无论是女性诗歌在八十年代的崛起还是在九十年代的转型，它都是现代性思想进一步发展并最终导致的必然结果。站在女性诗歌以身体写作为突破点，愈演愈烈的性写作倾向上，现代性和女性的逻辑关系又可进一步演化推论为：现代性—国家性—民族性—革命性—阶级性—女性—性。因此，站在现代性的意义上，西方女权主义理论在八九十年代中国的走红，是女性现代性意识发展的必然性结果，它是对五四新文学革命传统的跨代回应。同时由于女性诗歌中愈演愈烈的性写作倾向，在性方面登峰造极的抒写，也标志着女性在现代性的问题上，已经走到了尽端，一个只能后退不能前进的尽端，它已经到了英雄末路的时刻。

这样，当我们将两次女权主义运动也即女性解放运动对照来看时，我们就会发现：与世纪初女性解放侧重于婚姻、教育、就业、恋爱上的平等，侧重于争取政治文化思想和人格方面的独立不同，世纪末的女权主义所呼唤的女性解放表现在对女性群体话语权力的争夺，从对社会政治思想层面的认同，发展到文化心理意识层面的认同，从对"民族—国家"的宏大叙事转变为对个人躯体感官欲望的抒写。不同还体现在，五四时期的女性解放是由男性掀起并领导的，而新时期的女性解放则是由女性自身掀起的，它是在后现代大众消费文化时代来临前，作为个人性化话语的一种先锋标志，它是九十年代即将来临的高度个人化、消费化、女性化的时代先声。正是在这种意义上，使高呼女权主义的女性诗歌成为时代的一种先锋写作。因此纵观从世纪初到世纪末的女性解放运动的历史，女性解放的运动经历了"思想、话语到实践"三个阶段。而当我们将五四新文学革命时期就开始呼唤的女权主义放到整个世界妇女解放运动的历史中来对照观看时，发现我国的妇女解放运动所走过的革命历程与世界妇女解放运动革命历程是大体相似一致的。即大致都先从侧重于思想文化启蒙、政治选举、经济、职业、教育等社会政治物质福利方面起步，而后发展到个人精神文化心理等意识欲望层面，即从形而下的物质政治层面开始最终走向形而上文化心理精神层面的诉求。

同时，站在整个五四以来的女性解放运动历程的基点上，我们会发现，八九十年代以来女性诗歌所呼唤的女权主义，并没有超越于五四时期女性解放的基本思想框架，它是对五四新文学革命中碍于当时历史情境而尚未解决的女性现代性问题的一种跨越历史性的回应，是对五四新文学革命中女性现代性思想的一种历史性回溯。在现代性的视野和逻辑推论演变关系中，它们具有一种内在一致性的互动关系。女权主义从五四新文化运动以来即是作为女性现代性的重要标志，因为它是作为建设具有现代性国民意识的女性思想而发端的，而这种现代性的思想内涵主要是参照于西方外来具有现代性思想的先进妇女解放思想观理论。在一定意义上，现代性也就是西方性；现代化也就是西化。从我国两次女权主义思潮的掀起，我们可以看出它们都是在西方现代性妇女解放理论，即女权主义理论的烛照下而酝酿发起的。纵观五四以来的妇女解放运动历史，无论是世纪初的五四妇女解放运动，还是八九十年代借女性诗歌而掀起的女权主义思潮运动，我们不难发现，它们的理论源头都是西方妇女的解放理论，也即是西方女权主义理论影响的产物。只不过是由于不同时期的社会历史革命情境和女性自身的具体现实条件，使两次女权运动的侧重点不同而已。

第二节 九十年代女性诗歌与五四新诗革命：
断裂与重合

一、九十年代女性诗歌与五四新诗革命关系概说

女性诗歌写作在八十年代突起，在九十年代成熟，无论是就其女性自我主体意识的张扬性，还是就艺术表现上高度个人化、散文化的断裂性先锋写作特征而言，都并非凭空而起，而是五四新文学革命传统、新诗革命传统在当代的回声，是当代诗歌对五四新文学革命传统、新诗革命传统一次跨越历史的遥远回应，也是五四新文学传统、新诗革命传统在当代断裂性的延续与重合。

当我们把目光进行回溯性的放远、拉长，考察九十年代女性诗歌在思想内容和文体形式方面的个人化、平民化、散文化先锋写作倾向的历史根源时，我们会发现，九十年代女性诗歌艺术创作的一系列先锋倾向，并没有与五四新诗历史断流，它不是凭空而起，而是五四思想革命和新诗革命要求在当代的断裂性延续。五四思想革命、新诗革命为八九十年代女性诗歌写作提供了思想资源和具体的写作理论资源。在思想方面，女性诗歌写作在内容上体现出的强烈的思想自由解放、性别自我独立意识和诗歌文体上高度个人化、随意化的写作理念是五四思想革命中思想解放、个性自由要求的变异，对男权的反叛亦是五四思想革命反传统要求在当代的重现。在具体诗歌写作形式上，九十年代女性诗歌在文体形式上高度个人化、散文化、口语化、叙事化的先锋试验行为，又是五四新诗革命理论要求在当代的具体实践和重现。五四新诗革命就是要冲破古典诗歌文体形式上的束缚，用口语性质的白话以完全自由的散文化形式来表现解放了的思想情感，这种要求体现在胡适、废名和郭沫若等人的诗论中。胡适的"不拘格律、不拘长短，有什么话做什么诗，诗该怎么做就怎么做"（胡适《谈新诗》），郭沫若的"已成的形式是自由的镣铐，形式方面我主张绝端的自由、绝端的自主"（《三叶集》），废名的"新诗的内容是诗的，而形式是散文的"（废名《谈新诗》），即是新诗文体形式革命理论的核心体现。这种诗歌文体形式革新的要求后来在三十年代的现代派诗歌理念中再次得到重申和实践，然而迫于当时的社会政治历史情境，文学凸现的是强大的意识形态功能，这种诗歌文体革新的现代性要求无法充分实践，而是被压抑下去了。这种被压抑的诗歌文体革新的现代性意识和要求，到了历史转型、后现代主义兴起、意识形

态弱化、大众消费文化来临的八九十年代，就再次彰显出来，它直接导致了八九十年代女性在诗歌文体艺术形式方面的先锋性实验写作。在这个意义上可以说当代女性诗歌写作在艺术形式上的先锋实验是被压抑的五四新诗革命要求在当代的断裂性延续和实践。

二、女性诗歌与五四新诗艺术发展历史规律的比较

如果我们将女性诗歌短暂的艺术发展历程与五四新诗发展做对比，我们会发现，女性诗歌在八九十年代里短暂的思想艺术发展历程体现并遵循了五四以来新诗思想艺术发展传统的历史规律。如果说八十年代中后期女性诗歌更多在思想内容上继承了五四新诗革命反叛传统、崇尚自由的精神，那么九十年代女性诗歌则更多在诗学艺术理念上承续了五四新诗革命的精神。当女性诗歌经历了八十年代性别反叛的激情喧嚣以后，由于它过于注重抒发内心压抑的自白语调以及性写作上的媚俗倾向，它在艺术创作方面暴露了严重的问题。在艺术上显得粗制滥造，极欠艺术技巧的锤炼与规约，一大批诗作或是象日记体的自白，或是简直成了性别政治观念的传声筒。因此，这一阶段的女性诗歌在艺术上明显存在着粗糙、直白的特点。为了摆脱这种性别题材泛滥的写作倾向，女性诗歌在九十年代随着时代社会的转型，迅速从一种面向性别写作转向面向词语的写作、面向诗歌本身的写作。用女诗人翟永明的话说，也即：女性诗歌在九十年代从一种概念的写作进入一种更加技术的写作。如果说八十年代的女性诗歌因侧重于宣泄男权文化传统的压抑而在内容上明显存在着粗糙、直白的特点，那么九十年代的女性诗歌则已告别了性别意识的自白宣泄，进入激情和词语磨合的艺术写作锤炼阶段。因而八十年代的女性诗歌成就更多体现在思想内容上的对性别传统文化的叛逆、对文化心理上获得与男性平等、自由的渴望和要求方面，女性诗歌在九十年代的成就则更多的体现于诗学艺术写作技巧的进步与成熟上。

如果我们将女性诗歌这种在八九十年代所呈现出的不同写作倾向，与五四新诗诞生初期发展的历史情况做对比，我们就会发现二者呈现出了几乎是一致和相似的发展态势。即都是先侧重于思想内容上反传统的表达抒写，忽略艺术技巧的提升，而后侧重于艺术技巧的研习与提升。如在思想内容上，五四新诗在初期侧重的是反对整个封建文化传统，而女性诗歌在起步期是侧重于反对男权文化传统；在艺术方面，五四新诗在诞生的初期，由于急于宣泄、呐喊几千

年封建传统文化的压抑，使它只顾及反抗压抑的自由之情的表达，即通行的狂喊狂叫而无暇顾及艺术创作方面的研习与探讨，这使得五四初期的新诗在艺术创作方面明显存在着粗疏、直露、浅白、不够含蓄的艺术弱点。周作人曾在《扬鞭集·序》中批评新诗初期这种艺术上的弱点，他说：一切作品都像一个玻璃球，晶莹透彻得太厉害了，没有一点儿朦胧，因此也似乎缺少了一种余香与回味。新诗诞生期这种艺术上的明显缺憾甚至导致一批人重新回头做古诗。于是为了摆脱这种艺术上存在的弱点，新诗很快由这种通行直抒的狂喊狂叫性的自由抒写进入到对诗歌外在形式进行艺术性规约、整饬的格律化调整、规范阶段。正是这种在艺术上的不断规约与调整，使新诗由初期胡适、郭沫若等人开创的自由诗派逐步发展到徐志摩、闻一多等人的格律派以及戴望舒等人的象征派、现代派等诗派，从而在艺术创作上把新诗不断推向前进、提升的艺术境地。正如诗人兼评论家朱自清在《新诗的进步》中所认为的，在新诗诞生的第一个十年中，这三派（即自由诗派、格律诗派、象征诗派）是一派比一派强的，因而新诗是在进步着的。由此可见，女性诗歌在短暂的八九十年代的艺术发展态势正在客观上与五四新诗初期的艺术发展情况相吻合。这说明女性诗歌在自身的艺术发展历程上遵循着五四以来的新诗艺术发展历史传统规律。

三、九十年代女性诗歌与五四新诗思想内容风格的比照

女性诗歌在九十年代在思想内容上所呈现出的高度个性化、平民化、大众化、通俗化与社会化特征，在艺术上所呈现出高度个人化、散文化、戏剧化、小说化的综合性艺术写作倾向，亦是五四新诗革命艺术传统的体现和断裂性延续。进入九十年代，随着时代社会转型，女性诗歌在写作上发生了一种转型，即九十年代的女性诗歌已告别了八十年代中后期高昂、单调的性别对抗而进入了一个激情和词语磨合的时期，并在激情和词语的磨合过程中转入对日常生活的散文化抒写和个体内在生命的沉思，从一种面向性别的写作转向面向词语的写作，从过去的集体对抗转向个人化的抒写。这使九十年代的女性诗歌写作呈现出一种表面沉寂而实际上是现代主义与后现代主义共存的多元化写作态势，并成为一种断裂性的时代先锋写作。

从九十年代女性诗歌这种转型趋势可以看出，九十年代女性诗歌写作的转型主要体现在思想内容层面和艺术创作技巧层面上。在思想内容上，即体现为对日常生活的散文化抒写和个体内在生命的沉思。因此，日常生活的转向构成

了九十年代女性诗歌在思想内容维度上的一个重要转向。正是在对日常生活的转向中，九十年代女性诗歌呈现出一种形而下性质的高度平民化、大众化、通俗化与社会化的后现代平面狂欢写作特征（如安琪的《象杜拉斯一样生活》、施伟的《幸福》、尹丽川的《为什么不再舒服一些》等）；而对个体内在生命的沉思则构成了一种形而上维度转向的现代主义深度写作（如王小妮的《活着》、郑玲的《高峰之迷》、徐久梅的《阵痛的城市》等）。这样，无论是对日常生活的形而下转向，还是对个体内在生命意识的形而上转向，都使九十年代女性诗歌在艺术上都呈现出一种高度个人化、散文化的艺术写作倾向。尤其是对人类个体内在生命沉思的形而上现代主义转向，使九十年代的女性诗歌呈现出现代主义诗歌所特有的散文化、戏剧化、小说化的综合性艺术写作倾向。九十年代的女性诗歌也就在这种思想艺术层面转型的同时，实现了艺术写作上现代主义与后现代主义多元共存的个人化写作风格的转型。

从九十年代女性诗歌侧重于对形而下日常生活取材的后现代性平面狂欢写作向度来看，它在思想内容题材的价值取向层面上所体现出的高度平民化、大众化、通俗化与社会化的写作风格倾向，是对五四新文学革命思想、新诗革命思想的断裂性延续与重合。五四新文学革命、新诗革命的一个重要核心思想就是要将文学从过去对封建贵族统治阶级，尤其是对帝王将相的歌功颂德，对才子佳人的吟风弄月、舞文弄墨的陈旧、迂腐桎梏性灵的写作模式套路束缚中解放出来，实现一种具有新鲜生活气息的个性化、平民化、通俗化、社会化的大众化题材风格的文学写作。这种平民化、大众化的诗歌运动在三四十年代诗歌领域中再次掀起。在五四新文学革命中，先有胡适发表《文学改良刍议》批判旧文学，尤其是旧体诗词无病呻吟、因循守旧、模仿古人、桎梏性灵、无真情实感、缺乏个性化色彩的陈腐贵族气息；后有陈独秀在五四新文学革命之初的《文学革命论》中，对平民化、通俗化、大众化、社会化文学启蒙思想进行开宗明义的阐释。

他倡议道：推倒雕琢的阿谀的贵族文学，建设平易的抒情的平民文学；推倒陈腐的铺张的古典文学，建设新鲜的立诚的写实文学；推倒迂晦的艰涩的山林文学，建设明了的通俗的社会文学。这样陈独秀就将平民文学、写实文学、社会文学所构成的"三大主义"作为"文学革命"征战的目标。而同是五四新文学大家和开创者的周作人针对束缚人性的封建贵族旧文学，在1919年1月《每周评论》第5号上发表的《平民文学》指出：平民文学是"研究平民生活——人的生活——人的文学"、"为人生的文学"。这样就将五四时期作为重新发现"人"的手段、助成健全人性发展的新文学，也即周作人所说的"人的文学"进一步具体化为"平民文学"。正是在这种平民文学观念的思想指导下，周作人具体指出平民文学应以通俗的白话语体描写人民大众生活的真实情状，忠实地反映"世间普通男女的悲欢成败"，描写大多数人的"真挚的思想与事实"，"目的是想将平民的生活提高，得到适当的一个地位"。这样，周作人就通过平民文学的具体阐发使他的五四新文学观——"人的文学""为人生的文学"，成为既是建立在个性主义基础之上的，又是建立在以人道主义、人间本位为基础之上的平民化、大众化、通俗化、社会化的文学。

1920 年 1 月茅盾在《小说月报》第 11 月第 1 号上发表的《新旧文学平议之平议》一文中也同样指出：进化的文学是"为平民的非一般特殊阶级的人的"。如果说上述这些平民化理论是侧重于从文学的整体性上来呼吁平民化，那么诗人俞平伯等人则在新诗领域呼应这股平民化思潮。他认为"平民性是诗的主要素质，贵族的色彩是后来加上去的"①，因此诗必须还淳返朴，将诗的本来面目从脂粉堆里显露出来。如果诗失去了平民性这一主要的素质，就会导致诸国的覆亡。因此他主张推翻诗的王国，恢复诗的共和国，努力创造平民化的诗。正是在这种平民化诗潮的倡导下，五四诗坛上涌现了一大批反映普通平民生活的诗作。如胡适的《人力车夫》、刘半农的《相隔一层纸》、沈尹默的《三弦》以及俞平伯的《冬夜》中的一些诗。在这些五四先驱们身体力行的倡导下，五四诗坛掀起了一股平民化的创作诗潮。1921 年 1 月，五四文学研究会在北京成立，它在宣言中宣称："将文艺当作高兴时的游戏或失意时的消遣的时候，现在已经过去了。我们相信文学是一种工作，而且又是于人生很切要的一种工作。"(《文学研究会宣言》、《小说月报》第 12 卷、第 1 号) 在这种文学思想宗旨下，文学研究会强调文学与人生、社会现实的密切关系，重视对现实社会人生的实地观察与写实。这样文学研究会实际上就倡导了一种"为人生而艺术"的平民化的现实主义文学。这就使注重对现实人生社会进行写实主义的平民化文学思潮成为五四新文学的主导思潮，五四新文学革命先驱也就通过这种平民文学思潮的宣扬，在五四一开始，就为新文学奠定了平民化、写实化、通俗化、社会化的基调。

---

① 潘颂德：《中国现代新诗理论批评史》，学林出版社 2002 年版，第 66 页

五四时期对平民主义思想理论进行更为扩大和公开阐释的是李大钊。李大钊在 1923 年发表的《平民主义》一文中最为清楚地阐释了平民主义理论的思想："把政治上、经济上、社会上一切特权阶级，完全打破，使人民全体，都是为社会国家作有益工作的人，不须用政治机关以统治人身，政治机关只是为全体人民属于全体人民而由全体人民执行的事物管理工具。凡具有个性的，不论他是一个团体，是一个地域，是一个民族，是一个个人，都有他的自由领域，不受外来侵犯与干涉，其间全没有统治与服属的关系，只有自由联合的关系。这样的社会，才是平民的社会；在这样的平民的社会里，才有自由平等的个人。"由此可见，这种体现高度个人化、平等性、自由主义精神的平民主义思想是一种最为彻底的平民主义。在这种平等主义思想理论中个人性与社会性因自由性、平等性而获得统一，它与我们今天所崇尚的消解一切二元对立差异、特权等级制的解构主义，在内在精神上是何其相似。

　　如果说，五四时期这种平民主义思想理论的倡导使新文学开创了现实主义的平民化、大众化、通俗化、社会化的文学诗歌风格；那么解构主义思想理论的倡导则使女性诗歌在九十年代实现了一种后现代主义向度的平面化写作的转型，并在这种转型中，使九十年代女性诗歌由于日常生活的转向而再次朝向个性化、平民化、大众化、通俗化、社会化，从而与五四新文学革命、新诗革命所倡导的平民化文学传统在内在思想精神上接轨。正是在这个意义上，九十年代女性诗歌是对五四新文学所创造的平民化文学传统的一次断裂性延续和遥远回应。它与五四新文学革命、新诗革命的主要思想宗旨是一脉继承、暗相吻合的。

　　但是这种延续与回应在承续的同时，又产生了微妙的变异，因而并不完全相同。这种变异体现在五四时期诗歌和文学的个性化、平民化、大众化、通俗化、社会化的风格取向宗旨在于，它要使诗歌文学从传统封建贵族文化所形成桎梏性灵的模式套路束缚中解放出来，表现一种普通平民生活那种富有个性化色彩的新鲜活泼的真情实感；而九十年代女性诗歌在对日常生活后现代性向度的抒写中，所体现出的个人化、平民化、大众化、通俗化、社会化的旨趣则倾向于体现一种对日常物质消费性生活所构成的现实情境的一种顺应和认同性的满足快感。因此前者的个性化是一种充满诗意深度的个人化；后者的个人化是一种非诗意的、平面化的、无深度的、散文性的个人化。并且，前者的审美情趣是积极向上的，有一种隐含的潜在深度希求；后者的审美情趣是消极、媚俗的，是一种与现实的物质消费情境相认同的无深度的平面性欲望性快感的满足。因而前者是属于形而上精神维度的，它是在对平民化现实生活的皈依中获得一种精神和思想的解放，并因这种解放而获得心灵的愉悦与轻松；而后者是属于形而下的物质和欲望维度的，它是在对平民化日常物质消费现实的抒写表现中，反映了一种因欲望在瞬间获得满足而产生一种眩晕性的快感，并因这种眩晕性快感而产生了一种生命中无法承受之轻，又进而因这种精神上的无法承受之轻，产生出一种认同、无奈、低迷、没落、空虚、消极淡漠的心态。

九十年代女性诗歌在日常生活转向的后现代性抒写中，也即在对物欲现实的认同性、平民化写作中，表现的是一种世纪末因时间历史终结而产生的媚俗性的无欲狂欢状态；五四新诗的个人化、平民化、大众化、通俗化、社会化价值取向则体现是一种世纪初的生命伊始、万物复苏、百废待兴、蓬勃向上的青春朝气。虽同是平民化、个人化、大众化、社会化的思想倾向，但由于二者在时间上所处的不同时代，即一个是世纪初，一个是世纪末，因而在诗歌的审美情趣上大相径庭。一个是大众性的、媚俗性的末世狂欢；一个是为大众代言、充满青春奔放朝气的女神那天马行空般的天才抒写。这就是九十年代女性诗歌在承续五四新诗革命传统的同时所产生的变异。

四、九十年代女性诗歌与五四新诗艺术风格的历史比照

九十年代女性诗歌一方面在对日常生活的转向中，实现了一种形而下向度的后现代主义写作，另一方面又对个体内在生命进行追问与沉思，并在追问与沉思中发展了另一种形而上向度的现代主义写作。正是在这种形而上向度的现代主义写作中，九十年代女性诗歌在艺术写作风格上，不但呈现出一种与后现代性向度的平民化写作所共同具有的高度个人化、散文化特征，而且还将戏剧化、小说化因素揉合进诗歌中，从而使九十年代女性诗歌呈现出一种散文化、戏剧化、小说化的多元共存的综合性艺术写作倾向。这样，九十年代女性诗歌就在艺术写作形式上，与五四新诗革命在艺术形式的散文化、个人化、戏剧化、小说化风格理念遥相呼应。如果说九十年代女性诗歌在思想内容上侧重于对第一个十年五四新诗思想内容风格的继承，那么其在艺术形式上则不仅侧重于对第一个十年个人化、口语化、散文化风格的继承，也侧重于对新诗第二个十年戏剧化、小说化艺术风格的承续。

当我们把目光回溯到世纪初的五四新诗革命时期，就会发现：在五四新诗

革命发展的第一个十年中个性化、口语化、散文化的诗学理念得到了突出的张扬和强调。五四新文学革命的一个重要思想宗旨就是要摆脱封建传统文化束缚，创造一种富有个性化、口语化、充满青春气息的白话新文学，而这一思想主张在诗歌方面必然导致新诗散文化局面的出现。这在胡适的《文学改良刍议》、《建设的文学革命论》、刘半农的《我之文学改良观》、陈独秀的《文学革命论》、周作人的《人的文学》、《平民文学》中都有集中表述。如胡适在五四新文学革命一开始，就认定白话是新文学的利器，新文学必须打破古典文学的一切外在形式束缚，从语言文体形式两方面下手进行改革。因为深谙文学历史经验的胡适知道："文学革命的运动，不论古今中外，大概都是从文的形式一方面下手，大概都是先要求语言文字文体的解放。"因此，胡适在《建设的文学革命论》一文中，审时度势地提出要创造一种"文学的国语和国语的文学"，这种国语就是口语性质的白话。而一旦采用口语性质的白话，那么形式自然就相应地获得了解放，成为白话的新文学，因为形式是由语言的性质决定的。所以他在与任叔永的唱和诗中说："诗国革命何自始？要须作诗如作文。"① 这里所谓"作诗如作文"就是指作诗采用散文性的语言，即白话语言，才能创造一种冲破一切旧诗词外在格律束缚的散文化的新诗形式。这就必然使新诗在语言和形式上形成一种散文化的新局面。

这种散文化的语言文体的新诗观念，作为一种革命诗学理念最为集中地体现在胡适的诗学理念体系中。被称为白话诗开山始祖的胡适针对旧诗词在语言、形式上严重束缚新思想、新内容表达的现实，在新诗革命一开始就提出废除旧诗词束缚人的文言和格律形式而解放诗体的主张，并以这一主张为核心思想带头掀起了一场轰轰烈烈的五四新诗革命。这一观点体现在他的《文学改良刍议》、《建设的文学革命论》、《谈新诗》以及与梅光迪、任叔永等人的书信中，尤其在《谈新诗》一文中，他开宗明义指出："形式上的束缚，使精神不能自由发展，使良好的内容不能充分表现。"因此，"若想有一种新内容和新精神，不能不打破那些束缚精神的枷锁镣铐"。只有实现诗体的解放，废除旧体诗词严谨格律的束缚，"丰富的材料，精密的观察，高深的理想，复杂的感情，方才能跑到诗里去"，"五七言八句的律诗决不能容丰富的材料，二十八字的绝句决不能定精密的观察，长短一定的七言五言决不能委婉表达出高深

---

① 吴奔兴等编：《胡适诗话》，四川文艺出版社 1991 年版，第 12～13 页

的理想和复杂的感情"。因此胡适主张新诗不但"打破五言七言的诗体，并且推翻词调曲谱的种种束缚；不拘格律，不拘平仄，不拘长短；有什么题目，做什么诗；诗该怎样做，就怎样做"，并在一主张基础上指出：新文学的语言是白话的，新文学的文体是自由的，是不拘格律的。这样就打破了诗歌外在语言形式上的一切种种束缚而真正实现了诗歌语言文体形式的大解放。胡适的这一主张很快得到了陈独秀、李大钊、俞平伯、刘半农等人的响应和支持。于是一场白话自由诗的新诗革命就这样在胡适的倡导下，轰轰烈烈地拉开了序幕。这种口语性白话自由新诗体的倡导，必然使新诗形成一种散文化的局面。同时也正是在这一白话自由新诗理念的倡导下，才有周作人在《小河》中那自然、清新、隽永的抒怀，才有郭沫若在《女神》中那为时代代言的天马行空、纵情奔放的天才绝唱。

关于新诗的散文化观念在朱自清、废名以及后来的艾青等人都有过进一步的论述和强调，只不过随着新诗发展的不同阶段所强调的侧重点不同而已。他们都或直接或间接地指出过散文化是新诗发展的未来趋势。但他们所指的"散文化"的真正主旨仍在于以散文化的外在自由形式来使真正的诗意得以充分自由的表达与实现。这种"散文化"的真正内涵在于内容和形式的"自由"，也即以一种冒似散文化的自由形式抒写内心那种真正解放了的自由化诗意情怀。这种散文化使诗歌真正冲破了古典诗律的束缚重新回归本体意义。因而，这种散文化的诗歌写作是一种更高难度的诗意写作，散文化的目的是为了造成真正诗意的表达。在这一点上，它和九十年代女性诗歌中那种后现代主义维度上的解构深度、无诗意的散文化平面诗歌写作是不同的。

如废名认为"新诗的内容是诗的，而形式是散文的"（废名《谈新诗》），"内容是诗的"，是对诗歌中诗意因素的强调。朱自清也认同诗的散文化，认为散文化是新诗未来发展的趋势。因为他认为"这个时代是个散文的时代，中国如此，世界也如此"（《新诗杂话、抗战与诗》）。他喜欢宋诗，认为可以"以文为诗"，以议论入诗和说理是诗的散文化的一个要素。但他认为诗的散文化必须有一定的"度"，这个度就是指：诗中可以有散文的句式，也可以有较散文化的自由体，但不能代替"匀称"和"均齐"的诗体，也不能占到比后者更重要的地位。外国诗如此，中国诗也不会例外。这个为的是让诗和散文距离远些（《新诗杂话、诗的形式》）。为了区别诗与散文，朱自清甚至还讨论了诗素的种种问题。后来的诗人艾青也认为"散文是天然的比韵文美"（《诗的散文美》），但他的散文美的目的是为了去掉雕琢华丽的外衣，露出诗的本质的裸体的美。因此，他在"不向任何一种形式跪拜"（《和诗歌爱好者谈诗》）的同时，又反对那种排除了形象思维的散文化的诗。由此可见，新诗的散文化和九十年代女性诗歌中，那种后现代主义维度上的解构深度因而无诗意的散文化平面诗歌写作，在内涵实质上是并不相同的。可以说，在新诗的散文化的诗歌理念中，无论是初期的以胡适为代表的自由诗派，以戴望舒等人为代表的象征派、现代派，还是后来以艾青为代表再次掀起的浪漫主义自由诗派，他们所倡导的诗歌散文化的真正核心目的都在于防止诗意的疏离，与诗歌本体的疏离，而找回和营造一种真正的诗意，从而使诗歌写作成为一种真正永远充满诗意的写作，而不是徒有诗之外表，而无诗之精神。

如果说在五四新诗革命发展的第一个十年中个性化、口语化、散文化的诗学理念得到了突出的张扬和强调，那么在新诗的第二个十年，乃至第三个十年的九叶诗派中，新诗的戏剧化、小说化理念则得到了突出的强调和体现。新诗戏剧化、小说化的探索是从新月诗派开始的，三十年代现代派的后起之秀卞之琳更是将新诗的戏剧化看作是诗歌现代化的重要标志。而九叶诗派则完全将新诗戏剧化当作了自己的行动方案、行动纲领乃至行动目的。袁可嘉有《新诗戏剧化》的专论，穆旦直到"晚年"创作《神的变形》时仍在努力地追求。作为一种诗学理念，诗歌的小说化、戏剧化，尤其是戏剧化的核心宗旨在于，以一种客观性、间接性的表现手段来使诗歌获得一种综合性的创造效果，从而达到一种对外在客观世界表现的最大意识量的获得。具体说，闻一多曾提出：新诗的前途必然是小说戏剧化的论断。他在《文学的历史动向》中说："在这新时代的文学动向中，最值得揣摩的，是新诗的前途。"新诗"除非它真能放弃传统意识，完全洗心革面，重新做起。但那差不多等于说，要把诗做得不象诗了。也对，说得更确切点，不象诗，而象小说、戏剧，至少让它多象点小说戏剧，少象点诗。太多的'诗'的诗，和所谓'纯诗'者，将来恐怕只能以一种类似解嘲与抱歉的姿态，为极少数人存在着"。卞之琳则在新诗戏剧化、小说化诗学理念的指导下，直接创作出了一批如《几个人》、《寒夜》、《酸梅汤》等颇具现代性意味的诗作。在这些诗作里因戏剧化、小说化、口语化、散文化综合地融合在一起，从而有力地实现了新月派对情感进行节制的美学原则，使诗歌中的情感意识得到最大程度的客观化、间接化的综合创造与表现。此外，闻一多的《飞毛腿》、《洗衣歌》，徐志摩的《大帅》、《一条金色的光痕》，方玮德的《海上的声音》，也都在戏剧化、小说化方面收到了同样的效果。

如果说以闻一多为代表的新月派诗人采用戏剧化、小说化的诗歌美学手法目的在于平衡诗歌中那泛滥的情感，那么以袁可嘉为代表的九叶诗人所致力于诗歌的戏剧化则更突出地体现了诗歌现代化的综合性效果。袁可嘉甚至把戏剧化作为实现新诗现代化的一个重要策略。他的新诗戏剧化主要包含五个方面的内容：第一，表现上的客观性与间接性。即"尽量避免直截了当的正面陈述，而以相当的外界事物寄托自己的意志与情感"（《新诗戏剧化》）。第二，戏剧化的诗是包含的诗，即包含戏剧性矛盾对立冲突的诗。其美学观点来源于瑞恰慈的包容诗理论，即认为包容诗能使对立冲突取得平衡，因而最有审美价值。第三，戏剧诗是富有张力的诗。即张力会使诗中各种矛盾因素产生综合的整体效应。第四，行动性是戏剧的一个主要特点。第五，戏剧化的诗要求的是曲线的而非直线的行动。这些概括起来说都是强调表现的客观性与间接性，从而达到一种综合创造的效果。这种用戏剧化、小说化的散文化手段来创造诗歌的综合性效果，在以翟永明为代表的九十年代女性诗歌的现代主义维度的创作中得到再次回应和重现。

以翟永明为代表的九十年代女性诗歌在艺术审美观念上的一个重要变化就是以综合性的叙事取代过去单一自白性的抒情。这样叙事性诗歌语言观念的重大变革使诗歌的功能也发生了相应的变化：即从一种对过去内在单一情感的再现过渡到对外在世界复杂意识的综合性创造与表现，也即从一种主体性诗学发展到一种客体性诗学，诗歌的宗旨从对单一情感的表现转变为对外在客观世界最大意识量的获得。这使诗歌在从传统诗学迈进到现代诗学的同时，也使与叙事相对应的现代派诗歌特有的散文化、戏剧化、小说化的综合性因素走进诗歌，诗歌一方面从侧重于主观情感的直接抒写转变为侧重于对外在客观意识的间接表现，另一方面从传统的单义型走向现代的复义型。而九十年代女性诗歌中最为显著地体现了这种由传统的单一主观抒情向现代的以戏剧性、小说性综合性因素来间接表现的这种诗歌功能转变的是翟永明的诗歌。

翟永明在九十年代创作的《咖啡馆之歌》、《乡村茶馆》、《小酒馆的现场主题》、《祖母的时光》、《脸谱生涯》、《莉莉、女人和琼》、《盲人按摩师》等诗歌中，一个共同突出的特征是诗歌里弥散着浓郁的综合性的戏剧性、小说性的散文化气氛，诗歌中各种因素综合倾轧、彼此推斥离散，又相互吸引勾连，充满了一种小说结构般的张力，甚至这种张力在普通的小说中都不易达到。这种将戏剧性、小说性、散文性因素综合融入一炉的综合性创作，使翟永明对外在复杂客观世界的综合创造表现，实现了一种艾略特所说的现代派诗歌所要求的最大意识量的获得，表现了翟永明在现代派诗歌的创作抒写方面的卓越才能。

翟永明在九十年代的诗论中也多处提及她九十年代以来诗歌创作的一个最大变化即是实现了一种叙事化的客观性、间接性的诗歌表现技法。叙事化的间接表现手法使她成功地摆脱了早期受普拉斯影响的自白语调而形成一种更加成熟的平淡温和的叙事化风格。也即形成一种唐晓渡所说的那种"细微的张力、宁静的语言、不拘一格的形式和题材"的更加成熟的个人化风格。（见唐晓渡《谁是翟永明》）。如她在与臧棣、王艾所作的对话访谈《完成之后又怎样？》一文中曾反复地、清楚地表述过这种观点。这种技法的实现在她将戏剧性、小说性因此综合性的引进诗歌，使叙事性、歌唱性、戏剧性因素融入一炉，从而使异质事物彼此进入诗歌成为可能。翟永明进入九十年代以来创作的几首长诗在结构上都有着浓郁的小说化、戏剧化的结构特征。男性诗人臧棣也曾注意和提到过翟永明进入九十年代以来诗歌的小说化特征，批评家程光炜则更深入地指出：戏剧性历来是翟永明孜孜以求的效果，她心仪于舞台的体验，翟永明在骨子里是极其渴望"表演"的。①

由于戏剧性、小说性、散文性现代派综合性技法的引入，诗歌在释义解读上产生一种晦涩的现象。这进一步导致了对现代解诗学的呼唤及其重现。作为诗人的翟永明深刻地意识到了这一点。她在与臧棣、王艾所作的同一篇对话访谈《完成之后又怎样？》一文中表述道：我认为目前所需要的诗歌批评应该远离那些久已看惯的哥们儿似的捧场批评，或对"潮流"、"主义"回顾总结似的泛泛的批评，而应该老老实实地对诗歌文本做些具体的分析，包括具体到某首诗的细读式批评。② 这种细读式的批评呼吁的就是对诗歌进行一种对话式的现代性的多维释义和解读，从而使诗歌潜在的隐含意义在对话的流动中不断得到扩展和生成。这种对诗歌进行细致解读的重视与呼唤实际也是对我国三十年代以朱光潜等人为代表创立的现代解诗学的一次遥远的回应和重申。

① 程光炜：《不知疲惫的旅行：90年代诗歌综论》，人民文学出版社2000年版，第352页
② 翟永明：《纸上建筑·完成之后又怎样》，东方出版中心1997年版，第247页

由于叙事性语言的变革，诗歌在语言上越来越接近于现实生活的口语，如九十年代的王小妮、翟永明、海男等人都极为重视口语在诗歌写作中的运用，正是叙事性口语化语言的运用使她们在九十年代的诗歌创作中形成了各具特色的个性化风格，促使了她们在九十年代诗歌个体化诗学风格的成熟，从而在客观上加速了九十年代女性诗歌个人化风格的形成。因为，诗歌首先是一种语言的艺术，它所有的外在特征最终都由表层语言的抒写来决定和实现。口语化诗歌写作在九十年代的流行，口语成为诗歌的主导写作语言，和诗歌语言的叙事化变革有着很大的，甚至是直接的关系。由于叙事化诗歌语言观念的变革使戏剧性、歌唱性、小说性、口语性等散文化因素综合走进诗歌，从而使九十年代女性诗歌在迈向现代化的过程中，在客观上必然走向个人化、散文化、边缘化的境地。同时，受后现代学说、解构主义摧毁一切边界、界限观念（包括解构诗与非诗、诗与散文的界限）的影响，九十年代女性诗歌中又存在着一种后现代主义维度的致力于彻底摧毁诗与非诗、诗与散文界限的，也即真正散文化的诗歌（即缺少一个诗意深度的构成）。这样，两种意义上的诗歌创作，即现代主义维度的诗意深度写作与后现代主义维度上的平面化、非诗意、非艺术性的诗歌写作，在客观上和诗歌的外在艺术形式上，造成了九十年代女性诗歌乃至九十年代诗歌的鱼目混珠、真假难辨、多元共存的个人化、散文化写作态势。从而在综合整体意义上，加速了九十年代女性诗歌走向边缘化、散文化的境地。九十年代女性诗歌也通过这两种形式的诗歌创作，即现代主义向度与后现代主义向度的诗歌创作，在思想内容和艺术形式两方面与五四新诗高度个人化、口语化、散文化、戏剧化、小说化的自由诗学革命传统做了一次跨越历史性的回应。在这个意义上，它是对五四新诗革命和新文学革命传统的断裂性延续与重合，并在重合中产生微妙的变异。

第三节　九十年代女性诗歌：革命文学的变异及当代可能性

一、九十年代女性诗歌与五四革命文学传统

九十年代女性诗歌写作实践不仅体现了五四文学革命的思想理念，而且同样延续了五四新文学所创造的革命文学传统，它是五四革命文学传统在当代的

变异。在五四文学革命思想理念的指导下，五四文学摆脱了旧文学陈腐的思想内容、桎梏性灵的艺术形式，建立了以倡导革命，追求平等、解放为主题，以民族救亡、阶级革命、国家解放为宏大叙事模式的革命文学传统。由于五四当时严峻的社会政治革命形势，五四革命所张扬的思想解放、个性解放在当时的历史条件下直接演变为民族的解放、阶级的解放、国家的解放。于是五四新文学确立了革命的基调，开创了革命文学的传统。"革命加恋爱"是当时流行的革命文学题材，世纪初的女性创作亦以之为题材。九十年代的女性诗歌创作从思想内容上看，并没有远离这一文学传统，而是这一传统在当代的变异，这种变异体现在对世纪初女性解放母题的还原和承续。

五四迫于当时特定的历史条件，女性的革命与解放无法真正实现其本体的性别解放、性别革命的意义，只能演绎为国家解放、民族解放、阶级革命。而当所有这一切的"解放和革命"都实现了且经济的发展足以提供基本的写作条件以后，同样被压抑的性别解放与革命的欲望在女权主义浪潮袭击全球、以追求快感为核心的大众消费文化盛行的后现代语境下，就通过写作最初以被人们和自己认为是病态的形式爆发了（"谁能料到我会发育成一种疾病"翟永明《静安庄·第九月》）。这种革命文学的思想题材又从阶级革命、民族革命再次还原为世纪初的性别解放、性别革命。这种性别革命在诗歌写作中表现为侧重于性别意识、性别经验的表现与开掘。与世纪初的革命文学传统不同的是，这一次的女性解放的革命不是侧重于政治思想精神层面，而侧重于身体感官的革命。革命的结果之一是身体写作在八十年代兴起，在九十年代延续并转型；结果之二是女性写作在一定程度上演变为性写作（尤其在小说领域）。

五四时期妇女解放的先驱周作人在《谈虎集·北沟沿通信》中认为：妇女问题的实际只有两件事，即经济的解放与性的解放，在文明世界里，这性的解放实是必要，虽比经济的解放或者更难也未可知。在距离五四半个多世纪以后的今天，妇女在经济上早已获得了解放，而在性方面却依然存在问题。于是在政治和平和经济高速发展时期的八九十年代，尤其是九十年代，女性解放革命的最后一场战役必然在身体领域内进行。身体成了女性革命的主要内容。这就是发端于八十年代中后期的女性诗歌为什么以身体写作作为逻辑起点的原因。因为在任何时代，文学尤其是诗歌都是社会变革的先锋话语。在这个意义上，女性诗歌的崛起是时代即将步入一个感性解放主义高涨的女性化、消费化、个人化时代的精神征兆。如果说，八十年代女性诗歌最初的身体写作是带有强烈的性别政治含义，那么九十年代的女性诗歌中的身体写作则已消解了性别对抗的政治含义，而融入世界范围内感性解放的革命潮流，转变为一种躯体感官解放革命的意义。

正是这种感性解放革命的意义使五四以来奠定的革命文学传统在九十年代女性诗歌的身体写作中，再次得到了一种回应，这种回应表现为一种变异性的延续。女性解放革命在完成了现代性宏大话语的民族解放、阶级解放、国家解放、经济解放的政治历史革命使命，终于回转还原到女性自身的性别解放的革命含义。这样，女性、现代性、革命性终于在女性自身性别解放的身体现代性问题上获得了统一，并在这种统一中，体现了革命文学在当代延续、变异及其发展的可能性和可能样态。然而回顾世纪初的女性解放革命，女性这种自身身体解放的现代性革命却经历了近半个多世纪的历程，经由了"现代性—国家性—民族性—阶级性—经济性—个人性—女性—性"的漫长道路，直至高度个人化、消费化、女性化的九十年代才得以实现，女性现代性革命不可谓不任重道远，也不能不令人长叹和深思。女性化和现代化在中国的本土化过程，因中国的文化特点和特殊国情而在时间上显得是何其漫长曲折。正是这种漫长性和曲折性，女性诗歌才在八十年代兴起，在九十年代转型，从而使革命文学传统得以在当代延续，并在延续中产生变异，体现了革命文学在当代发展的可能性。这种可能性，也即体现在一种变异性上。

二、女性诗歌与身体美学革命风暴

女性诗歌起步于性别意识的觉醒，性别意识的觉醒使她们认识到：虽然随着国家、民族的解放、社会主义制度的建立，女性在政治、经济、教育和工作职业等方面摆脱了性别歧视所造成的压抑而获得了平等，但是在深层的无意识文化心理、精神意识观念上，尤其是性爱观念上，女性仍然笼罩在男权传统意识观念的无形压抑之下。也就是说，女性意识到：在政治、经济、教育和工作职业等方面的平等，她们获得的只是一种社会化的主体认同，而作为一种存在天然性别差异的主体，她们更细致、更深层的生理、心理差异并没有获得主体性的权力认同。它主要表现为在真正正常人性意义上，女性欲望化身体的缺失。也就是说，女性的身体只是一具社会化的躯干，而不是充满性别欲望的身体，身体的欲望属性被政治等社会化含义剥夺了。这等于说，女性在身体的含义上，并没有一个真正主体性的自我，这构成了新时期女性的精神焦虑。这种寻找真正主体性自我的精神焦虑话语，典型地体现在女诗人陆忆敏的诗歌《美国妇女杂志》中：

美国妇女杂志

从此窗望出去
你知道　应有尽有
无花的树下，你看看
那群生动的人

把发辫绕上右鬓的
把头发披覆脸颊的
目光板直的　或讥诮的女士
你认认那群人　一个一个

谁曾经是我
谁是我的一天，一个秋天的日子
谁是我的一个春天和几个春天
谁？谁曾经是我

我们不时地倒向尘埃或奔来奔去
翻着词典，翻到死亡这一页
我们剪贴这个词　刺绣这个字眼
拆开它的九个笔划又装上
人们看着这场忙碌
看了几个世纪了
他们夸我们干得好，勇敢，镇定
他们就这样描述

你认认那群人
谁曾经是我
我站在你跟前
已洗手不干

——原载《他们》第一辑，1985 年 3 月

这首诗通过反复地追问"谁曾经是我"表达了一种对真正主体性自我的诉求，而这种真正主体性的自我，很快就被新时期的女性转化为一种身体主体性含义自我的寻求与建构。为了摆脱这种"谁曾经是我"的微妙心理精神压抑所造成的焦虑，在身体维度的含义上，重新建构真正的女性自我主体意识，新时期女性终于在改革开放后，经济、政治稳步发展的八十年代中后期，以身体写作的话语修辞方式，大胆而迫切地喊出了女性内心反抗男权传统意识压抑的焦虑话语，这就是以女性化时代的先锋歌者——翟永明以身体写作为逻辑开端的组诗《女人》，尤其是其中《独白》为代表的一批女性诗人及其女性诗歌的崛起。身体在女性诗歌中就这样承载了女性自我主体意识建构的话语焦虑，以前所未有的勇气，鲜亮亮地登场了，女诗人翟永明也就这样以 1984 年组诗《女人》及其序言《女性诗歌和黑夜意识》的发表，照亮了女性最后一角黑暗的夜空，开启了女性现代性身体美学写作的先河，宣告了女性诗歌的诞生和女性意识的觉醒，并以诗人翟永明的"黑夜意识"刮起了女性意识的黑色旋风和身体美学革命的风暴。一大批女诗人使用黑色意象，创作出具有强烈性别主体意识的身体写作诗作。在这些诗作中不仅有"充满情欲的奋不顾身的冲锋／妄想摧毁界限的行动"（伊蕾《独身女人的卧室》），而且有较为清晰的女性理念，如"爱你，是为了我活下去"（翟永明《绝对爱情》），"能制作的人，才是真正了不起"（王小妮《应该做一个制作者》），"迎接你，即使遍体绿叶碎为污泥"（伊蕾《绿树对暴风雨的迎接》），因为"我认为碎片就是永生"（伊蕾《三月的永生》）。女性自我的主体意识就这样通过诗歌写作，通过寻找那个丢失了的身体而确立起来。它通过对自身被遮蔽状态的觉悟，通过对男权意识的批判，解构男性话语，建构女性话语，对女性的自身形象、性别主体重新进行了阐释和建构。

八九十年代女性诗歌写作就是通过这种对身体的叙事修辞，来表达她们鲜明的性别主体意识、性别经验，寻找那个在身体意义上丢失了的自我，进而完成对男性诗歌写作美学传统的颠覆与批判及对女性性别和生命本身的反思与质疑。其中翟永明、伊蕾、唐亚平等是女性诗歌的早期代表者，三人在其诗歌身体写作中表现出不同的气质风格。翟永明以自身的柔弱对女性命运沉思之后表现出无奈的认同；唐亚平以让女性生命逃离规范来表现其反抗；伊蕾则是在冷静的思考后却是热烈的呼唤和奋力的挣扎，她既有翟永明对女性命运的深切体

验，又有唐亚平式的愤世嫉俗，但更多的是一个现代知识女性压抑的痛苦和解放的渴望。翟永明在诗艺上的一些独到之处（如对内心经验的深入开掘，对激情的有节奏的控制，对词语富于直觉的敏悟力和分寸感，将戏剧、叙事、反讽、戏仿等多种因素融于诗歌中，增强了诗歌的张力和综合表现素质）以及在诗艺上不断求索，使她走在同行女诗人的前列，在写作上达到了同辈诗人难以企及的高度，大大提高了女性诗歌写作的素质。翟永明不仅代表了女性诗歌写作可能达到的高度，而且可以代表整个九十年代诗歌写作水平。透过她的诗作我们不仅可以窥视到处在转型期的人们在思想意识和价值观念等方面所发生的变化，而且可以窥视到九十年代变换了的诗歌风貌与特征，可以说翟永明是当代诗歌的关键词。

当然，身体写作之所以成为女性诗歌写作的一个重要突破口，还由于女性诗人们深受西方女权主义理论的影响。以理性为代表的传统男权统治通过笛卡尔的精神对肉体的二元对立式的压抑来实现男性优势地位的确立，因此抒写身体就成为东西方女性解构男性传统，反对二元对立、反对形而上的一项重要写作策略。女性主义者认为：身体和快乐的修辞，可以以高度戏剧化的方式，揭露和反抗现代西方文化中占据优势地位的主体、升华、理念诸如此类的概念。福柯的"身体政治权力学说"、埃莱娜·西苏的"阴性书写"、凯特·米勒特的"性政治"学说等西方女权主义理论都直接为女性诗歌的身体写作提供理论资源，所以女性诗歌写作中涌现出大量的身体修辞学。这在翟永明、伊蕾、唐亚平的诗作中都有体现。这也是女性诗歌写作在初期招致苛责的一个重要原因。同时女性诗歌中性别意识、性别经验的抒写也是女性作为个体生命意识觉醒、要求获得重视和尊重的一种表现。但是九十年代的女性诗歌中的身体写作已伴随着大众化、消费化、个人化、女性化时代的到来，从这种性别对抗性含义的政治意识形态性质的身体写作转变为一种消费文化性质的注重快感欲望宣泄的平面青春写作。

应该说，女性诗歌中这种大胆的，前所未有的以身体写作作为展开女性自我主体意识建构话语逻辑开端的革命性方式，在女性诗歌崛起的初期乃至到九十年代初的很长一段时间里，都不能获得相应的认同，遭到了甚至是来自同性别的非议和批评。如女性诗歌刚刚崛起的时期，只有少数的如唐晓渡等及时回应给予高度肯定与认同，并敏感地指出这一现象崛起的特殊社会意义与诗歌史价值。其他响应者则寥寥无几，而更多遭到的是苛责与批评。如王小婵、蓝贝的《不要忘了诗的使命——关于部分青年女诗人"性诗歌"的对话》（《诗刊》1990 年第 1 期），对自称是"黄色罪犯"的伊蕾、唐亚平、翟永明诗歌中充满情欲和性意识的身体写作进行了批评，认为这种过分暴露的身体写作是一种诗歌审美艺术观念的堕落，会在艺术上走向绝路。任桂秋在《也谈女性诗歌——兼与曹纪祖议伊蕾黝黑的水》（《星星》1990 年第 3 期）中也对以伊蕾为代表的女性诗歌中的身体写作提出婉转批评，指出："二十世纪的中国女性诗歌，当以充满理性和智性的精神探索，在呼唤人格的意义上开发出自由而健康的女性自身，为了中国女性哀痛的昨天和不应再哀痛的今天与明天，在西绪弗斯式的足迹之端，再把石推高一点再高一点。"同时，陈慧则等在九十年代的《诗刊》上连续发文"关于先锋派的沉思之一二三"指责先锋派与后现代派写作的种种弊端，对女性诗歌中的身体写作进行批判。其他诗歌刊物如《星星》《诗歌报》《诗选刊》等也相继展开了关于传统与现代、后现代主义与先锋派的讨论，对女性诗歌进行批评。

无论批评、指责的风暴怎样强烈，女性诗歌中的身体写作革命风暴，因为顺应了世界范围内感性解放革命的潮流，顺应了九十年代即将而来的大众消费文化时代日常生活美学盛行、身体美学盛行的大趋势，而在一片苛责声中顽强地挺立起来，由最初二、三位诗人的先锋写作演变为九十年代的全民狂欢的平面性大众化青春快感性写作（如尹丽川、贾薇等九十年代女性诗人的身体写作），由最初的诗歌领域里的先锋写作迅及推演到九十年代小说领域里的火爆身体抒写。这样由身体写作所掀起的身体美学热，就由最初诗歌领域里的星星之火发展到九十年代整个文学领域、日常生活领域、商业、体育、IT 科技等文化领域里的燎原大火。九十年代小说领域里美女作家们掀起愈益新奇、花样翻新的身体写作，日常消费生活中电视广告节目里的美女身体画面的相伴助销，车展的美女香车秀，体育竞赛节目里足球宝贝们的热舞助兴表演，新兴科技产品如手机、电脑等商业、科技电讯产品问世时明星美女们的形象代言，都无不拿身体做文章、做点缀、做幌子。虽然，在九十年代商业化、消费化、物欲化的时代里，身体美学中的身体已经越来越变性并和欲望、消费、狂欢等商业诡计合谋在一起；但无论怎样，这些活动都给那曾经禁闭的、谈虎色变的身体带来空前的解放，人们可以在日常生活审美化的现代性名义下，身体美学的现代性名义下，对身体进行一种诗意性、文学性，甚至是搞笑性、亵渎性、戏谑性、嘲弄性的解放性视觉阅读。这样伴随着对身体的利用、搞笑、亵渎、戏谑、嘲弄，身体的神秘性乃至政治社会文化的神圣性就在这种亵渎、戏谑、嘲弄中被颠覆和解构了，身体的政治神圣性、社会文化禁闭性也就在这种由搞笑、亵渎、戏谑、嘲弄所构成的颠覆和解构中获得了真正的解放。可见，由女性诗歌掀起的女性身体解放革命风暴的自我身体救赎路途充满了戏剧性、悖论性和反讽性。

三、九十年代女性诗歌和革命文学传统：从民族国家革命、阶级革命到身体/话语革命

如果说在革命战争年代，革命文学题材的典型模式是"革命加恋爱"，那么，在政治和平、经济高速发展的后革命时代——九十年代，作为革命文学题材变异的女性诗歌的典型则体现为日常生活美学革命话语模式，尤其是日常生活美学革命话语中的"身体话语"模式，也即"身体加话语"模式。它体现为女性诗歌中对身体感官的抒写和不断变异、富有意味的话语喧嚣。我们在八十年代中后期和九十年代女性诗歌的身体写作中，也即在翟永明、唐亚平、伊蕾和九十年代尹丽川、贾薇、海男等人的诗歌中，都会看到典型的"身体加话语"的诗歌写作模式。因此，如果说过去革命文学中的革命是指民族革命、国家革命、阶级革命，那么后工业时代，作为革命文学代表的女性诗歌的革命指的则是由身体革命、欲望革命构成的感性革命和喧嚣不息的话语革命。如果"革命加恋爱"标示的政治模式是宏观阶级斗争政治，那么"身体加话语"暗示的政治模式是由身体政治与话语政治构成的微观性别政治、微观欲望政治。这无论在八十年代女性诗歌的身体写作中，还是在九十年代女性诗歌中身体写作的转型与变异上，都得到最为雄辩有力的说明。女性诗歌，也就通过这种变异了的革命题材模式，即"身体加话语"的诗歌写作模式，以充满性别政治权力欲望和原始感官性爱欲望的身体抒写和话语叙事策略来完成对革命文学的创造性继承。

如果说八十年代女性诗歌主要是侧重于对身体欲望以直接性抒写的手段，也即以普拉斯似的自白语调风格抒写来实现一种微观意义的性别政治，那么九十年代女性诗歌似乎更侧重于对身体话语的策略性运用来实现现实中依然存在着的女性性别政治，虽然性别政治对抗在九十年代女性诗歌写作中已不是重点。这也是九十年代女性诗歌在整体宏观上，从一种面向性别的写作转向面向词语写作的原因之一。也就是说九十年代的女性诗歌中的身体写作更加注重话

语的修辞技巧，使"身体加话语"的写作模式从普拉斯式的直白的性别政治对抗宣泄倾向于身体话语政治的技巧锤炼。简而言之，就是使"身体加话语"的写作模式从"身体"政治的重心转移到"话语"政治的中心。这从九十年代女性诗歌刊物《翼》的创刊可窥见一斑。因为，女性通过身体写作来完成的女性主体意识的觉醒与确立必将导致女性话语理论意识的确立与建构。后现代女权主义在自身的思考和实践中，加之福柯、德里达影响，深刻地认识到：语言是等级制的表现和压抑的根源，主体和权力是话语建构的产物。反抗父权制，就要首先反抗父权制的语言，要真正颠覆男权中心的意识形态的统治，必须建构女性话语。于是诗歌写作就成了反抗性别压抑，建构女性话语的重要手段。

正是在这样的指导思想下，一份专门的女性诗歌同仁刊物《翼》在1998年由女诗人周瓒和翟永明在北京创刊。《翼》注重通过提高女性诗歌词语修辞写作技巧的策略手段来张扬女性意识，反抗性别歧视，培养女性诗人，提升女性艺术素质与综合素质。创刊人周瓒在《翼》的创刊号的前言中，这样对创刊的宗旨进行表述："女性写作，首先是写作行为的确认，是写作力量的汇聚和增强的意识，是把为女性传达她内在的、深切的生命经验与精神向往视为旨归的努力。女性写作，以一种'策略化的本质'（斯皮瓦克语）立场，关注不仅仅由于生理，而且更是由于社会历史和文化所塑就的性别差异及其对女性心理和创造历程的影响，继而达到对包括性别差异在内的文化反思与批判之目的。"因此，《翼》的创刊是女性对话语理论策略重视和强调的结果，将进一步推动女性意识的弘扬和女性境界的提升。

这种侧重于话语理论策略来建构和提高女性的自我主体意识表现为：如果说在八十年代女性诗歌是通过对身体话语中性别政治的张扬来表达男权传统文化的反叛，那么九十年代女性诗歌中的身体话语写作则通过尽力抑制和消除其中性别政治的含义，来表明女性在现实的性别政治中已基本取得胜利。因而，九十年代女性诗歌中延续下来的身体话语写作已从八十年代中后期那种性别对抗政治含义的深度写作，转型为一种平面性质的追求感性本能欲望快感的青春写作。所以九十年代女性诗歌中的身体写作已不再是狭隘的性别政治含义，而是一种与世界范围内感性解放潮流相呼应的平面感官欲望身体写作。它是后革命时代与机器、机械技术主义相对抗的感性革命、身体革命的精神象征。这种感性解放革命意义上的身体写作是在大众消费文化时代，对机器、电子、媒介等高科技技术对人造成异化的一种革命策略性的抵抗。也就是说，九十年代的女性诗歌中的身体写作话语已从狭隘的性别政治对抗含义扩大发展到与男性并肩比齐地去共同对抗技术主义时代，那愈益严重的技术主义、工具理性主义对我们整个人类感性造成迅速异化的严峻现实（当然，九十年代女性诗歌中存在着的那种纯粹迎合市场文化消费性质的、物欲泛滥的感官写作应该另当别论）。

如果，身体在过去由于种种原因而遭受了历史压抑，如在国家革命时，它是革命的本钱、枪杆；在经济建设时期，它是经济学里的生产力；那么到了政治和平、经济解放的的九十年代的大众消费文化时代里，身体的含义就要重新抒写，加载在身体上的种种政治诉求和非法、非人性的含义，包括无论是宏观的阶级斗争含义还是微观的性别政治含义，在现代性的名义下，就都要一一被解构，摆脱种种政治含义，还原到它本来非历史化的最初人性的含义上，即还原到它最初的性爱欲望意义诉求的层面，这就是当代身体欲望革命的内在原因。身体的非人化历史必然在政治意识形态解构的时代遭到一场彻底的清算，这就是女性诗歌为何在八十年代中后期以身体写作的性别政治含义崛起，而在九十年代又以身体写作的去性化和平面感官欲望抒写而转型的原因。

由于身体在社会政治、经济、文化、生活中，承载、影射这样重重的革命政治含义，因此身体在我们的社会中，一再被利用并随时被赋予不同的含义。尤其是对女性而言的性别政治含义，和对整个人类来说的感性生命象征的巨大含义，使得身体在女性诗歌中最初的性别政治革命的含义演变发展到九十年代女性诗歌中象征后革命时代感性解放革命的含义，并以这种革命含义的逻辑演变而推动女性诗歌在八十年代崛起，在九十年代转型。也就是说身体与女性、与现代性、与女性自我意识的确立之间，在现代性的含义上，存在着一种逻辑上的内在互动性关系。正是这种现代性赋予的逻辑上的内在互动性关系，使女性诗歌从八十年代诞生到九十年代转型；从八十年代标举性别政治革命的身体写作演变到九十年代感官欲望革命的身体写作，并以这种感官欲望的身体写作完成对五四革命文学的创造性继承，使革命文学在当代得以变异性的延续发展。

实际上，转型以后的九十年代女性诗歌中的身体写作，是以身体写作的感性维度含义体现了女性化对物化、技术化时代的抵御。时代愈物化、愈技术化、愈理性化，文化就愈女性化、感性化，它是现代性文明自身滋生的一种有力的抵抗性反思性因素，以保证人类社会的和谐发展。它是作为对物化、技术化、理性化时代的一种平衡冲突的因素，或说是一种制衡力量。马尔库塞的感性解放，艺术作为一种拯救方式，阿多尔诺的艺术作为一种否定性因素同物质文明激进对抗，都是在此一含义维度上展开理解。在这个物质文明高度鼎盛，技术主义甚嚣尘上，人高度理性化、机械化的时代里，在四肢感官、感觉严重格式化的时代里，人，除了身体最原初的欲望，最原初的直觉，还剩下了什么？还有什么可以和物质、机械化相抗衡？所以，越是在机械物质文明高度发达，人面临被物化、异化、符号化的时刻，身体的欲望、性爱、各种感官解放的诉求就越强烈。它是反抗异化、压抑、机器暴政的一种方式，它表现了人性在机械机器面前的可怜和脆弱。人性，已经从它那与生俱来的诗意的丰富性向度被挤压到了只剩下性的可怜地步。这是一种可怕的倒退，但它和人类初始意义——为了繁衍种族意义上的性已经不同，这是人作为一种追求人的真实体验——作为人的惟一真实能体验到人的感性意义上的性，也是人类对未来对自身一种失望乃至绝望的象征。它是可怜的脆弱的象征。因为在高度物化的社会里，还有什么人的体验不可以被机器物质取代呢？大众传媒高度发达的社会里，媒介代替了人的直接体验，消解人的体验的直接性，媒介已成为身体的延伸（麦克卢汉）。我们正面临的这场媒介革命，既是一场技术革命，又是一场消解自身的革命。因此，在这个时期出现的女性文化，女性解放，它直接指向的身体革命，这场文化意义上的身体革命，必然是从女性主义的身体写作开始。身体写作不仅是一场文学思潮，它终将指向一种社会文化思潮。这种文化思潮要形成氛围，必然要经过一个文化生产阶段，塑造思想——行为艺术的出现才标志文化生产建构的最终完成。

因此，文明是从这里开始，也终将从这里结束；从对身体的抑制上演，也终将从对身体的解放而谢幕。这难道是历史对号称人类文明的反讽吗？它让我们在历史面前，在当代文化身体盛宴面前，充满了对人类文明自身的无尽反思，历史和文明也就这样在对身体的反思中宣告了自身的终结。因为，身体就是最初没有被符号文明异化的我们，自从进入文明，我们那个充满原始感性的身体就已丢失了，丢失在各种理性符号所构筑的人类话语文明历史中，只剩下了一个充满肉欲和理性空壳的我们。我们的身体被各种各样的文字符号和革命政治含义所书写，成了一架被阉割的、没有灵魂的躯干符号，它已被异化得哑然无声。这具被阉割的躯干，只有在九十年代这个充分女性化、消费文化时代里，借着感性解放的革命名义，乘着女性化浪潮的东风，才有可能在诗歌和文学所营造的诗意书写氛围中，和诗歌一起、和女性一起，踏上归乡的路。因此，我们需要女性诗歌，需要女性诗歌对身体最充满诗意的抒写，而不是性别政治含义的革命演绎。我们需要在女性诗歌对身体最充满诗意的书写中回去，回到我们那个最初的源头，世界开始的地方，揭开历史的面纱，重温那个没有遭受革命暴政的身体。在那里，身体应该充满了原始纯洁的爱；在那里，女性、身体和语言将在诗歌的世界中，最终合而为一，并在合一中感受世界由女性化那诗意的抒写所带来的身体的温馨与纯洁。

然而另一方面，我们必须指出，在当代女性诗歌中，女性诗人们尽管已经经过了卓绝的努力，尽力使女性、语言、身体在诗歌的抒写中合而为一，但是我们至今还没有大面积地看到令人满意的那种真正对身体充满诗意的女性化抒写，也就是说当代女性诗人们在真正诗性维度的意义上使身体、语言、女性和诗歌融而为一这一点上，还没有形成一种群体性的写作效果。因此我们只能说，期待是绝对必要的。同时，在运用身体美学来进行身体写作方面，我们还必须发出的警惕是：尽管身体已从革命的本钱、枪杆，阶级斗争的工具，战场上杀人的武器，经济学里的生产力中解脱出来。但是，我们却也要防止那种借着今天时尚流行的日常消费美学、身体美学的热潮，使身体从过去年代里的革命的本钱、枪杆，阶级斗争的工具，战场上杀人的武器，经济学里的生产力，转化为我们自身欲望的奴隶。也就是说，我们要在对身体还原它感性功能的同时，还需要对它进行理性的节制和诗意的呵护，否则，很难摆脱身体对自身的奴役，而使它沦为我们自身欲望的奴隶。因此，当代女性诗歌中的身体写作要适度，在保持对身体感性诗意抒写激情的同时，必须始终进进理性的反思。革命的变异、创新固然是必要的，但是任何革命都是有极限的。只有在限度之内，体现真正自由的美才会呈现并存在。

结语

断裂、转型与分化

进入九十年代，女性诗歌无疑已经削弱了八十年代中后期那种激烈的性别对抗色彩，而发生一种深刻的断裂，实现了一种全面的转型。这就是：九十年代的女性诗歌已告别了八十年代中后期高昂、单调的性别对抗而进入了一个激情和词语磨合的时期，叙事开始取代抒情而成为诗歌的主要表达手段，同时在激情和词语的磨合过程中，转入对日常生活的散文化抒写和个体内在生命的沉思；从一种面向性别的写作，转向面向词语的写作；从过去的集体对抗转向个人化的抒写。九十年代的女性诗歌写作呈现出一种表面沉寂而实际上是现代主义与后现代主义共存的综合性、多元化写作态势。

女性诗歌在九十年代的转型，无疑与九十年代大众消费文化的特定时代文化背景有着直接关系。进入九十年代，中国市场经济高速发展，经济的发展必然引起文化、政治、思想方面的一系列变迁，同时西方后现代主义文化思潮介入，这样就使中国在经济文化思想上呈现出一种急剧的后现代主义转型，历史开始进入一种以后现代主义为核心的大众消费文化时代。急剧的历史转型导致了许多社会领域的变迁，迅速到来的大众消费文化引起了人们尤其是女性在社会心理、思想价值观念、行为方式以及诗歌理念等方面的现代性冲突与变化。这些社会心理、思想价值观念、行为方式以及诗歌理念等方面的冲突与变化又必然在时代精神生活的窗口——诗歌创作上得到最为集中、鲜明的反映和投射。这就是九十年代女性诗歌发生断裂性先锋转型的直接原因。

九十年代女性诗歌发生断裂性转型从根本上说是现代性因素导致的必然结果。这是因为现代性和国家性、民族性、阶级性、消费性、个人性、女性之间存在着一种逻辑上的内在互动性的关系。由于中国的特殊国情，现代性在中国首先呈现为国家性、民族性、阶级性的宏观革命叙事话语。只有到了国家民族革命解放事业完成、政治阶级斗争结束、商品经济发展、政治重心转移、大众消费文化来临的八九十年代，现代性才从国家性、民族性、阶级性的宏观革命叙事话语转变为一种体现个人性、消费性的微观叙事话语而与女性自身发生联系。这就使以身体写作为标志的女性诗歌的崛起，因此女性诗歌是女性话语崛起的标志。所以，女性与现代性之间的话语演绎逻辑就是现代性—国家性、民族性、阶级性—消费性—个人性—女性。但是随着现代性的进一步发展，随着大众消费文化时代的正式来临，时代开始转型，女性在九十年代放弃了与男性的对抗而将目光投入广阔的日常生活，并在对日常生活审美呈现的同时展开对个体内在生命的沉思，从而使九十年代的女性诗歌写作发生了一种断裂性质的转型，摆脱了单一的性别对抗，呈现为一种多元化的写作态势。即一方面呈现为一种形而下的后现代主义平面狂欢性媚俗写作；一方面呈现为一种形而上的现代主义深度写作，进而走上了一条综合性的美学道路。

由此可见，现代性与女性的直接相遇产生了女性诗歌，而现代性的进一步发展，即由现代性理念所直接导致的以后现代主义为核心的大众消费文化时代的来临则又使得女性诗歌写作在九十年代呈现出一种深刻的断裂与转型，使九十年代女性诗歌在美学上呈现出一种追求有别、倾向不同、尺度不一、斑驳错杂、差异丛生的以后现代主义为主，兼有现代主义与后现代主义倾向的综合性、多元化美学写作态势。所以现代性与女性相遇的结果不仅产生了美丽奇异的女性诗歌，而且在根本上促使了女性诗歌写作在九十年代的进一步发展、深化与转型。现代性是使女性诗歌诞生和转型的根本因素，而由现代性导致的九十年代以后现代主义为核心的大众消费文化时代的到来，则是女性诗歌在九十年代转型的直接因素。

因此，正是在九十年代这种现代性导致的以后现代主义为核心的大众消费文化时代的来临所造成的一个消费化、个人化、女性化的时代语境里，女性诗歌写作在九十年代才会发生断裂与转型：叙事才会取代抒情而成为九十年代现代性的先锋诗歌理念；个人化才会成为九十年代女性诗歌乃至九十年代诗歌的主导写作倾向；日常生活才会成为消费时代的美学观念而得以审美的呈现。也正是在九十年代这种特殊的时代转型语境里，作为诗人的个体，翟永明才会从面向性别的写作转向面向词语的写作，宣布只将作品献给无限的少数人；王小妮才会要重新做一个诗人，宣布只为自己的心情做一个诗人；尹丽川才会以学院的出身而写出极端个人化而惊世骇俗的作品。

纵观九十年代女性诗歌写作整个历程，我们会发现九十年代女性诗歌写作在艺术上大致完成了从后现代的词语游戏到现代生命艺术的超越，在思想轨迹上呈现一种从性别超越到心灵回归的趋势。安琪、翟永明、王小妮、尹丽川、蓝蓝等人诗作的共同抒写变化轨迹都典型地体现了这种变化趋势。当我们对九十年代女性诗歌进行多维视角的观照，也即将其放在九十年代诗歌和五四新文学革命传统、新诗革命传统中进行观照时，我们会发现它与五四新文学革命传统、新诗革命传统以及九十年代诗歌之间呈现为一种断裂与重合、延续与变异以及从先锋到边缘的关系。九十年代女性诗歌是对五四新文学革命传统的一次遥远回应，是五四新文学革命传统在当代的回声，是革命文学在当代的变异。如果说过去革命文学表现的是民族国家革命、阶级斗争革命，那么九十年代女性诗歌作为对革命文学传统的继承与变异表现的则是性别政治革命、身体革命、欲望革命和话语革命。正是在这种对身体革命、欲望革命的抒写表现中使九十年代女性诗歌既完成了对五四新文学革命传统的历史创造性继承，又准确、生动地体现了九十年代特有的时代精神生活风貌。

参考文献

中文著作

1. 程光炜：《诗歌时评》，河南大学出版社 2002 年版

2. 程光炜：《中国当代诗歌史》，中国人民大学出版社 2003 年版

3. 洪子诚：《中国当代新诗史》，北京大学出版社 2004 年版

4. 姜涛：《新诗集和新诗的发生》，北京大学出版社 2005 年版

5. 孙玉石：《中国现代主义诗潮史论》，北京大学出版社 1999 年版

6. 陈晓明：《现代性与中国当代文学转型》，云南人民出版社 2003 年版

7. 李新宇：《中国当代诗歌艺术演变史》，浙江大学出版社 2000 年版

8. 常文昌等编：《中国新时期诗歌研究资料》，山东出版集团 2006 年版

9. 陈晓明：《后现代主义》，河南大学出版社 2004 年版

10. 陈晓明：《表意的焦虑》，中央编译出版社 2002 年版

11. 陈晓明：《无边的挑战——中国先锋文学的后现代性》，时代文艺出版社 1993 年版

12. 张京媛：《当代女性主义文学批评》，北京大学出版社 1992 年版

13. 曹文轩：《20 世纪末中国文学现象研究》，北京大学出版社 2002 年版

14. 王岳川等著：《后现代主义文化与美学》，北京大学出版社 1992 年版

15. 汪民安：《身体的文化政治学》，河南大学出版社 2004 年版

16. 杨飏：《90 年代文学理论转型研究》，中国社会科学出版社 2001 年版

17. 何锐：《前沿学人：批评的趋势》，北京图书馆出版社 2001 年版

18. 黄华：《权力、身体与自我——福柯与女性主义文学批评》，北京大学出版社 2005 年版

19. 崔卫平：《苹果树上的豹·女性诗卷》，北京师范大学出版社 1993 年版

21. 张清华：《内心的迷津——当代诗歌与诗学求问录》，山东文艺出版社 2002 年版

22. 张清华：《中国新时期女性文学研究资料》，山东文艺出版社 2006 年版

23. 郭良原：《中国当代女青年诗人诗选》，长江文艺出版社 1988 年版

24. 谢冕：《中国女性诗歌文库》，春风文艺出版社 1997 年版

25. 谢冕等：《磁场与魔方（新思潮诗卷）》，北京师范大学出版社 1993 年版

26. 洪烛等：《九十年代女士文库·中国女诗人名作导读》，广西民族出版社 1990 年版

27. 赵毅衡：《新批评文集》，中国社会科学出版社 1989 年版

28. 李银河：《女性权力的崛起》，中国社会科学出版社 1997 年版

29. 朱立元：《当代西方文艺理论》，华东师范大学出版社 2005 年版

30. 孙文波等：《语言：形式的命名：中国诗歌评论》，人民文学出版社 1999 年版

31. 唐亚平：《黑色沙漠》，春风文艺出版社 1997 年版

32. 王家新等：《中国诗歌：九十年代备忘录》，人民文学出版社 2000 年版

33. 伊人：《女性年龄》，人民文学出版社 1990 年版

34. 翟永明：《在一切玫瑰之上》，沈阳出版社 1992 年版

35. 翟永明：《纸上建筑》，东方出版中心 1997 年版

36. 海男：《是什么在背后》，春风文艺出版社 1997 年版

37. 海男：《虚构的玫瑰》，云南人民出版社 1997 年版

38. 佚名：《中国当代女诗人诗选》，贵州人民出版社 1984 年版

中文译著

1. 迈克·费瑟斯通著、刘精明译：《消费文化与后现代主义》，译林出版社 2000 年版

2. 马丁·杰著、单世联译：《法兰克福学派史》，广东人民出版社 1996 年版

3. 卡西尔著、甘阳译：《人论》，上海译文出版社 1985 年版

4. 阿多尔诺著、张峰译：《否定的辩证法》，重庆出版社 1990 年版

5. 麦克卢汉著、何道宽译：《理解媒介》，中央编译出版社 2000 年版

6. 杰姆逊著、唐小兵译：《后现代主义和文化理论》，陕西师范大学出版社 1987 年版

7. 道格拉斯·凯尔纳等著、张志斌译：《后现代理论》，中央编译局 1999 年版

8. 拉尔夫·科恩著、程锡麟等译：《文学理论的未来》，中国社会科学出版 1993 年版

9. 乔纳森·卡勒著、陆扬译：《论解构》，中国社会科学出版社 1998 年

10. 霍克海默·阿多诺著、渠敬东等译：《启蒙辩证法》，上海人民出版社 2003 年版

11. 罗朗·巴特著、李幼蒸译：《符号学原理》，三联书店 1988 年版

12. 丹尼尔·贝尔著、赵一凡等译：《资本主义文化矛盾》，三联书店 1989 年版

13. 杰姆逊著、王逢振等译：《快感：文化与政治》，中国社会科学出版社 1998 年版

14. 汪安民等编：《后现代性的哲学话语》，浙江人民出版社 2000 年版

15. 保罗·德曼著、李自修等译：《解构之图》，中国社会科学出版社 1998 年版

16. J. 米勒著、郭英剑等译：《重申解构主义》，中国社会科学出版社 1998 年版

17. 雅克·德里达著、赵光国等译：《文学行动》，北京：中国社会科学出版社 1998 年版

18. 德里达著、张宁译：《写作与差异》，三联书店 2001 年版

19. 齐格蒙特·鲍曼著、欧阳景根译：《流动的现代性》，三联书店 2002 年版

20. 马泰·卡林内斯库等著、顾爱彬译：《现代性的五幅面孔》，商务印书馆 2002 年版

21. 赵振江编：《批评的激情》，云南人民出版社 1997 年版

22. 瓦雷里著、段映虹译：《文艺杂谈》，百花文艺出版社 2002 年版

23. 曼德尔·斯塔姆著、黄灿然等译：《时代的喧嚣》，作家出版社 1998 年版

24. 希默斯·希尼著、吴德安译：《希尼诗文集》，作家出版社 2001 年版

25. 豪尔赫·博尔赫斯著、陈重仁译：《博尔赫斯谈诗论艺》，上海译文出版社 2002 年版

26. 布罗茨基等著、黄灿然译：《见证与愉悦》，百花文艺出版社 1999 年版

27. 约翰·费斯克著、宋伟杰译：《理解大众文化》，中央编译出版社 2001 年版

28. 安吉拉·默克罗比著、田晓菲译：《后现代主义与大众文化》，中央编译出版社 2001 年版

29. 玛·布尔顿著、傅浩译：《诗歌解剖》，三联书店 1992 年版

30. 艾略特著、王恩衷编译：《艾略特诗学文集》，国际文化出版公司 1989 年版

英文著作

1. Nancy, Fraser, Unruly Practices: *Power, Discourse and Gender in Contemporary Societies*, Polity Press, 1989.

2. Clean Brooks: *Understanding Poetry*, Foreign Language Teaching and Research Press, 2004.

3. Elaine Showalter: *A Literature of Their own: British Women Novelists from Bronte to Lessing*, Princeton University Press, 1977.